魔導師は平凡を望む

26

エルシュオン
ミヅキの保護者。親猫扱いされるイルフェナの第二王子。あまりに高い魔力と敵に対する容赦のなさから魔王と呼ばれている。
シュアンゼ
ガニア国王弟子息。ガニア国でのミヅキの協力者。ミヅキに出会いその本性を見せたことで、『灰色猫』と呼ばれるように。
香坂御月
（コウサカ ミヅキ）
気がついたら異世界にいたドSな女性。異世界人の魔導師という立場故、問題に遭遇しやすい。周りからは鬼畜魔導師と恐れられる。

アグノス
ハーヴィスの第三王女。『血の淀み』の影響で常人とは少し異なる思考を持っている。
ハーヴィス王妃
政略結婚によって王妃になった才媛。
国を守る者として、アグノスの暴走に困惑している。
ヴァイス
サロヴァーラの近衛騎士。善良で穏やかな性格。
真面目すぎて視野が狭くなるのが欠点。
セレスティナ
コルベラの王女。
お姫様であるが、自活でき、野営も平気で逞しい。
登場人物紹介

目次

プロローグ

——イルフェナ・ルドルフを訪ねる前・騎士寮にて

「ハーヴィスの目的が見えてこない……」

テーブルに突っ伏した私に、周囲の騎士達が苦笑する気配がする。だが、それでも欲しい情報をくれる存在はいなかった。彼らとて、ハーヴィス側の動きが読めないのだ。

『現在の状況』（おさらい）

●魔王様とルドルフが襲撃される。目的は魔王様の方で、襲撃者はハーヴィスの第三王女アグノスの子飼いである『シェイム』と呼ばれる人々。襲撃理由は『魔王様が御伽噺《おとぎばなし》の王子役（※勝手に認定されていた模様）から逸脱したため』。
↓

●『シェイム』とは、高い魔力と尖った耳を持つ『ディクライン』という種族——純血主義で、現在は数を減らしている——が大戦の際に虜囚《りょしゅう》となった者達の子孫。他種族の血が混ざったことにより、『ディクライン』からは同胞と認められていない。
↓

●『ディクライン』の特徴を色濃く残す『シェイム』達は今現在、イディオという国に隷属している者が大半。例外は先祖返りであり、極稀《ごくまれ》に現れる模様。

●その『シェイム』達は自分達を救ってくれたアグノスに感謝し、子飼いとなっているらしい。なお、アグノスは『血の淀み』という『血が濃くなり過ぎることによって起きる症例』（意訳）持ちであり、常識その他が一般から逸脱している可能性がある。←

また、『血の淀み』が認められた場合は通常、幽閉と監視が妥当。症状にもよるが、国には監視の義務がある。これはどの国も共通。

●アグノスは『御伽噺のお姫様であること』に異常な拘《こだわ》りを見せており、そうなるよう誘導したのは彼女の乳母。また、その発想は過去、バラクシンの教会に居たという『聖女』由来。←

この『聖女』も『血の淀み』持ちだったが、聖女と思い込ませることにより、立派な聖職者として一生を送ったらしい。その成功例を参考にした模様。

……。

うん、状況の整理をしたところで意味が判らん。まだ、魔王様やルドルフが邪魔で消そうとした……って方が、説得力あるわ。

これは私がお馬鹿とか、この世界の常識がないといったことからくるものではない。あまりにもぶっ飛び過ぎる襲撃理由に、ほぼ全員が困惑しているのですよ。寧《むし》ろ、一発で納得できる思考をしている方が、ヤバい奴認定をされるだろう。


御伽噺って、現実にはあり得ない展開のオンパレードだもの。

そこに自分を重ねられるのは、本当に幼い子供くらいじゃね⁉


「言うなよ、ミヅキ。俺達だって困惑しているんだから」

「そもそも、『御伽噺に依存』っていう発想自体、初めて聞いたもんな。いくら『血の淀み』持ちだからって、それで誘導が成功するってのが不思議だ」

「だよなー！　よっぽど情報を制限しない限り、普通は成長する過程でバレるだろ。王族だからこそ、その差がはっきりと判るはずじゃないか？」

騎士ズも困惑中な模様。その表情を見る限り、彼らは未だ、『御伽噺に依存』という事実を信じられないのだろう。


まあ、それも当然だ。そんな理由で他国の王子を襲撃すれば、開戦待ったなしだもの。

ただ、アグノス主導だった場合、彼女がそれを理解していない可能性もあった。『血の淀み』を持つゆえに、御伽噺に依存させられていたアグノスならば……現実と物語の世界を混同していても不思議はない。

指摘する人や教育する人が居なかった場合、アグノスは『それを知らない』のだから。そもそも、御伽噺にそういった描写は殆《ほとん》どないだろう。

「でもさ、本当に情報を制限されちゃった場合はあり得るでしょ。誰だって、『知らないことはできない』んだもの。でも、教育係とかいるはずだよね？　幽閉状態になっているとしても、全く学ばないってことはないと思うんだけど」

「「ああ……」」

当然の疑問を口にすれば、双子は揃《そろ》って顔を顰《しか》めた。彼らも貴族なので、『王族が全く教育されていない』という可能性には否定的らしい。

「やっぱり、ちょっとおかしいよな。意図して教育を制限していたなら、そうしていた周囲だって十分に主犯だぞ？　いくら仕える姫様が大事だからって、問題だろ」

「だよなぁ……と言うか、他の王族達が気付かないものかぁ？　最低限、王には情報が回っているはずだろ。それとも、無関心だったとか？」

「うーん……幽閉されていても不思議はない状態だから、何とも言えないね。周囲の人達が嘘の情報を上げたとしても、直接会っていなければ気付けないだろうし」

首を傾げて、あらゆる可能性を思い浮かべてみる。今回、イルフェナが迂闊《うかつ》にハーヴィスへと抗議できないのは、単純にアグノスを『悪』と言えないからだった。

そもそも、今回の襲撃が実行されてしまったこと自体がすでにおかしい。

いくら何でも、普通は止める。それがなかったのならば、『アグノスに襲撃を実行させ、王家の力を削《そ》ぐことを狙った者が居る』という可能性・大。

素直に思惑に乗ってやるのも癪《しゃく》なので、イルフェナは情報収集に努めている真っ最中なのですよ。あと、ハーヴィスの対応待ち。

「せめて、ハーヴィスの内情とかが判ればなぁ……」

「言うな、ミヅキ」

「俺達だって、ずっとそう思っているんだ」

愚痴《ぐち》を零《こぼ》せば、騎士ズからも同意とばかりな言葉が漏れる。

「「「はぁ……」」」

仲良く揃って溜息を吐《つ》く私達の脳裏に浮かぶのは、療養中の魔王様。命の危険はないらしいけれど、民間人扱いの私が会えるはずもなく。

「あ。そういやお前、ルドルフ様を訪ねる予定なんだっけ」

「うん、行ってくる。今はアルを待っているんだよ。一緒に食事をする予定」

不意に思い出したらしく、アベルが声を上げた。それに頷《うなず》きつつ、私は親友の精神状態を案じる。

正直なところ、これはかなりの特例だ。それだけルドルフが落ち込んでいる……ということなんだろうな。目の前で魔王様が負傷したんだし。

そうは言っても、ルドルフとて当事者なのだ。だから今回の訪問とて、『一緒に食事する』ということだけが目的のはずはなく。

「折角《せっかく》だから、現在得ている情報を暴露してくる。私経由なら、世間話扱いが通るでしょ」

「ああ、それもあってアルジェント殿が同行するのか」

「その通り！　イルフェナとしての情報はアルの方が詳しいもの。ついでに、私の味方をしてもらう。いくら私に慣れたルドルフでも、今回の襲撃理由を信じてくれるか怪しい」

「「だろうな」」

二人揃って、納得の表情をする騎士ズ。……そうだよね、こんな馬鹿な理由を信じろって方が無理だよね⁉

「頑張って説明してこい」

「健闘を祈る」

「その他人事な態度を止めいっ！」

「「お前の役目だろ」」

「くうっ……！　ルドルフは心配だけど、この役目が憎い……！」

「仕方ないじゃないか。状況から言って、お前が適任なんだし」

「ルドルフ様が心配なんだろ？　これまでの奇行もあるんだ、お前が言うなら信じてくれるさ」

「完全に人身御供《ひとみごくう》じゃん！」

——そんな会話をしていた私は、ルドルフの部屋を訪れるまでに、ある貴族に絡まれることになる。ついつい、不機嫌に対応してしまったとしても、仕方がないことだよね。

第一話　隣国の王は友を想う

――イルフェナ王城・とある一室にて（ルドルフ視点）

城に滞在していると言っても、第二王子が襲撃され倒れている最中。俺は自分に与えられた部屋から出ることなく、ただエルシュオンを案じていた。

勿論《もちろん》、襲撃直後にやるべきことはやっている。傷を負ったエルシュオンに余裕はなかったろうが、自分を彼の立場に置き換えた時に想定される『厄介事《やっかいごと》』の予想はついているのだ。

ならば、『襲撃に巻き込まれた友好国の王』――不本意だが、俺の現在の立場はこう認識されている――という立場を利用し、できる限りのことはしてやりたかった。

せめて、護衛を担当した者達が謹慎《きんしん》程度で済むように。

イルフェナとゼブレストの関係に皹《ひび》が入らぬように。

本当ならば、ここにミヅキへの忠告が入るのだろうが……ミヅキは民間人扱いの異世界人であり、そう簡単に俺と会えるはずもない。そもそも、ミヅキはイルフェナに居ないのだ。

よって、エルシュオンの伝言というか、心配を伝えられていないのは仕方のないことだろう。

そう、仕方のないことだ。ミヅキの報復を期待してのことではない。

……。

そういうことにしてくれ。多大に個人的な感情が影響していることは自覚済みだが、俺にとってもエルシュオン襲撃は許せることではないのだから。

だが、それらを終えてしまうと、途端にやることがなくなった。帰国するにしても安全の確認が必要だし、それ以上に……今、速攻で帰ってしまえば、襲撃についての情報は事件の決着まで入って来ない可能性があった。

さすがにそれは納得できないため、俺は大人しく滞在しているというわけだ。ゼブレストに残っているアーヴィには了承《りょうしょう》してもらったので、自国のことは心配ない。

――そして本日、漸《ようや》くミヅキとの面会が叶う。

ミヅキのことだ、帰国してから何もしていないとは思えない。エルシュオンと俺への襲撃を聞き、あいつが怒らないはずがない。

……これまでだって、ずっとそうだったんだ。共に過ごした時間がそう思わせる。

きっと、怒って、案じて、俺達の無事を喜んでくれるだろう。

そう思うと、少しだけ気分が浮上する。以前と違い、友に去られる恐怖はない。強がりではなく、本当にそう思えた。

ミヅキも、エルシュオンも、俺を責めるようなことはしない。過去、俺のせいで傷ついた者達が俺を責めたようなことにはならないと、不思議なほど確信が持てるのだ。

これを信頼と呼ぶのだろう。共に過ごした時間そのものは短くとも、得たものはとても大きい。セイル達が比較的落ち着いているのも、俺がそこまで落ち込んでいないからか。

「ルドルフ様、大丈夫ですか？」

ミヅキが来ると知っているせいか、セイルが遠慮がちに尋ねて来る。セイルは幼い頃から俺の傍《そば》に居るため、やはり心配せずにはいられないようだった。

……。

それも当然か。過去の俺の落ち込みっぷりを知っている以上、平気だと思う方がおかしい。特に今回はエルシュオンが俺の盾《たて》になっているので、己の無力さを嘆いていると思われているのかもしれないな。

――だが、今回、それは杞憂《きゆう》というものだ。

つい、口元に笑みが浮かぶ。それを見たセイルが意外そうな顔になるのに更に笑みを深めると、俺は肩を竦《すく》めた。

「お前達が案じているようなことはない。勿論、エルシュオンが負傷したことは悔しいさ。だが、あれはエルシュオン曰《いわ》く『弟のように思っている友人に対する意地』なんだとさ」

「！　それは……」

「勿論、『友好国の王を守る』という意味での行動でもあった。だけどな、エルシュオンの本音はそっちなんだ。ミヅキがたまにやるだろう？　本音と建前、二つの理由が存在するってやつさ」

判りやすい例を出すなら、ガニアでシュアンゼ殿下を襲撃から守った時のことだろうか？　あの時、ミヅキはシュアンゼ殿下を抱えたまま逃げ回り、最終的には襲撃者達を地に沈めていた。

その際の言い分が『民間人であり、魔導師の私が、尊い身分であるシュアンゼ殿下をお守りするのが当たり前じゃないですか！』というもの。

……。


確かに、間違ったことは言っていない。それ『だけ』は正論だろう。

『民間人扱いの魔導師』と『王族』という組み合わせならば、実に正しい判断だ。


……が、それがミヅキの本心かと言えば、絶対にそれだけではない。

事実、シュアンゼ殿下を抱き上げた（！）ミヅキはとても楽しそうだった。襲撃から王族を守りつつ応戦せねばならない危機感に顔を強張《こわば》らせる……なんてことはなく、盛大にはしゃいでいた。

『ほーら、捕まえてごらんなさぁい？』なんて言いながら逃げ回る奴が、真面目に護衛しているなんて誰も思わない。寧ろ、ミヅキの『遊び』に巻き込まれた哀れな奴らに同情する。

そのまま上階の窓から華麗に脱出を決めたミヅキ曰く『童心に返って、物語のヒーローごっこに勤《いそ》しんだ。面白かった！』とのことなので、反省をしてないことは確実だ。他国からの哀れみの視線が、シュアンゼ殿下と襲撃犯に向くのも当然だろう。

ま、まあ、確かに面白そうではあった。シュアンゼ殿下も最終的には笑っていたので、部分的に黒歴史はあれど、楽しんだと思われる。ぶっちゃけ、いつかは俺もやってみたい。

まあ、ともかく。

それほどに無茶苦茶な行ないだろうとも、結果的には『魔導師がシュアンゼ殿下を守った』ということなのだ。今回のエルシュオンの行動もこれと似たようなものだと、俺は思っていた。

「まったく、似た者同士な猫親子だよ。ミヅキだって同じ状況ならば、エルシュオンと同じ行動を取るだろう。まあ、あいつの場合は反撃込みだろうけどな。だから……セイル達が案じているほど、俺は落ち込んでいない。ああ、ミヅキに責められるとも思っていないよ。あいつの場合、落ち込んでいる方が叱られそうだ」

「それはまあ……ミヅキですからね。あの人、即座に報復を考えますから」

「だろう!? 『這《は》い上がるところからが本番だ！』って、日頃から言ってるからな。逞《たくま》しいと言うか、前向きと言うか……あの不屈の精神は見習うべきだな。『眠るのは死んでからでもできる』なんて言い切る奴は、あいつくらいだろう」

「確かに」

思い出したのか、セイルの顔にも苦笑が浮かぶ。それでも否定の言葉はないので、俺同様にセイルもミヅキを理解しているのだろう。ある意味、良い婚約者――ミヅキに一般論を押し付けない、という意味――である。

そうしているうちに、セイルは慈《いつく》しむような笑みを浮かべた。

「過去のことは、我々にとっても消えない傷となっていました。……『守れなかった』という事実の陰で、どれほど貴方《あなた》が傷ついてきたかを知っています。『仕方がなかった』という一言で済ませられるほど、それらの出来事は軽いものではない」

「……」

「無力感に苛《さいな》まれ、俯《うつむ》きそうになる度、我々に顔を上げさせたのはエルシュオン殿下の叱責《しっせき》です。あの方はご自分が苦労されていたからこそ、前を向くことの大切さをご存知だった。……きっと、エルシュオン殿下以外の方からの言葉など、我々に届きはしなかった。部外者が綺麗事《きれいごと》を、と思ってしまったでしょうね」

そう言って、セイルは目を伏せる。俺もかける言葉を持たなかった。俺とてセイルの立場ならば、そう思ってしまっただろうから。

「そして、ミヅキは言葉ではなく、行動で示す。前を向かざるを得ないような……その意地を見せなければならないような状況を整えた上で、我々に決断を迫るんですよ。エルシュオン殿下よりも柵《しがらみ》がない分、遠慮がないと言うか、強引と言うか……本当に容赦《ようしゃ》がない」

「それは俺達だけじゃないだろうな。あいつが関わった多くの国の者達は、結果として行動せざるを得ない。部外者に好き勝手されたまま……なんて醜態を晒《さら》せないからな」

基本的に、ミヅキは引っ掻《か》き回すだけだ。『断罪の魔導師』なんて言われてはいても、実際に処罰を下す権利はない。政《まつりごと》に参加することも不可能なので、各国の者達が引き継ぐ形になる。

結果として、彼ら自身の功績と自信に繋《つな》がっていくのだろう。ミヅキは名声といったものに興味がなく、エルシュオンもミヅキを利用して恩を売ることを望まないため、そうなってしまう。

その果てに、現在の二人の評価があるのだろう。本人達も狙ってやっているわけではない——少なくとも、エルシュオンは素だ——だろうし、予想外の好意的な評価にエルシュオンが戸惑う気持ちも理解できるのだが。

「……ですから。此度《こたび》のこと、私にとっても許せるものではないのですよ」

響いた声音《こわね》はとても静かで、いっそ優しげにすら聞こえるもの。軽く目を見開いた先、セイルは『麗《うるわ》しい』と称される顔に残酷さを匂《にお》わせる笑みを浮かべていた。

「私が最優先にすべき者はルドルフ様であり、国です。それを違《たが》えるつもりはありません。ですが……『現在』を成すために必須であった存在とて、そこに含まれるのです。私が他国の騎士である以上、公言することはありませんが、隠すつもりもない」

セイルの目が剣呑《けんのん》な光を帯びた。その視線の先にいるのはきっと、此度の襲撃を企てた存在。

「主を危険に晒した失態をそのままにするような腑抜けではございません。『何らかの形で』動けるならば、喜んで剣を振るい、『敵』を紅《くれない》に染め上げましょう。血塗られることを厭《いと》わぬ黒猫とて、怒り心頭でしょうからね」

「……。ああ、そうだろうな」

ミヅキも、エルシュオンの騎士達も腑抜けではない。ミヅキのみが目立ってはいるが、エルシュオンの騎士達とて、ミヅキに平然と馴染《なじ》めるほどヤバい生き物（意訳）なのだ。そもそも、彼らは元より裏の仕事を任される立場である。

そんな彼らが大人しくしているなど、絶対にありえない。ミヅキも同じく。

セイルはミヅキの守護役という立場を利用し、自分も何らかの形で関わることを希望しているのだろう。基本的に俺の傍を離れないセイルにとって、これは珍しい主張だった。

……いや、そうするほどに今回のことに怒り心頭だと言うべきか。襲撃を企てた者は『紅の英雄』と呼ばれた殺戮者《さつりくしゃ》を呼び起こすほど、セイルを激怒させたらしかった。

だが……悪くはない。セイルの願いを受け、俺の口元にも笑みが浮かぶ。

「そうだな、今回は俺達も立派に当事者だ。ミヅキが何もしないはずはないから、一枚噛ませてもらうとしよう」

――だから、その時は存分に働け。これは正当な報復なのだから。

そう命じようとした、俺の言葉を遮《さえぎ》ったのは――

「お邪魔しまーす！　ルドルフ、一緒にご飯食べよー！」

「失礼致します、ルドルフ様。お騒がせして申し訳ございません。ミヅキの言動は……その、大目に見てくださると嬉《うれ》しいのですが……」

勢いよく扉を開き、ノックもなしに入ってきたミヅキと、そのお守り……じゃなかった、護衛兼荷物持ちと化しているアルジェント。苦笑しつつも許しを請《こ》うあたり、アルジェントの方はミヅキの態度に思うことがあるのだろう。他国の王だしな、俺。

それでもミヅキを咎《とが》めないのは、落ち込んでいると予想している俺を気遣ってのことなのだろうか？　俺の食事量が襲撃以降、かなり落ちていることは事実なので、ミヅキの『ご飯云々《うんぬん》』もそこからきていると思うのだが。

「はは……ミヅキは相変わらずですねぇ……」

「本当にな」

「へ？」

それまでの殺伐《さつばつ》とした空気は綺麗に消え失《う》せ、揃ってミヅキへと生温かい目を向ける。ミヅキは気配を読むなんて真似はできないから、狙ってやったわけではないだろう。それは判る。判ってはいるのだが。

「お前、少しは空気読め。いや、あと少しでいいから遅れて来い！」

「痛っ!?　何するのさ、ルドルフ！」

「場の雰囲気を壊すんじゃない！」

「いや、意味が判らないよ⁉」

ぺちっと額を叩けば、速攻で不満の声が上がる。そのいつもと変わらない反応に安堵《あんど》しながら、俺は未だに回復していない友を想った。

エルシュオン、早く復活してくれ。やはり、ミヅキには親猫が必要だ。

第二話　友との食事は和やか（？）に　其の一

ルドルフから謎の批難を受けた――あの後、軽く頬を引っ張られた――後、私はいそいそとテーブルに昼食を広げた。

なお、批難はマジで意味が判らなかったので、私も報復とばかりに同じことを遣り返している。

その際、セイルとアルの目がとても生温かかったことは言うまでもない。

喩《たと》えるなら、子犬と子猫の喧嘩《けんか》を眺める人間達。

ぶっちゃけ、アホの子達を見る目だった。

……。

いや、ルドルフが暗～く落ち込んでいるよりはいいんだけど！

うじうじと後ろ向きに考え、自分のせいとか思ってないだけマシなんだけどね？

「ミヅキは本当に、落ち込むということをしませんね」

「何さ、セイル。落ち込む暇があったら、報復を考えるべきじゃない」

「……。報復という発想はともかく、非常に前向きですよね。そこは素直に感心していますよ？

そこだけ、ですが」

「喧《やかま》しい！　あんたは立場上、動けないだけでしょ！　今更、一人だけ理性的な良い子になるんじゃない！　殺伐思考の惨殺上等者じゃん！」

「良い子になる気のない貴女《あなた》に言われましても。貴女は個人的な感情と本能のまま、行動しているだけでしょうが」

ビシッと指を突き付けるも、セイルの笑みは崩れない。その目は明らかに『感情と本能で生きるお馬鹿のくせに』と言っていた。

ちっ、否定できん。良い子のままじゃ私はろくなことができないのだから、『感情と本能で生きるお馬鹿』でいいんだよ！

「本能で行動することは否定しないのかよ、ミヅキぃ……」

「ルドルフ様、ミヅキは謎の思考回路で結果を出しますので……その、エルにも理解不能かと」

「ああ、そう。アルジェントだけじゃなく、エルシュオンも諦めているのか」

「はっきり言ってしまえば、そうなりますね。『立場の違い』というものもあるのでしょうが、基本的な知識や常識が異なっているだけでなく、何が何でも獲物を仕留めに行くミヅキの執念深さが、多大に影響していますので」

「ああ……『猫は祟《たた》る生き物』とか言ってるもんな。ミヅキを見てると、確かに祟りそうだ」

私達の遣り取りに呆れ顔のアルとルドルフも、かなり私に対して失礼な会話をしている。ジトッとした目で睨《にら》むも、「事実だろ」と返された。おのれ、ルドルフめ……！

こんなのでも隣国の王で、今となっては私が何をしてもビビらない親友だ。そして、もう一人は守護役という名の婚約者。

……。


ここは『理解者がいっぱい♪』と喜んでおくべきだろう。

泣くのも、苦労するのも、きっと魔王様オンリー。


そもそも、ルドルフは魔王様の威圧にビビらなかった――『これが魔力？ 凄《すげ》ぇ！』としか思わなかったらしい――稀有《けう》な人。その有り余る柔軟性の前には、威圧が起こるほどの魔力も、異世界人の魔導師の奇行も、『個性』という一言で片《かた》がつく。

……その分、宰相様が頭を抱える破目《はめ》になっているらしいが。私の軌道修正を魔王様が行なっているように、ルドルフの軌道修正兼抑え役は宰相様なのだろう。哀れなり、真面目人間。

余談だが、これらの情報提供はセイルである。私と共に怒られる機会が増えてきているので、地味に意趣返しを試みている模様。やっぱり、セイルの性格は宜《よろ》しくない。麗しいのは顔だけだ。

「まあ、馬鹿なことを言ってないで食べましょ」

促《うなが》せば、ルドルフは大人しく席に着いた。興味はあるらしく、テーブルの上に並べられた料理を好奇心も露《あらわ》に眺めている。

「……見たことがない料理が多いな?」

「そりゃ、あんたの興味を引く目的があるからね。ほれほれ、今後のためにも試食は必要よね? 自国に活かせる可能性もあるから、『王として』食べなきゃならないわよね? お米で作ったおにぎりもあるよ♪　たんとお食べ」

『食欲がないなら、無理にでも食べる理由を作ればいいじゃない!』とばかりに、色々作りましたとも。イルフェナだからこそ、そして私が在籍する騎士寮だからこそ、各国の食材が揃っております。とっても素敵な環境なのですよ!

主食は勿論、おにぎりです! すぐに流通はしないだろうけど、知っておいて損はあるまい。

「それは……っ、その、心配をかけて悪かったと思うが。それにしても、ちょっと多過ぎないか?」

ルドルフの疑問、ごもっとも。だが、それは『私とルドルフの二人分』という場合である。

「だって、アルとセイルの分も含まれるもの」

「は? 俺は国賓扱いだし、個人的に親しいと言っても、今回は立場を考慮《こうりょ》しないと拙《まず》くないか?」

「大丈夫! 宰相様への報告も必要だし、自国に活かす場合を想定して、セイルはあんたが食べた

物を知らなきゃならないでしょ？　アルは毒見役。もっとも、これらは一度近衛騎士に預かっても
らって、そこで解毒魔法をかけてあるんだけどね」
許可が出るだけの手順は踏んでいる。その際、セイルとアルが同じテーブルに着くことも説明し
てきたので、これらはイルフェナとしても許可が出ている。
……が、当然ながらそれだけが同席を許された理由ではない。
「……というのは建前で、本命は今回の事情説明というか、現時点で得ている情報の共有ね。アル
とセイルは私の守護役だから、食事の場で『個人的な会話』をしていても不思議はない。それが
『偶然』同席していた隣国の王の耳にも入るってだけ」
「普通に情報の共有をするのは拙いのか？」
「うーん……その、『イルフェナからもたらされる情報』とする以上、下手《へた》なことが言えないんだ
よ。聞けば納得してもらえるだろうけど、確実と言い切れないというか」
どれほど疑わしくとも、証拠がない以上、『疑惑』という域を出ない。イルフェナがいい加減な
情報を伝えてしまえば、ゼブレスト側の目を曇らせることになってしまう。
最悪の場合、国同士の争いになる可能性もある以上、先入観を与えるわけにはいかないよね。そ
れでも現時点の情報を伝えておきたいならば、私が適任だろう。
「曖昧《あいまい》な情報で、他国を疑わせるわけにはいきませんからね。疑惑という括《くく》りにしても、少々、今
回の一件は難しいのです。よって、『ミヅキからの世間話』という形が取られています。ミヅキは
我が国で爵位を得たり、役職に就いたりしているわけではありません。あくまでも、個人的に収集

した情報……という域でしかありませんので」

「それを信じるも、心に留め置くのも、俺達に委《ゆだ》ねるということか」

「はい。あちらの出方が判らない以上、下手に動くことは悪手です。それでも知っておいた方がいい情報ではある……という感じですね。質問などがあった場合、セイルが我々に尋ねれば問題ないかと」

「要は、基本的に『ミヅキからの世間話』扱いにするってことか。よっぽど特殊な事情が絡んでいるんだな」

アルの説明に、ルドルフ達は納得したようだ。明確な証拠があれば即抗議できるだろうが、今回はそれができない。とは言え、ルドルフ達も当事者。慎重にならざるを得ない状況であることも含め、情報の共有は必要だろう。

ルドルフ達もそれを察せないほどお馬鹿ではない。ここで情報を得ていれば、改めてイルフェナに情報提供を求めるということもしないだろう。


私達は仲間外れにしてるんじゃないぞ？　ルドルフ。

だから拗《す》ねるな、落ち込むな、今はイルフェナに情報共有を求めるな。


「どちらにしろ、ミヅキがこの場で話題にしてくれればいいんですよね？　あくまでも食事の場での会話、と」

「そういうこと。回りくどい方法になるけど、イルフェナ側も困っているんじゃないかな？　そのまま伝えたとしても、信じてもらえるか怪しいもん」

「ですよねぇ。あれは信じていただく方が難しいかと」

「ねー」

私とアルの遣り取りに、ルドルフとセイルは顔を見合わせる。やはり、『特殊な事情』とやらの想像がつかないのだろう。

うん、その気持ちも判る。私達だって、聖人様が居なかったら信じてないもん。辛《かろ》うじて信じられたのは、聖人様が持ってきた乳母からの手紙があったからだ。

あれがなければ、絶対に信じてない。と言うか、信じろって方が無理！

「まずは食べろ。話はそれからでもいい。やつれてゼブレストに帰ったりしたら、宰相様とエリザが心配する」

「う……否定できない」

「素直に食事を取りましょう、ルドルフ様。体力が落ちていては、いざという時に動けませんよ」

料理を盛った皿を押し付ける私と、苦笑しながら促すセイル、微笑みながらも妙な迫力を醸《かも》し出すアルの無言の脅迫がトドメとなり、ルドルフは大人しく皿を受け取った。

……セイルの顔に安堵が浮かんだのは、気のせいじゃないだろう。

——そんなわけで、暫《しば》しのお食事タイムの後。

「それでは、そろそろ話していただいても構いませんか？」

隙を見てルドルフの皿に料理を追加していく私へと、セイルが話を振ってきた。ちらりと視線を向けると、アルも頷く。……保護者代理の許可が出る程度には、ルドルフの食事が進んだ模様。

普通に考えたら、成人男子のルドルフの食事量はそれなりにあるはず。私の行ないをセイルが黙認していたところを見る限り、表面的には落ち込んでいないように見えても、やはり食事量はかなり落ちていたのだろう。この分だと、睡眠も怪しいな。

腹が膨《ふく》れれば、眠くなるのが常。私達が退散した後、仮眠でも取ってくれれば言うことなし。

……その前にちょっとだけ、頭が痛くなるお話をしなければならないが。これればかりは仕方ないので、さっさと終わらせますか！

「了解。ちょっと信じられないような内容になるけど、最後まで聞いてほしい。って言うか、私達もどう反応していいか判らなかったんだわ」

「「え」」

「マジで！　そのまま聞くと、話している奴の頭が心配されるレベル。だけど、事実だった場合、魔王様が狙われたことで最悪の事態を回避したとも言えるんだよねぇ」

「おい、それはどういうことだ⁉　俺の聞き間違いじゃないなら……まるで、エルシュオンが狙われて良かったとでも言っているようだが」

さすがに流せなかったのか、厳しい表情になったルドルフが声を上げる。そんなルドルフへと、私は肩を竦めて頷いた。

「そういう意味に受け取ってくれていいよ。もしも魔王様以外の該当者が狙われた場合、確実に死んでいるか、国同士の争いが起きていた可能性が高いもの」

「……。ミヅキから見ても、今回の状態が最善だったのか？」

「うん。偶然もあるけど、この一件は私が持つ繋がりが犯人の特定に繋がったようなもの。それがない状態だと、問答無用に戦《いくさ》に突入……って可能性もあった。襲撃者達に特徴があり過ぎて、冤《えん》罪《ざい》を引き起こす可能性もあったしね」

聖人様からの情報がないと、襲撃者達が情報の要《かなめ》になる。そんな襲撃者達は全員がシェイムなので、イディオが疑われる可能性・大。

しかも魔王様以外がターゲットになった場合、疑っているのが、ガニアかキヴェラ。狙われるのが第一王子である以上、大国としての面子《メンツ》をかけて報復に出ても不思議はない。

この大陸を混乱させるため、『誰か』が意図的に精霊姫の行動を見逃した可能性とてゼロではないのだ。単純に『精霊姫が悪い』で済まないかもしれない以上、あらゆる可能性を考慮しなければならない。

そして——私は襲撃の理由とされることを口にした。

「襲撃は精霊姫と呼ばれるハーヴィスの第三王女の指示である可能性が高い。彼女は『血の淀み』を受けているらしく、幼い頃から御伽噺に依存……『御伽噺のお姫様と混同させること』で、問題行動を抑えられていた……みたい」

「「は？」」

意味が判らなかったらしく、ルドルフ達が揃って訝《いぶか》しげな顔になる。そんな彼らの様子に、私も遠い目になった。アルもこの反応を予想済みだったのか、何と言っていいか判らない感じだ。

ですよねー！　意味判らんよね、『御伽噺に依存させる』なんて。

幼い子供が御伽噺や英雄譚《たん》に憧れ、将来の夢を口にすることは珍しくない。周囲の大人達とて、幼い子供……『現実をよく判っていない子供』が口にするからこそ、微笑ましく思うだけ。

それをいい年した大人、それも教育を施されているはずの王族が他国の王子を狙う襲撃理由にするなど、一体誰が信じると言うのか。

「ええと……『血の淀み』を受けている以上、奇行をしても不思議はないんだが。『御伽噺に依存』って、どういうことだ？」

「御伽噺のお姫様と自分の立場を混同し、『御伽噺のようなお姫様であろうとする』こと。ただし、それを周囲にも求めた結果、今回の襲撃が起こったみたい」

「その……それは第三王女の周囲、もしくはハーヴィス内でのことでは？　エルシュオン殿下がどこに関わってくるのでしょう？」

「うん、そうだよね！　セイルの疑問、ごもっとも！　どうやら、御伽噺の登場人物……『お姫様が憧れる王子様』の役目を割り振られていたらしいんだよね、魔王様。『金髪に青い瞳、高い魔力を持つゆえに孤独な、悲劇の王子』って書くと、ある意味、間違ってないような気もするけど」

「「はぁ⁉」」

乾いた笑いと共にセイルの質問に答えると、主従は揃って声を上げる。その表情は『何言ってるんだ、こいつ』と言わんばかり。

その反応を咎める気など、あるはずもない。寧ろ、私も二人の反応が普通と思っている。だが、これで二人は今回のイルフェナの対応を理解してくれただろう。

……。

誰が信じるかってんだよ、こんな馬鹿な話。それが魔王様襲撃に繋がるなんて、普通は信じられないでしょ⁉

第三話　友との食事は和やか（？）に　其の二

事情を暴露した後、ゼブレスト主従は軽く混乱したようだった。

……。

当たり前だわな。誰だって、こんなのが襲撃理由とは思うまい。

私に対しての攻撃のように『お前、気に食わないんだよ！』という感情のままに、行なわれるものではないのだ。他国の王子……それも『魔王』という渾名《あだな》を持ち、魔導師の飼い主として知られる人物への攻撃など！

どう考えても外交問題になるし、それでなくともイルフェナから敵国認定される行ないです。無関係な奴らが顔面蒼白《そうはく》になる案件ですぞ。


これ、『襲撃を企てた個人が敵認定される』という意味ではない。

かなりの確率で『国という規模で敵認定される』という方向になる。


物凄～く優しい見方をすれば『襲撃犯とそれを見逃した周囲が悪い』ということにできるけど、その場合、ハーヴィスが襲撃犯一派への処罰を下すことが必須。

勿論、その処罰はイルフェナが納得するようなもの。国の未来を取るならば、一切の温情を見せることなく重罰を課さなくてはなるまいよ。

ルドルフ達が軽いパニックになったのも、それらに思い至ったからだろう。どう考えたって、元凶と目《もく》されるハーヴィスに利点なんてないんだもの。

そもそも、イルフェナの魔導師が脅威と化しているのが現状だ。その唯一のストッパーであり、他国からの『お仕事』の繋ぎとなってくれている魔王様への評価は高い。そんな人を害すれば、絶対に他国からの批難も飛ぶ。

逆に、私への襲撃ならば心配はすれども、ルドルフ達もここまで驚かなかっただろう。『生意気な民間人を王族・貴族が疎《うと》む』ってのは別に珍しくないし、他国からの批難もそこまでないだろうから。身分に拘る人達が一定数はいるのが現実さ。

そもそも、私は魔導師なので『自力で返り討ちにしろ』と言われること請け合い。在籍しているのがイルフェナということもあり、過保護な人達以外からはそう在ることを望まれる。

――それなのに『後見人だから』という理由で、私を積極的に庇ってくれるのが魔王様。

魔王様の過保護っぷりが判るというものです。それを知る人々の私への認識は、間違いなく『甘やかされている愛猫』。『飼い主の敵に牙を剥くのも頷ける』と言われるわけですね！　自分のためでもあるんだもの！

……で。

驚愕《きょうがく》の事実（笑）を知ってしまったルドルフ達の反応は。

「ええ……マジなのかよ、それ」

「冗談ではなさそうですけれど。ですが、あまりにも……」

困惑を露にしつつ、今一つ納得できないようだった。彼らの気持ちを一言で言うなら『冗談だと言ってくれ』という感じだろうか？

「その気持ちも判るけど、残念ながら本当。イルフェナとしても、よっぽど明確な証拠がない限り、あんた達に言えないでしょ」

「まあ、そうですね。その、イルフェナが誤魔化《ごまか》したとか、ゼブレストを利用しようとしているとは思いませんが、言われたままを信じられるかと言えば……否《いな》、ですね」

「そうだな。セイルの言い分に俺も賛成だ。散々、突飛《とっぴ》なことをしでかしてきたミヅキから伝えられた今であっても、半信半疑……という感じだ。お前は俺に嘘を吐かないと知っているけれど、無条件に納得できることでもない」

「ですよねー！」

ルドルフやセイルにしては珍しい反応だけど、仕方がないと思う。彼らは王とその側近として判断しなければならないため、『無条件に信じる』ということはまずない。

……が、今回はそういった意味で疑っているわけではないだろう。


誰が信じるんだ、こんな馬鹿な襲撃理由。信じないのが普通だろ。


「そんな二人のために、バラクシンの聖人様から証拠となる手紙を借りて来ました。あ、教会が関わったように聞こえるけど、今の教会じゃないからね？　すでに叩き出されているクズどもが、他国の王家に恩を売るつもりで助言したみたい」

「随分とタイミングが良いな？」

「襲撃前にそれを見つけて、『御伽噺には王子様が必須・金髪で青い目の王子が狙われるかも？』ってことに思い至ったんだってさ。ただ、さすがに他国相手に『ハーヴィスから攻撃されるかもしれません』とは言えないから、私経由で話を通したかったみたい。元はアルベルダのグレンに話をつけてから……って思ってたら、丁度私が居たんだよ」

「それも凄い偶然だな。疑惑の目で見られる可能性もあるが、誠実さゆえの行動にも見える。判断が難しいところだ」

「本当にね。だけど、『ライナス殿下の個人的なお忍びに聖人様が同行』って形にしていたから、バラクシンとしても警告だけはしたかったんだと思う。下手をすれば、教会が精霊姫を誘導したようにも見えるんだもの」

「まあ、予防線は張りたいよなぁ」

『あくまでも助言という状態だが、ハーヴィスが責任転嫁をしてくる可能性もゼロではない。信じてもらえるかは別として、【この案件を放置しなかった】という実績は作っておくべき』

　その発想にはルドルフも納得できるらしく、バラクシンが事前に動いたことに対する不信感はないようだ。自分達に置き換えても、似たような行動を取ると思えるのだろう。

「ってことは、その手紙が唯一の証拠みたいな感じなのか?」

「ん～……どちらかと言えば、『教会が襲撃を誘導したわけじゃない』ってことの証拠かな。読めば判るけど、元ネタは『血の淀み』を持つ人を聖女に仕立て上げた成功例なんだよ。だから、御伽噺に依存させたのも、現実と擦《す》り合わせる努力をしなかったのも、ハーヴィス側の怠慢《たいまん》……って感じ。教会側は特に指示を出していないみたいだし」

「決定打としては難しいのですか？」

「一応、襲撃犯から『精霊姫に恩義を感じたゆえの行動』的な言質《げんち》は取った。だから、その手紙と合わせればギリギリ抗議くらいはできると思う。後は……ハーヴィスの出方次第かな」

セイルの疑問に答えつつも、アルへと視線を向ける。アルも即座に私の言いたいことを理解したのか、微笑んで頷いた。

「すでにハーヴィスへの抗議はされているはずです。ミヅキと聖人殿が襲撃犯から言質を取ってくれましたので、イディオへの擦り付けも難しいでしょう」

「それで我々への情報通達が可能になったんですか」

「ええ。そこまでしなければ、そちらに情報を漏らせません。襲撃が起きたのはイルフェナですから、ゼブレストとの関係を拗《こじ》らせないためにも、迂闊なことが言えなかったのです」

申し訳ございません、と言いながら、アルはルドルフ達に頭を下げた。アル達もルドルフの落ち込みを知ってはいたが、いい加減な情報を与えるわけにはいかなかったのだろう。イルフェナの信用問題にも関わってくるだろうしね。

「気にしなくていい。襲撃理由とその背景事情を知った今となっては、イルフェナの対応も頷ける。ミヅキが帰って来るのを待っていた、というところじゃないか？」

「はい。ルドルフ様へと事情をお話しするなら、ミヅキが適任です。まさか、聖人殿を連れて帰ってきた挙句、証拠となるような手紙を所持しているとは思いませんでしたが」

くすりと笑いながらアルが私を見ると、残る二人もそれに倣《なら》う。

「お前、本当に強運というか、こっちの予想を斜め上に飛び越えるよな」

「どうなっているんでしょうね？」

「え、過去の功績と必ず結果を出す信頼、あとは人脈の勝利？」

「それだけじゃないと思う」

素直に答えるも、速攻でルドルフの突っ込みが入った。何故《なぜ》だ、解せぬ。

ジトッとした目を向けると、ルドルフは苦笑を浮かべた。

「悪い意味じゃないよ。俺達がどうにもならない時、お前は必ず事態を覆《くつがえ》す一手を見つけてくると思ってさ」

「証拠がある時ばかりじゃないけど」

「ああ、物に限定したわけじゃない。情報なり、遣り方なり、お前にしかできないようなことを成して、結果を出す。そりゃ、協力者や手駒はいるだろうけどさ？　切っ掛け……反撃の起点はいつもミヅキだ」

「確かに、そうですね。まさに珍獣。『世界の災厄』という表現も間違いではないのかもしれません。貴女が味方した方が正義とは限らないのですから」

誇《ほこ》っていいぞ？　とルドルフは言うけれど、続いたセイルの言葉は微妙なものだった。……おい、アル。横を向いて笑いを堪《こら》えているくらいなら、潔く笑っちまえよ。隠す意味ないじゃん！

「まあ、とにかく。俺達はこれを見せてもらうよ。……セイル」

「はい」

私から手紙を受け取ったルドルフはセイルを呼ぶと、徐《おもむろ》に手紙を開く。それを横から眺めるセイル。……が、読み進めるごとに二人の眉間《みけん》には皺《しわ》が刻まれていく。

「……。成功したなら、何で襲撃が起こるんだ？」

「多分だけど……現実との擦り合わせを行なうことまで気が回らなかったんだと思う。教会の聖女ならば、一度思い込ませたままでも問題ないだろうけど、今回は王女でしょ？　少しずつ御伽噺に現実を混ぜて、精霊姫の成長を促す必要があったんじゃない？」

「あ～……なるほど、精霊姫の持つ『優しいお姫様』のイメージは、幼い子が読むような御伽噺のままなのか。現実にはあり得ないことだと理解できていない、と」

「多分ね。だから、現実との差を突き付けられた時、許せないんじゃないの？」

「それならば、安易に襲撃を企てることも理解できますね。王族ゆえの傲慢《ごうまん》な性格というわけではなく、己の行動がもたらすものを理解していない……『悪いことと思っていない』。御伽噺にはそのような記述はないでしょうしね」

「セイルの見解が正解っぽいよね、この場合」

前提条件があると、今回の襲撃の奇妙さにも納得できるらしい。ルドルフは複雑そう――相手が幼子《おさなご》程度の知能の可能性を疑った模様――だが、セイルの方は納得の表情で頷いている。

……。

うん、頷いてはいるんだ。ちらっと剣に視線を向け、その柄《つか》に手を置いたことを除けば。

「セイルさん、セイルさん、ご自分の剣がどうかしましたか？」

顔を引き攣《つ》らせて尋ねると、セイルはうっそりと笑った。麗しいその笑みが、妙に邪悪に感じるのは何故だろう……？

「ああ、失礼。ふふ、嬉しいのですよ、このような背景事情を知ることができて。言い方は悪いですが、今回のことはハーヴィスが精霊姫を持て余した挙句、こちらに始末させようとしているようにも見えるじゃないですか。是非、その思惑に乗ろうかと」

「おーい、まだ事実と確定してないぞー」

「事実でなくとも、遣り方次第で他国からの賛同は得られますよ。そもそも、他国に牙を剥く可能性もあるのです。それがあるから、貴女もエルシュオン殿下が狙われて良かったと思っているのでは？　少なくとも、此度の襲撃の傷が最小限で済んだのは異世界人の魔導師たる貴女の術、そして貴女を起点として繋がった者達が居たからだ」

　問い掛けという形にしてこそいるが、セイルは確信を持っているようだった。ルドルフも同じ考えに至っているらしく、セイルを咎めようとはしない。

「まあ、ね。御伽噺の王子様って、大半が『金髪に青い目』じゃない？　私が知る限り、該当者はガニアのテゼルト殿下とキヴェラのルーカスなんだよね。……どっちも大国の王子、それも失えない人達じゃん。襲撃犯はお馬鹿だけど、その能力だけは本物だったよ。魔王様以外が狙われていた場合、生き残れるか怪しい。それに加えて大国としての意地があるから、速攻で衝突が起きるかもしれないし」

　大国だからこそ、絶対に報復に出るだろう。襲撃犯の見た目から判断して、イディオに抗議なんてしたら最悪だ。大国の方が小国へと言い掛かりをつけたことになってしまう。

ルドルフ達もそれは予想できたのか、苦い顔だ。特にルドルフは襲撃の当事者なので、黒騎士達の守りすらも突破してきた襲撃犯達を過小評価していまい。

「嫌な言い方だが、狙われたのがエルシュオンだからこそ、ある程度穏便《おんびん》に済ませる余地が残されているのか」

「証拠や証言がない以上、やはり襲撃犯達の種族に着目します。……確かに、エルシュオン殿下が最適ですね」

「丁度、私も魔王様に治癒の魔道具を渡してあったからね。あ、そうだ！　これはルドルフの分ね」

思い出して、荷物を探る。効果は魔王様ですでに見ているはずだから、不審がられることもないだろう。

「これを身に着けて。ペンダントの形にしたから、服の下に隠して見えないようにして。魔王様が無事だったのは、これのお蔭でもある。判りやすく言うと『異常な回復効果がある魔道具』ってやつだよ。魔力が尽きるとか、対象の体が再生不可能なほどバラバラにならない限り、生き残れると思う」

差し出された物を受け取るも、ルドルフは訝しげだ。

「効果は実際に目にしているから判るが……」

「じゃあ、素直に受け取れ」

「どうして、お前は持たないんだ？　量産できないわけじゃないんだろ？」

なるほど、ルドルフとしてはそこが気になると。多分、魔王様から『三名限定』ということも聞いていたんだろう。

「現時点では存在しない異常な治癒って、『死ににくい戦力』を作ることにも繋がるから」

「それは！」

暈《ぼか》した言い方だが、ルドルフ達は即座に意味を理解したのだろう。セイルはリアルな想像でもしたのか、あからさまに顔を顰めている。

「だから、『隠す』。後世に残せない以上、これがなくとも最高の治療が受けられるだろう人達に限定して、誤魔化すんだよ。その三人も『失えない人達』っていう括りだから、文句も出ないでしょう。そもそも、私が持っていたら宣伝効果抜群じゃない」

「言いたいことは判りますが、ミヅキは基本的に狙われる立場です。やはり、貴女も持つべきでは？　魔導師ならば、誤魔化せるでしょう？」

「要《い》らない。持つ人を限定する以上、私もそのルールに従うべき。だいたい、私がそんな術を使えるなんて思われでもしたら、余計に狙われるじゃない！　『異世界人の持つ知識には価値がある』ってのは、この世界の住人が形にしてこそ。理解できない知識はきっと、『この世界に要らない』んだよ。扱いきれないものは持つべきじゃない。本来ならば、前例を作るのも駄目」

それはこの魔道具の効果だけでなく、全てが当て嵌《は》まると思う。扱いきれない技術が悲劇を招くなんて、どんな世界でも『お約束』じゃないか。

そこまで言えば、私が危惧《きぐ》するもの——魔道具を発端とする大戦の悲劇、再び——が判ったのか、セイルもそれ以上、食い下がりはしなかった。

ルドルフは個人的に思うことがあるようだが、『王として』納得せざるを得ないのだろう。『お前もこの魔道具を持て』という心配は個人としての感情だものね。

ルドルフは一つ溜息を吐くと、気分を切り替えたようだった。改まった表情に、自然と私達の背筋も伸びる。

「とりあえず、ハーヴィスの出方待ちか。まあ、あちらも精霊姫とやらが勝手なことをした可能性もあるし、今頃、パニックになってるかもな」

「自業自得じゃない？　『血の淀み』を持つと判っている以上、監視は当然なんでしょ？」

「まあな。気にかかることと言えば、セイルが言ったように『イルフェナが抗議してくることを期待している』ってやつだな」

「私が居る以上、期待通りにはならないんだけどねぇ？」

さらりと言い切れば、どういうことだと言わんばかりの視線が集中する。

「私はね、魔王様に牙を剥いた奴を許す気はないの。勿論、ルドルフに嫌な過去を思い出させるような真似をしたことも含む。……イルフェナが動けないなら、私が個人的に報復するまでよ。向こうの思い通りになんて、踊ってあげない」

目を眇《すが》め、うっそりと笑う。誰が、大人しくなどしているものか。

「外交上の問題があるから、『とりあえず』イルフェナに譲っているだけだよ？　私からすれば、精霊姫の管理を怠《おこた》った『国』も同罪」

「ほお……やっぱり、遣る気だったか」

「当然！」

興味深いと言わんばかりの表情を浮かべつつ、ルドルフはにやりと笑った。そこから窺《うかが》えるのは『期待』だ。ルドルフとて、魔王様と親しい一人。怒っていないはずはない。

だから……私を止めない。魔王様が倒れている以上、次にストッパーとして期待されるのがルドルフ――王という立場上、魔導師を諫《いさ》めると期待されるから――だが、今回ばかりはスルーする気満々な模様。

「今はね、ハーヴィスが何を望んでいるか判らないから、何もしないだけ。勿論、友人達には手紙で今回の一件を知らせるけど、まだまだ情報不足でしょう？　それに魔王様が怪我をしている以上、初手はイルフェナに譲るのが礼儀よね」

「そうだな、自国の王族を襲撃されたからな。いきなり魔導師が出ていけば、国が腑抜けと侮《あなど》られる。イルフェナにおけるエルシュオンの価値とて、疑われるだろう」

「でしょう⁉　イルフェナはすでに抗議しているみたいだし、ハーヴィスがどんな対応をするかで今後が決まるわね。何らかの思惑があるなら叩き潰して、奴らが一番嫌がる方法で報復したいじゃない」

「相変わらず性格が悪い。まあ、今回は親猫が襲撃されたんだ。お前達の噂を知っていれば、魔導師が出てくることも予想済みと判断される。……それが『どんな形』かは判らないがな」

「だよねー！」

にこにこと笑い合いながら、私とルドルフは言葉を交わしている。ただ、二人とも目が笑っていないだけだ。物騒な会話を聞いている二人の騎士達とて、楽しげに見守っている。

今後起こり得る『災厄』が予想できたとしても、ルドルフは沈黙を貫くだろう。それこそ、ルドルフなりの報復だ。私を諌めることをせず、知らぬ振りをして事態を見守るだろう。

そして、必要があればこの一件の当事者という立場とその地位を利用し、行動を起こす。ルドルフは私に期待しつつも、自らも協力者となる気なのだ。今回に限り、私の後ろ盾と言えなくもない。

金色の親猫に守られ続けた子猫と子犬は腑抜けではない。単に、牙と爪を敵に向ける時期を待っているだけだ。

って言うかだな。

『人生ジェットコースター・魔導師は使い勝手の良い駒』な人生を送っている私と、『幼い頃から苦労人・殺《や》るか殺られるかの人生』だったルドルフ。この二人が、大人しいはずないだろ⁉

「ふざけてんじゃねぇぞ、精霊姫にハーヴィス！　『災厄』の名に相応《ふさわ》しい未来をくれてやらぁ！」

「はっは！　頼もしいな、ミヅキ。用があるなら言え、いつでも手を貸す」

笑っていない目のまま、キャッキャと仲の良さを発揮《はっき》する私達。実行担当と権力担当に分かれていようとも、目的は一つ。いざ、共闘へ！

「微笑ましい光景ですね。相変わらず仲が良いようで、何よりです」

「仲の良い姉弟《きょうだい》のようだと、ゼブレストでも言われていますから。ルドルフ様が頼もしき友を得て、アーヴィも安心でしょう」

「そうですね。ですが、ミヅキは少々お転婆《てんば》です。エルがこのような状況である以上、我々守護役が守りませんと」

「勿論ですよ。ルドルフ様も快く許可してくださるでしょう」


（騎士達の会話・意訳）

『行動する時は同行します。与えられている立場上、魔導師を守るだけですよ？　【敵】が何かは気にしない♪』


止める気など欠片《かけら》もない、アル＆セイル。私達の会話に込められた毒を綺麗にスルーした二人の騎士達は、『仲良し同士の微笑ましい会話』で済ませる気満々です。

『いいぞ、徹底的にやれ！』なんて、彼らは言いませんよ？　立派な騎士だもの。……明確に言わなきゃいいんだよ、証拠がなければ大丈夫！

こうして楽しい食事の時間は過ぎていった。そこで交わされた会話の内容がどんなものであろうとも、私達にとっては『楽しい昼食』だったので、何の問題もない。

第四話　ハーヴィスにて

――ハーヴィス王城・王の執務室にて

「これは一体、どういうことだ！」

顔面蒼白のまま、王は怒鳴る。その震える手に持っているのは、イルフェナからの抗議の書だった。

そこに書かれている内容も、内々に収めることができるようなものではない。まさに怒り心頭としか言えない文章が綴《つづ》られていることも含め、冷静さを欠くのも仕方がないと言えるだろう。

「アグノス……何故……」

呟《つぶや》く王の声は悲壮さを滲ませている。いくら『血の淀み』を持って生まれた娘であろうと、王にとっては亡き最愛の女性との間にできた子。

その命と引き換えに生まれたような娘だからこそ、王は何としても幸せな人生を送らせたかった。それが最愛の側室の望みであり、遺言でもあったのだから。

「アグノス様はその……御伽噺の世界と現実を揺蕩《たゆた》っていらっしゃる方。それを周囲にさえも求めていらした。イルフェナからの抗議を信じるならば、乳母は決して結ばれないどころか、会う機会さえない王子……エルシュオン殿下を王子役に仕立てていたのでしょう」

「噂と才覚はともかく、非常に美しく優秀であり、悲劇的な要素を持つ方です。『御伽噺に出てくる王子様』とするには、とても都合が良かったのでしょう」

「あの魔王をか？」

溜息を吐きながら語る側仕えに、王も言葉をなくす。御伽噺に出てくる王子など、現実では中々いまい。だが、イルフェナの第二王子はかなり近い要素を持っていた。

『美しく』『優秀』で、『高い魔力を持って生まれたゆえに孤独』。確かに、それだけならば適役とも言えるのだろう。


だが、彼はそのような――『御伽噺の王子様』と称されるような存在ではない。

姫に愛を囁《ささや》き、正義のためにどのような危険にも立ち向かうような『ありえないほど愚かな人物』には成り得ないのだ。寧ろ、そのような者が現実に居るかも怪しい。

そもそも、王族の婚姻とは個人の幸せではなく、国の政の一環である。貴族達のパワーバランスを考慮したり、他国との結びつきのために行なわれるのが普通なのだ。

そうやってできた夫婦に愛情がないとは言わないが、それらは婚姻後に培《つちか》われていくものが大半であろう。それも激しい恋情ではなく、家族愛や背負う責任から生まれる共闘意識の方が圧倒的に強かった。

ある意味、適度に冷めている関係だからこそ、互いを冷静な目で見ることができる。たった一つの過《あやま》ちが家や国の存亡に関わる場合がある以上、頼りにならない伴侶《はんりょ》など冗談ではない。

王族や高位貴族は特に、こういった認識が強いだろう。それゆえに、己に課せられた役目を理解できない愚か者には『不幸な事故』や『悲劇的な未来』が待っているのだから。

「肖像画と先ほど申し上げた情報程度の認識ならば、魔王殿下と恐れられることさえも、その孤独を彩るものとなりましょう。金の髪に青い瞳という色彩もまた、アグノス様の理想に適っていたと思われます」

「……。そう、か……」

側仕えの言葉に、王は何も返せない。本来ならば、もっと早くに気付かなければならなかった娘の狂気。それをまざまざと突き付けられ、王としてだけでなく、親としてもどうしていいか判らない。

王の知るアグノスという娘は、優しく周囲に慕われる子であった。時折、癇癪《かんしゃく》を起こすと報告されてはいるものの、疎まれるような言動はなかったはずである。

勿論、周囲の者達の尽力《じんりょく》もあったろう。だが、『それで抑え込める程度の狂気』だったはずなのだ！

「逃げ出したシェイムにさえ優しさを向け、匿《かくま》うような子であったのに……周囲の者達とて、アグノスの幸せを守るために尽力してくれていたはずなのに……何故……」

王は嘆くが、側仕えはこっそりと冷めた目を主へと向けた。『周囲の者達の尽力によって保たれている』ならば、『いつ、何が起こっても不思議はない』のではないかと。

この国の王は酷い人ではないのだろう。悪政を行なったとか、特権階級ゆえの傲慢さが過ぎるということもないのだから。

……が、『王という存在』として見た場合、どうにも頼りない印象を受けてしまう。それは我が子への特別扱いにも現れており、『血の淀み』を持つアグノスは本来、もっと厳重に管理されていなければならなかったはずなのだ。

それを現状に留めたのは、王の独断ゆえ。

ハーヴィスという国は閉鎖的であり、他国との付き合いも浅い。それゆえか王族、もっと言うなら王の言葉は絶対に近い。少なくとも、他国よりは重く受け取られてしまう。

他国とて、国ができた当初はそうだったはず。だが、長い時間の果てに国が成長し、他国との付き合いもできてくると、王一人の独断に国を任せてしまうのはあまりにも危険だと気付いていく。

国を興《おこ》せるような人物が常に王として立つならばともかく、そのような才覚を持つ者はそうそう生まれまい。

結果として、王一人に重責を担わせるのではなく、国の上層部に属する者達と意見を交わし合い、王が最終的な決定を行なうという形になっていくのは自然の流れだった。

……が、ハーヴィスという国は他国との付き合いが希薄なせいか、王の持つ決定権が他国に比べて強いままだった。それで何とかなってしまったのも、一因であろう。

だが、そのような状況を憂う者とて当然、居る。自国が時代の流れから取り残され、他国と差がつくことを恐れているのだ。

閉鎖的な環境は情報取得や物流、人材の育成などに、じりじりと影響を及ぼしている。塞《せ》き止められた水が澱《よど》むしかないように、新たな風の吹かぬ国に未来はない。

アグノスの『血の淀み』とて、自国内で婚姻を繰り返した結果なのだから、その危機感が杞憂であるはずもなかった。ハーヴィスは『血の淀み』を持つ者が生まれやすいのだ。

「陛下、嘆いている時間はございません。事実を確認し、状況次第でイルフェナに謝罪を」

「しかし……事実であれば、アグノスは……」

「それだけのことをしたのです。当然ですわ」

「⁉」

言いよどむ王の言葉を遮る声。驚いた二人が声の主を探れば、いつの間にか侍女を連れた王妃の姿があった。全く気付かないあたり、王達の余裕のなさが窺える。

「ノックもせず、失礼致します。イルフェナから書が届いたと聞き、慌ててこちらに来ましたが……宰相から聞いた話は事実だったようですわね」

気の強さを窺わせる容姿と声音の持ち主は、王の情けない姿に僅《わず》かに目を眇める。そして、徐に二人の傍へとやって来た。

「王妃よ……」

「ですから。ですから、私はアグノスを甘やかすなと言ったのです！　王女であれば、『血の淀み』がもたらす影響は馬鹿にならないと、あれほど申し上げましたでしょう⁉　それを陛下は、亡き側室への嫉妬だのと……本当に情けない……！」

頭が痛いとばかりに、王妃は頭《かぶり》を振った。それでも彼女の目に涙は見られず、今この時でさえ、少しでも良い方向に持っていけないかと考えを巡らせている。

そもそも、国王夫妻の間に恋愛的な愛はない。王妃はこの閉鎖的な国には珍しく他国への留学経験を持つ才媛であり、その頭の良さと度胸を買われて王妃にと望まれたのだ。

だが、そのような王妃だからこそ、疎む者も当然いた。寧ろ、疎む者達の方が多かった。変化を望む者ばかりではなく、変わらぬことを最良と考える者達とて存在する。

その結果、声を上げようとも抑え込まれてしまうことが多々あるのだ。アグノス……精霊姫への対処もその一つ。

だが、今回ばかりは王妃が正しかったと言わざるを得まい。

よりにもよって、イルフェナの王子を襲撃したのだから。

「アグノスへの対処は、陛下がご自分でなされていたはず。あの子の思考、その願いを叶える手駒と成りえる者達、王女としての自覚……当然、陛下は把握されていたのでしょうね？　私へと『口を出すな』と言ったのですから」

「それ、は……」

「勿論、『御伽噺の姫に成りきっているから、問題ない』とは言いませんわよね？　あの子の歳を考えれば、王女として最低限の教育を施すのが当然ですもの。御伽噺に出てくる姫ならば、他者を傷つけることはないでしょう。ですが、現実はそうもいきません。それ以前に、あの子は王女なのです。口から零れた『我儘《わがまま》』を叶えてしまう者達が傍にいるならば、言動に気を付けることを徹底的に身に付けさせるべきではありませんの？」

王妃の言い分は正しい。だが、彼女はアグノスの生みの親ではなかった。その事実が他者の目を曇らせ、彼女の正しさを受け入れがたくしてしまっていた。

王は『アグノスの父』としてしか、アグノスの件を判断せず。
王妃は『国を守る者』としての自負の下、厳しい言葉を向ける。

アグノスに対し、二人の意見が衝突するも当然と言えるだろう。二人の立ち位置は全く違うものであり、立場が違えば『最良の対処』は違ってきてしまう。
また、アグノスが比較的普通に見えてしまうことも災いした。そこに母から受け継いだ美貌と、『血の淀み』を持つ者特有のカリスマ性が加わったことにより、アグノスが『血の淀み』を持っていようとも、同情する者が多いのである。
「優しい王女、美しい姫君……あの子を称賛する声は確かに多いでしょう。ですが！　だからこそ、隠さねばならなかった。何らかの不都合が起き、あの子の狂気が知られる前に」

言いながらも王妃は俯き、唇を噛む。『表面的なものとはいえ、アグノスの良い点を見せつける』という方法もあった、と思い至って。

だが、今回の一件でその可能性も潰《つい》えた。多少の温情をかける理由には成り得ただろう。

危機感を募らせるだろう。その果てにあるのは……アグノスの今後は。

そこに思い至る度、王妃には苦いものが込み上げる。アグノスの名誉は守られたのだ。

という評価を落とさないまま表舞台から去れば、アグノスの名誉は守られたのだ。

それを壊したのが……『娘に甘い父親』としての自分を取った王の愚策。

本当に娘が可愛いのならば、その名誉を守ってやることを考えるべきだろうにと、王妃は王の過去の選択を忌々《いまいま》しく思った。

それでも、何かしら打つ手を考えなければいけない。彼女は王妃であり、民や国を守ることを己が使命とする者なのだから。

「とりあえず、事実確認を。抗議してくる以上、証拠がないはずはないでしょう。アグノスの周囲の者達も当然、取り調べを受けてもらいます。状況によっては、アグノスの愚行を黙認した罪を背負ってもらわねばなりませんもの」

――少しでもアグノスの罪の受け皿となれるならば、彼らも本望でしょう。

王妃の言葉に、王と側仕えははっとなった。王妃はイルフェナの抗議に誠実に対応しつつ、主犯であるアグノスを庇《かば》おうとしていると気付いて。

だが、王妃は二人の視線を受けて首を横に振った。

「誤解なさらないでくださいな。私はあの子のためにやろうとしているわけではございません。『王女が襲撃を画策した』という事実よりも、『王女の傍にいた者達の暴走』としてしまった方が、我が国が受ける傷は浅い。少なくとも、『画策した者を王が断罪する』ということにできますもの」

要は、ハーヴィスに自浄が望めるというアピールである。イルフェナの追及に対し、アグノスがまともに受け答えができるか怪しいため、このような茶番を考えたのだ。

何より、『周囲の者達の企みに気付かなかった』ということにして、アグノスを引き籠もらせることができる。幽閉は免れなくとも、命を失うことも、批判に晒されることもない。

民の持つイメージが『美しく優しいお姫様』ならば、『忠実に仕えてくれた者達の愚行に心を痛め、祈りの日々を送ることを選択した』としてしまっても無理はない。事実がどのようなものであれ、そのような流れを作ってしまえばいい。

問題はイルフェナが納得してくれるか——騙《だま》されるとは思えない——だが、王女であるアグノスを処罰できるほどの証拠がないなら、沈黙するしかない。相手が他国の王族である以上、いくらイルフェナであっても無茶はできないだろう。

「さあ、忙しくなりますわよ」

一言告げて、王妃はその場を後にする。情けない男達に構っている暇はない。まずは宰相に相談し、状況の把握に努めなければならないのだから。

そう決意し、王妃は今後やるべきことに想いを馳《は》せる。彼女を動かすのは、王妃としての誇りのみ。その決意がどのような結果になるかは、イルフェナが握っているのだ。

第五話　精霊姫

——ハーヴィス・とある一室にて（ハーヴィス王妃視点）

イルフェナからの抗議を受け、事実かと問われたアグノスは不思議そうに首を傾げた。

「そうよ、それのどこが悪いの？」


——だってあの方、私の『物語』に相応しくなくなってしまったんですもの。


その答えを受け、私は言葉をなくす。目の前のこの子は一体、何を言っているのだろうとすら思ってしまった。

そう思ってしまうほど、アグノスからは悪意らしきものが感じられない。聞かれたから答えている、程度の認識しかないようなのだ。

「どこが悪い……ですって？　他国の王族、それも名の知れた第二王子を害したのですよ⁉」

冷静にならなければと、内心で己を戒《いさ》めるも、じりじりと湧き上がってくる感情は否定できない。

そこには紛れもなく『ある感情』――所謂《いわゆる》『恐怖』が含まれていた。

アグノスが何らかの言い訳を述べたり、襲撃への関与を否定しようとするならば、こんな風に思うことはなかっただろう。甘やかされた王女の我儘……と思うこともできたかもしれない。

だが、私の追及を受けたアグノスはあっさりとそれを事実と認め、先ほどの台詞《せりふ》を吐いたのだ。

アグノス以外の人間が一斉に顔を引き攣らせるのも無理はない。

誰もが得体の知れないものを見る眼差しを、当のアグノスへと向けている。もっとはっきり言うならば……それは『恐怖』だった。

か弱い王女に向ける感情ではないのだろうが、アグノスの異様さを感じ取っているのだ。今回の一件の重大さを知っているからこそ、あっさりと認めるアグノスの姿が奇妙に映る。

「私は『お姫様』なのでしょう？　だったら、王子様にも『御伽噺のような方』でいてもらわなくちゃならないわ。だって、私はそう在《あ》ることを求められてきたのだもの」

「求められて……きた？」

「ええ。亡くなった乳母もよく言っていたわ。『御伽噺に出てくるような、優しいお姫様におなりなさい』って。そう在ることが『私の幸せ』なのでしょう？」

何の疑いも抱いていない、幼子のような言い分。その根底にあるのが乳母の教育と知り、私は顔から血の気が引くのを止められない。

何せ、その元凶たる乳母はすでにこの世になく。間違いを正そうにも、アグノスが他者の意見を素直に受け入れるとは思えなかったのだ。いや、それ以前の問題だろう。

予想以上の事態に、私は気を失うことさえできぬ己が立場を呪った。ここで私が倒れてしまっては、アグノスへの追及ができなくなってしまう。

アグノスの世界は、どこまでも御伽噺が基準となっているのだ。それも『優しいお姫様が主役に据えられている物語』が！

アグノスの特異性を考えれば、これは致命的だった。主役とは『物語の中核たる者』……せめて、脇役として『優しいお姫様』が存在する物語であったならば、これほど極端な解釈はしなかったのかもしれない。そもそも、脇役にそこまでの見せ場は与えられまい。

アグノスが知る御伽噺とは、『お姫様が主役』であり、『必ず幸せになる物語』。調べた限り、その条件が当て嵌まる。アグノスの幸せを願うならば、どうしてもそうなるのだろう。

そして御伽噺の『主役』は大抵の場合、どのような苦難が降りかかろうとも、必ず幸せな結末が待っている。……そう、『必ず』だ。苦難には自身で立ち向かうなり、他者の助力をもって乗り越えていく。それこそ、物語の見せ場だろう。

その『苦難』を『主役にとって都合の悪いこと』と解釈していたならば……今回の襲撃とて、アグノスにとっては『正しいこと』なのではなかろうか。

物語から外れた王子様の存在は、御伽噺を重視するアグノスにとっての『苦難』。

ゆえに、アグノスは『自ら』排除を試みて、己が世界を保とうとした。

それに『助力』したのは、アグノスに助けられたシェイム達。

シェイム達が助力したのは、アグノスが『優しいお姫様』として接したから！

誰から見ても無茶苦茶な言い分だが、アグノスにとっては正しい流れなのだろう。だからこそ、批難される理由が判らないに違いない。

──『自分は望まれた役割を果たしているのに』と。

どこまでも純粋に、歪《いびつ》な教育を信じているだけ。そう在ることを決めたアグノスにも非はあろうが、そのような姿であるべきと誘導した周囲も罪深い。

そこまで考えて、私は頭を抱えたい気持ちでいっぱいだった。今回の一件を起こさせてしまったのは、アグノスへの対処や彼女の周囲の者達の選定を間違った国にもある。イルフェナにそこを突かれれば、言い訳のしようがない。

この場に居る誰もが国の今後を想定し、暗い未来を思い浮かべた。そんな重苦しい雰囲気の中、アグノスは再び不思議そうに首を傾げた。

「皆、どうしてそんなに暗い顔をしているの？」

この期《ご》に及んで事態を理解できていないのか。そう思うも、アグノスは『血の淀み』を受けた者であると思い直し、言葉を飲み込む。それに加え、この子の根底にある常識が歪《ゆが》んでいる以上、簡単には理解させられまい。

「……アグノス様。ご自分のしでかされたことを、本当に理解していらっしゃらないのですか？　貴女様の行動によって、我が国は窮地に立たされようとしているのですよ⁉」

さすがに黙っていられなくなったのか、侍女の一人が声を上げた。このような状況であろうとも、王女に対する不敬であることは変わらない。それが判っているだろうに、アグノスを批難せずにはいられなかったのか。

「お止めなさい。今のこの子に言っても無駄でしょう」

「ですが！」

「この子にそう思い込ませた者達、それを許していた我が国にも非はあります。勿論、私にも。親としての情による陛下の甘さ、そして正しく状況を把握できていなかった愚かさが最も大きな原因でしょうが、それでも……私が無理に介入することもできたはずなのです」

「王妃様……」

お労《いたわ》しい、と言ってくれる侍女の忠誠は嬉しいが、私の言葉は事実だった。アグノスに忠誠を誓う者達に拒まれようとも、陛下に叱責されようとも、行動すべきだったのだ。

そうすれば、ここまで問題になる前に何らかの対策ができた。……回避できる事態だった。そこに気付いている以上、言い訳はすまい。

そんな決意を込めた私を再び凍り付かせたのは、アグノスの澄んだ声音だった。

「『要らないもの』を排除して、何が悪いの？」

「……え？」

「私の物語に『不要なもの』だもの、物語から退場させるのは当然でしょう？」

どこまでも無邪気に、微笑みすら浮かべて語るアグノス。けれど、その内容はとても残酷なもの。

貴族や王族である以上、政敵と潰し合うことはある。それをアグノスが知っていても不思議はないし、誰かが教育した可能性も捨てきれない。

――だが、アグノスにはその『敵』に対する憎しみすら感じられない。


何なのだ、『これ』は。


そんな言葉が思い浮かぶ。アグノスのあまりな言い分に、私は再び絶句した。どこが『優しいお姫様』なのだ……これでは『他者を命とさえ思わぬ残酷な姫』ではないか！

個人的に憎んでいるわけでも、政敵と思っているわけでもない。純粋に『要らないもの』と思っているからこそ、『消す』ことに躊躇《ためら》いがない。まるで子供の無邪気さにも似た残酷さ。

いや、それは役割から逸れた者だけが対象ではないだろう。アグノスにとっては自分以外の人間の人生……人の命さえ、己の物語を飾る『物』に過ぎないのだ。

今回はその対象となったのがエルシュオン殿下だった。本人の了承を得ずに割り振った役割のくせに、物語にそぐわないという自分勝手な理由で、何の関係もない他国の王子を殺そうとした。

その身勝手さが『別の誰か』に向かないと、誰が言える？　己の邪魔をするならば……御伽噺の世界にそぐわないならば、同じ扱いをする可能性があるのに？

アグノスの物語、彼女が主役を務める『世界』。その理想に適わなかった人は、物は、国は、一体どうなる？　……どのような方法で『退場』させられるのだ⁉

これが無力な民間人ならば、恐れる必要はないだろう。だが、アグノスは王族、そして『血の淀みを受けた者』。そのカリスマ性に心酔《しんすい》し、無条件に尽くす者達が存在する以上、排除や破壊が不可能とは言い切れまい。

現に、エルシュオン殿下への襲撃を成功させているのだ。排除対象が自国へと向いた場合、正直、どのような事態を引き起こすのか想像がつかなかった。

その際、アグノスの本性を知らない者達を巧みに利用し、味方にされてしまったら最悪だ。邪魔する者達を悪意なく排除し、己のための国を作り上げようとするだろう。

アグノスにとって、それは『正しいこと』なのだから！

無邪気と無知、無垢《むく》と残酷さ。それらを併《あわ》せ持つのがアグノス。

人の心など判らず、他者のことなど気にしない……残酷な精霊姫。

偶然とはいえ、アグノスの『精霊姫』という渾名は的を射ていたのだ。人と異なる価値観を持ち、己を至上とする精霊に、他者を慈しむ心などありはしない。

そのような些細なことなど、『気にする必要がない』。全ては物語の中核たる、彼女の人生を彩る『物』でしかないのだから。

それを可能にするのが、アグノスの信奉者達。精霊姫の名が示す真の意味に気付かず、表面的な美しさや優しさに心酔した者達はいつしか、己の人生をアグノスに絡め取られていく。忠誠という名の鎖に繋がれ、その在り方を疑問に思うこともないのだろう。

思わず、一歩下がる。アグノスが得体の知れない、恐ろしいものに思えてしまって。

そもそも、『血の淀み』とは、血の近い者同士の婚姻が生み出したもの。血の薄まりと共に発散されていくはずの、長い年月の果てに溜まっていったドロドロとしたもの――王族・貴族の業《ごう》――が凝縮し、人の姿をとって現れるならば、今のアグノスのような存在ではないのだろうか？

「王妃様？」

不思議そうに首を傾げるアグノスは相変わらず美しい。幼さが残る仕草も、彼女の容姿と相まって無垢な印象を与えるだろう。

だが、この場にそう思う者は皆無《かいむ》だった。その異様さに中てられたせいか、皆がアグノスへと向ける視線には若干の脅えが含まれている。

駄目だ。『これ』は我が国に残せない。

陛下には申し訳ないが、『これ』を制御するなど不可能だ。誰かを身代わりにするなんて甘いことを言わず、排除してしまえる機会と思った方がいい。

陛下は反対するだろう。だが、今回ばかりは私も退《ひ》く気はない。泥を被ることになったとしても、アグノスにこれ以上好き勝手をさせては駄目だ。

『血の淀み』を持つ者の中には、無害な者もいることは知っている。だが、アグノスはそれに該当しない。彼女は『無欲』でも、『己が望み』がないわけでもないのだから。

アグノスからすれば、『幸せになれるよう、努力した』ということなのだろう。『自分は【御伽噺に出てくるようなお姫様】でなければならない』と、どこまでも純粋に考えているだけ。

そうしてしまったのが周囲の者達だったとしても、私はアグノスに同情する気にはなれなかった。全てはアグノス自身の意思で行なってきたこと……アグノス自身が選択し、行動してきた結果なのだから。

――ごめんなさい。貴女の娘を守ってあげられない。

胸中で、今は亡きアグノスの母へと謝罪を述べる。ろくに会うこともなく、親しかったわけでもない。それでも命と引き換えに娘を産んだ彼女への敬意がないわけではなかった。

そんな彼女の最期の願いであろうとも、国にとって害となるならば排除する。それが王妃である私の誇りであり、責任であろう。

「……もう十分です。これ以上は無駄でしょう」

深く溜息を吐いて、アグノスへと背を向ける。陛下への説得は気が重いが、やるしかない。あとは、イルフェナへの謝罪だ。陛下やアグノスの信奉者達が勝手なことをする可能性があるから、きつく言い含めなければ。

アグノス、貴女にとって私は御伽噺の悪役に等しい存在なのでしょう。どのような罵《ののし》りも甘んじて受けますから、『悪役に殺された、可哀想《かわいそう》なお姫様』になってくださいな。

第六話　アルベルダ主従の考察

――その知らせがもたらされた時、アルベルダ（の一部の者達）には激震が走った。

……が。

それは必ずしも、『国同士の争いが起こる』ということに対してではなかった。

「……」

「……」

何とも言えない表情で黙り込む、グレンとウィルフレッド。そして、執務机には一枚の手紙が置かれていた。言うまでもなく、ミヅキからの『状況報告』である。それを見た二人が黙り込むのも、当然だろう。

「まあ、な。その、俺はグレンから報告を受けていたたし、ある程度のことは予想していた。予想していたんだが」

深々と溜息を吐き、ウィルフレッドは遠い目になった。

「……これ、ゼブレストとカルロッサも参戦してくる可能性がないか……？」

「まあ、そうでしょうね」

さらりと無情な答えを返すグレン。だが、これればかりは他に言いようがないとも言う。

「ミヅキからの手紙を読む限り、ジークフリート殿達が居たからこそ、被害が最小限で済んだと思います。エルシュオン殿下は負傷されましたが、それでも現在は『魔力を使ったことによる極度の疲労』という報告に納得できる範疇《はんちゅう》で済んでいる」

「それは判る。エルシュオン殿下がその状態だからこそ、ハーヴィスには話し合いというか、弁明の余地が残されているんだ。逆に言えば、魔導師殿達が作った魔道具がなければヤバかった」

状況を整理するように、更に掘り下げた話をするウィルフレッド。これはグレンに聞かせる意味もあるが、自身の解釈に対する確認でもあった。

この二人、『互いの認識を確認し合う』ということをしながらも、最良の対応を模索中なのである。

個人的にはイルフェナ、そして魔導師であるミヅキに味方をしてやりたい。だが、ハーヴィスの事情が今一つ判らないため、迂闊に動くわけにはいかなかった。

そもそも、この手紙自体、ミヅキが個人的に寄越《よこ》した物。ハーヴィスの対応次第ではどうなるか判らないため、『とりあえず状況説明。現時点ではこんな感じ』とばかりに、いち早く情報を流してくれたのだ。

下手をすれば、イルフェナとハーヴィスの一大バトルが開始される。そこには当然、魔導師とエルシュオンの騎士達が参戦してくるだろう。寧ろ、開戦が決まった途端、某《ぼう》黒猫が勝手に『お出かけ』（意訳）しかねない。

あの子ならやる。個人が相手だろうが、国が相手だろうが、絶対に殺る。（※誤字に非《あら》ず）

なまじ付き合いがあるため、主従は揃って確信しているのだ。この一件に関係のない国であろうとも、そこまでくれば無視はできない。今回の手紙は『どうなるか判らないから、心構えだけはしておけ』と言わんばかりの、ミヅキの優しさなのである。

そこで『優しいなら、参戦しなければいいんじゃ？』などと言ってはいけない。

親猫が襲撃された以上、黒い子猫にとって報復は決定事項なのだ。

被害が拡大しようと、己が化け物扱いされようと、かの魔導師は止まるまい。ハーヴィスの対応によっては報復対象が『襲撃指示者』ではなく、『国』という状況になったとしてもだ。

それでも成し遂げる可能性が高いのが、ミヅキという魔導師だった。『嫌な方向に賢い』と評判の彼女は、それはそれは悪質な手段を用いて一国を滅ぼそうとするだろう。

親猫が止めようとも、嘆こうとも、間違いなく『災厄』と化す。その根底にあるのが自己保身ではないからだ。彼女は自分の居場所がなくなろうとも、決してイルフェナに泥を被らせまい。

戦になれば、多少なりとも犠牲が出ることは必至。それだけでなく、様々な方面に影響を及ぼすだろう。その時、責任の一端を問われるのがイルフェナだ。正当な理由があっての報復だろうと、戦を始めた以上は責められても仕方ない。

それを回避する方法の一つが、『初めから【魔導師VSハーヴィス】という形にすること』。

この場合、イルフェナは魔導師を咎める立場となる。魔導師を野放しにした責任は追及されるかもしれないが、それを言ったら、守護役達が在籍する全ての国にも非があることになるため、大したことにはなるまい。そもそも、怒れる魔導師を止める術があるわけない。

エルシュオンに『自分のせいでイルフェナに迷惑が掛かった』などと思わせないため、ミヅキはあえて個人的な報復に出るのだ。全ては敬愛する親猫のため……勿論、自身の手で報復したいという気持ちも嘘ではないのだが。

エルシュオン達が無事であれば良いとばかりに、ミヅキは一人で悪役を引き受けるだろう。自己中娘は自分勝手な忠誠のまま、自身が討伐される可能性も考慮した上で、平然とそんな道を選ぶ。

ウィルフレッドはグレンの……異世界人の自分勝手な守り方を知っている。ゆえに、たやすくその可能性に思い至っていた。異世界人達が守るのは恩人の命ばかりではない。己を駒とし、その心どころか、彼らが大切に思うものさえも守るのだ。

……が、それなりにミヅキ達と親しい主従からすれば、そんな状況は許せるものではなかった。

「今回は完全にハーヴィスが悪い。だが、そこで魔導師殿が『災厄』と化せば、魔導師殿の方が泥を被ることになる」

「危機感を抱かれるのは間違いないでしょうね。現在、ミヅキが比較的受け入れられているのは『民や国にとって、過去に存在した魔導師ほどの害がないから』です。それが崩れれば、排除対象になりかねません」

「イルフェナも庇いきれないだろうしなぁ……」

この会話を聞けば判るが、この二人が案じているのはイルフェナとミヅキのことだけであった。ハーヴィスが亡ぼうが、困窮《こんきゅう》しようが、全く気にしない。寧ろ、自業自得と思っている。

それでも『脅威』と認識されれば、一定数の者達は魔導師に危機感を抱く。そんな未来を想定し、この主従は『ミヅキが排除対象として認識されないよう、アルベルダはどう動くべきか』という方向で頭を悩ませているのであった。

誤解のないよう言っておくが、二人は個人的な感情のみで頭を悩ませているわけではない。ミヅキは非常に使い勝手の良い駒であるため、惜しむ気持ちが半分だ。

誘導役のエルシュオンさえいれば『仕事』として動いてくれるため、アルベルダという『国』としても、今回の一件でミヅキを失うわけにはいかないのである。

『ミヅキ自身に価値を持たせる』という決断を下した、親猫の勝利であった。

猫親子は二人セットで、各国から愛される存在となっていたのである。


……まあ、その『愛される理由』が一般的ではないのだが。それでも『失えない』と判断される要素になるのだから、結果的には問題ないのだろう。利害関係の一致は時に最強。

ハーヴィスはエルシュオンを狙った段階で、致命的なミスを犯していたのである。まさか、各国が『困った時の魔導師様』を手放したくないがため、敵に回るとは思うまい。

個人的な感情のみで魔導師の味方をすれば当然、配下達からの反発は必至。しかし、『国として失えないもの』という方向ならば理解は得られるのだ……そう判断するほどに、魔導師ミヅキは非常に有能（意訳）だった。冗談抜きに『超できる子』なのである。

これまでの功績があるからこそ、『今後も世話になる』という可能性を否定できないのだ。代わりを務められる者が居ない以上、確実に配下達の支持を得られるだろう。

「……。グレン、お前、暫く休暇を取る気はないか？　時と場合によっては、今回の一件におけるアルベルダの決定権を預けることになるが」

「は？」

唐突な提案に、グレンは訝しげな目をウィルフレッドに向けた。そんな視線を弟分から受けたウィルフレッドは、にやりと笑って更なる提案を。

「俺達は『何も知らない』んだ。魔導師殿の手紙による情報が全てだからな。お前、魔導師殿と同郷じゃないか。たまにはゆっくり話して来い。まあ……そこで『偶然』情報を得たり、『新たな襲撃に巻き込まれたりする可能性もある』がな！」

「……巻き込まれるよう、こちらから動くおつもりですか？　確かに、他国の目があれば動きにくくなるでしょうし、更なる襲撃があった場合はアルベルダも抗議できますが」

実際、グレンはアルベルダに必要な人間なので、これは当然の対応だ。そもそも、王であるウィルフレッドが弟分と公言して憚《はばか》らないので、王としても、個人としても、許しがたい事態なのである。功績も十分なので、王の独断などとは思われない。

と言うか、グレンはミヅキと同郷というばかりでなく、中身もしっかりミヅキと同類なのだ……涼しい顔して報復当たり前、馬鹿には苦難をもって判らせればよいとばかりに、反撃してきた過去がある。その『過去』がかなり物騒なものであることは、言うまでもないだろう。

そんな恐ろしい生き物を送り込むあたり、ウィルフレッドの本気が窺える。

エルシュオンへの襲撃に対し、内心はか～な～り～お怒りな模様。

「カルロッサとゼブレストばかり狡《ずる》いよな？　祭りは俺達も混ぜてもらわなくちゃな！」

「陛下、目が笑っておりませんよ」

「ははは、何を言うんだグレン。漸く平穏になってきたのに、それを乱そうとする国が出たんだ。どう思うかなんて、誰でも判るだろう？」

「……」

「……」

「それもそうですね」

アルベルダは先代のこともあり、特に戦狂い――先代キヴェラ王――が王位に就いている間は、かなりの苦労を強《し》いられた。現キヴェラ王とて、暫く前までは領土拡大を掲げていた。

ぶっちゃけると『殺るか、殺られるか』という状況だったのである。そんな時代を知る者からすれば、今は素晴らしく平穏なのだ。少なくとも、他国から戦を仕掛けられることがない。

それに加え、ミヅキがこの世界に来てからは各国との繋がりというか、仲間意識的なものが一部の者達にできているため、他国を過剰に警戒する必要もなくなった。


何せ、下手に争えば（個人的理由から）ミヅキが怒る。それはもう、激怒必至だ。


食材の入手が困難になるとか、厄介事を押し付けられるといった事情から、あの魔導師は争っている国を許すまい。行動理由が平和を愛する気持ちからではないので、当然、その扱いも酷いものとなるだろう。

『戦を終結させる』とは、必ずしも平穏な終わり方を選ぶ必要はないのだ……『喧嘩を止めたんだから、いいじゃない！』という言い分の下、見せしめとばかりに交戦強硬派をボロッボロにするに違いない。元より、ミヅキは『手加減？　何それ美味《うま》い？』と、素で言う生き物なのだ。

ミヅキに関わった者からすれば、関係者達が一度は目にする地獄絵図（意訳）は効果絶大なのである。その光景を目の当たりにした者達は恐れ慄《おのの》き、時には盛大なトラウマとなって『良い子』（意訳）になるほどなのだから。

「正直、ハーヴィスの狙いが何か判らない。それを知るためにも、お前を送り込む価値はあるのさ」

「……」

——精霊姫の暴走というには、あまりにも不自然。

それは二人揃って感じていることだった。そもそも、襲撃計画が国にあっさり見逃されていることもおかしい。『血の淀み』を持つ以上、護衛という名の監視は絶対に居たはずだ。

目を眇めて、思考に沈む主従。だが、どれだけ考えても正解らしきものは見えてこなかった。あまりにもハーヴィス側の情報が不足しているのだ。

そう判断したグレンの行動は早かった。

「御意《ぎょい》」

「頼んだ」

短く了承の返事をすると、グレンは足早に部屋を後にする。自らがイルフェナに向かう一方で、子飼い達に情報収集でも頼むつもりなのだろう。それを察しているウィルフレッドも、あえて命じることはない。

「さて、どうなるか」

どこか呑気《のんき》に呟くウィルフレッドは……笑っていた。普段とは違う、獰猛《どうもう》さを感じさせる笑みは、彼が他の候補者を追い落として王位に就いたことを嫌でも思い起こさせる。

温厚で大らかな性格だろうとも、彼は『王』なのだ。当然、それなりに残酷な一面を持っているのである。寧ろ、それがなければ王位になど就いていない。

「国同士の喧嘩は武力勝負ばかりじゃない。『どれだけ味方を得られるか』ってことも、重要なんだぞ？　ハーヴィス」

言い換えれば、世論誘導である。どれだけ正しいことであっても、周囲の賛同が得られなければ『悪』とされてしまうこともある。

今回は完全にハーヴィスが悪いが、それでも以前のエルシュオンの印象――悪意をもって魔王と称されていたもの――のままでは、イルフェナの裏工作を疑う声も上がっただろう。

ウィルフレッドが着目したのはそこだった。情報に疎いハーヴィスが古い情報を信じたまま、エルシュオンを悪役に仕立てようとしたのではないかと、疑っている部分もあるのだ。

基本的に、他国の優秀な王族というものは多かれ、少なかれ、悪意を向けられる。勝てない者の僻《ひが》みと言えばそれまでだが、追い落とそうとする者がいるのも事実。エルシュオンとて、自分なりに自衛してきたはずだ。

なお、そういった輩《やから》があまりにも多かったせいで、某猟犬達の警戒心の強さ・凶暴さに拍車がかかったことは言うまでもない。

魔導師ミヅキが猛威を振るう中、協力者としてほのぼのと過ごしているように思われている騎士寮面子だが、かつてはかなり殺伐《さつばつ》とした雰囲気を持つ皆様だったのだ。中々に凶暴な性格をしているミヅキの所業に驚かないのは、彼らも同類だからであろう。

「この予想が当たっていたら、魔導師殿『達』は激怒するんだろうな」

そんな未来を想い、どこか遠い目になるウィルフレッドであった。ただ命を狙うよりも、エルシュオンを貶《おとし》める方が彼女達を怒らせる。そう、確信するゆえに。

勿論、今となっては悪質なデマに踊らされることはない。十分な証拠を提示し、疑惑を向けてくる者達を説得する自信がウィルフレッドにはあった。それは各国の王族達も同じだろう。

甲斐甲斐《かいがい》しく魔導師の面倒を見るエルシュオンに対し、多くの者が抱く印象は『親猫』だ。もしくは最後の良心・魔導師のストッパー、常識人の救世主。

だが、それらの事実がなかった場合、エルシュオンは確実に暗躍を疑われただろう。それほどに、かつてエルシュオンに向けられていた悪意は大きかったのだ。

彼が生まれながらに持つ魔力、それによって起こされる無意識の威圧。本人にもどうしようもないことなのに、周囲はそれに恐怖し、悪として恐れる気持ちを増長させていった。

それがなくなったのはエルシュオン自身の努力、そして――

「まったく、本当に似た者同士の猫親子だな。自分の利にならずとも守ってきた結果、それが最強の守りとなって返って来るなんて！」

仲の良い二人を思い出し、低く笑う。かつての自分達とあまりにも似た状況に、ウィルフレッドは笑うしかない。エルシュオンは恩返しなど期待してはいなかった。それはウィルフレッドも同じ。それでも、あの異世界人達は彼らに報いてみせた。気付かないうちに策を組み立て、必要な時に結果を出す。……それが自分達の役目と自負しているが如《ごと》く、状況を覆してみせるのだ。

今回の件に関して言うなら、『エルシュオンに対する悪評』という個人にはどうしようもないものを、見事に否定させている。これでハーヴィスが被害者面《づら》をしようものなら、ウィルフレッドを始めとする多くの者達が否定の声を上げるだろう。

――『【あの】魔導師殿の面倒を見ているエルシュオンに限って、それはない』と。

世話になった者が多いからこそ、そして見返りを望まない姿勢を知っているからこそ、『エルシュオンがハーヴィスを陥《おとし》れようとした』という嘘に踊らされることはないのだ。

そんなアルベルダはつい最近、二人に世話になったばかりである。

「目が覚めたら、驚くだろうなぁ……親猫殿？」

ほんの数年前まで魔王と恐れられ、悪の象徴のような言われ方をしていたイルフェナの第二王子……エルシュオン。彼は今回の一件で、多くの味方がいることを知るのだろう。面と向かって言われずとも、嫌でも自覚する事態になるに違いない。

そんな近い未来を思い浮かべ、ウィルフレッドは笑みを深めた。これでイルフェナ王妃の憂いも完全に晴れるだろう――そう、期待しながら。

第七話　その時、各国は　～カルロッサ編～

――その日、各国の極一部に激震が走った。

『魔王様負傷中。襲撃犯はすでに拘束済みだけど、襲撃指示者やその周囲との一戦はこれから。よって、暫くはお仕事を回さないでね☆』

内容を読む前までは、彼らはそれほど警戒してはいなかった。魔導師ミヅキからの手紙と言っても、彼女は現在、親猫……もとい保護者の所に帰っているのである。

その保護者が何も言ってこない以上、あくまでも『ミヅキからの個人的なお手紙』でしかない。その内容とて、これまでを顧《かえり》みれば『知っておいた方が良い情報をこっそり流す』程度のもので済んでいた。

勿論、これらの行動は保護者であるエルシュオンの許可を得ている。善良な保護者殿は基本的に平穏を望むため、ミヅキのこういった行動を見逃すことが多々あった。場合によってはエルシュオンの指示により、ミヅキが動くこともあるほどなのだ。

彼らの一連の行動は各国にとって、非常に安心できる流れであった。

魔導師がろくでなしだろうとも、その上がまともならば使い勝手の良い手段と化す。

誰もミヅキに『常識』や『正義』なんてものを期待していない。信頼すべきは善良な親猫様。

人間は学習する生き物なのである。自国が世話になろうとも、個人的に好ましく思っていようとも、そういった判断は実にシビアな皆様なのだ。個人的な感情に動かされたりはしない。

最終的に『良い方向』に決着をもっていった功労者であろうとも、ミヅキを善人呼ばわりする者は皆無であった。……好意的ではあるのだが、どうにも『善』とするのは無理がある。

まあ、ともかく。

『異世界人凶暴種』という渾名が順調に定着していく中、周囲は悟ったのである。『エルシュオン殿下がストッパーでいるうちは問題なし』と！

『魔王殿下』と恐れられたのは、今となっては過去のこと。

今や、すっかり救世主扱い。困った時は『親猫様にお願い！』。

そんな認識をしていた各国上層部の者達は、ミヅキより知らされた『悲報』――エルシュオンの一大事なので、この認識で合っている――により、軽いパニックを起こしたのであった。

ちなみに、これはミヅキだけが原因ではない。

何せ、エルシュオンは『実力者の国』と称されるイルフェナの第二王子。間違っても泣き寝入りする国ではない上、エルシュオン直属の騎士達は『最悪の剣』という名を欲しいままにした過去を持つほど凶暴だ。

彼らがすんなりミヅキに馴染んでいることからも、『エルシュオンに忠誠を誓う騎士達は、ちょっとばかりアレな奴ばかり』（意訳）と思われても仕方あるまい。事実、彼らはミヅキが何をしようとも動じない。

――『国も怖いが、魔王殿下に忠誠を誓う騎士達も恐ろしい』

主が善良であろうとも、その配下達まで善良であるとは限らない。彼らに喧嘩を売った愚か者を『抱えていた』（注：過去形）国は、正しくあの騎士達の本質を理解し、それ以上に評価しているのだった。

彼らが暮らす騎士寮で、魔導師ミヅキが共に生活することへの不満が出ないあたり、イルフェナからの評価も知れよう。何も知らないミヅキは平然と暮らしているが、彼らは自国からも恐れられる皆様なのだ。

そんな騎士が激怒するのは、主であるエルシュオンを害された時。

しかも、今回は黒い子猫こと魔導師までもが参戦確定だ。

動じるな、という方が無理な事態であろう。場合によっては、襲撃を目論《もくろ》んだ犯人どころか、犯人を抱える国が亡ぶ。

冗談のようだが、あの騎士達とミヅキが激怒している以上、完全否定などできないのだ。そもそも、ミヅキからして『不可能と思われた状況を覆し、自身の協力者に利をもたらしてみせた』者。

今回はその利をもたらす相手が居ない上、ただ壊せばいいだけである。元より、『血の淀み』を受けた者が生まれた場合は国に管理責任が発生するため、『国』が報復対象という言い分も間違ってはいなかった。

そして、ミヅキは魔導師――国を蹂躙《じゅうりん》するのが常のように言い伝えられている『世界の災厄』。ミヅキ達の怒りを想定し、恐れ慄いた者達の予想はあながち間違いとも言い切れないのだった。

――そして、恐れ慄いた者達は、国を動かす力のある者達ばかり。

事態の深刻さを、おぼろげながら感じ取った彼らは即座に我に返ると、速攻で行動を開始したのだった。

なお、現時点において『個人的な行動』に留めているのはさすがである。イルフェナから正式な事情説明もないまま、過剰な危機感を感じて行動するほど、彼らは愚かではなかった。

ゆえに……『如何《いか》にして【適切な行動】という範疇に収めるか』というお題の下、各自頭を悩ませているのだ。

※※※※※※※※※

『カルロッサの場合』


「……」

「……」

無言でテーブルの上に置かれた紙を睨《にら》み付けているのは宰相閣下、そしてその息子であるセリアンである。

彼らはジーク達の部隊が今回の一件に関わっているため、現時点での詳細を知る権利を与えられたのだ。

余談だが、報告書を纏《まと》めたのはキースである。お世話係は本日もお仕事中。

ジークに書かせた場合、『エルシュオン殿下が襲撃されて負傷した。ミヅキや騎士達は報復する気満々だ』程度のことしか書かない。間違ってはいないが、どうにも詳細を省きがちなのだ。直球過ぎることもあり、非常に不安を煽《あお》る書き方である。

そもそも、イルフェナ側の対応が何一つ書かれないので、『国としての対応』を知りたいカルロッサとしては、不安を煽られるだけだった。改めて尋ねようにも、元が非公式の手紙なので、確実に返事が来るとは限らない。

勿論、キースはそういった方面にも気を遣えるため、一度の手紙で十分な情報をくれる。現時点で判明していることの全てを書き記した上で、個人的な見解とその根拠を、その場にいる者の考察として書くのだ。

それがなければ、いかに冷静沈着と言われる宰相親子であろうとも、大混乱に陥ったであろう。彼らは『エルシュオン負傷に伴う弊害』にたやすく思い至れる人々なので、胃痛の一つや二つを覚えても仕方がない。

現在とて、胃痛が全くないわけではないが……それでも『エルシュオン直属の騎士達と魔導師は落ち着いており、今はまだ動かない』という、キース発の情報があるからこそ、そこまで焦ってはいなかった。

彼らも何だかんだとエルシュオン達には世話になっており、ミヅキに至ってはセリアンに『小娘』と呼ばれながらも可愛がられている。

そんな彼らが悪《あ》し様《ざま》に言われる——今回は被害者だが、まるで彼らに原因があるかのように言い出す輩も出るのだ――のは納得できず、できれば何らかの手を打っておきたいと考えていた。

「まったく、余計なことをしてくれますね。暫く名前を聞かないと思ったら、『血の淀み』を持つ王女を隠していたとは。しかも、この様子ではまともに管理も、教育もしていないでしょう」

忌々しげに呟く宰相の姿に、セリアンも溜息を禁じ得ない。実のところ、セリアンとて父である宰相閣下の言葉に大きく頷いて賛同してしまいたい心境なのだ。

そもそも、『血の淀み』を持つ王女に対する乳母の教育とて何かおかしい。二人が突っ込みたいのは、問題の王女――アグノスの教育方針に関わることにもあった。

隔離されていることが前提となっているならば、『御伽噺に依存させる』という方法とて取れるだろう。物語の登場人物とて、自国や賛同者達だけで賄《まかな》ってしまえば、今回のようなことは起こるまい。

アグノスの教育方針を定めた者の敗因は『他国を巻き込んだこと』『中途半端に表舞台に立たせていたこと』の二点に尽きる。言い方は悪いが、内部だけで犠牲が済むならば、他国において問題になることはないのだ。

それを何故、他国の王族……王子を巻き添えにするのだろう？

お前らの不始末は、お前ら自身の手で収めんかい！

心境的には、こんな感じだ。宰相親子とて、苦しい時代を乗り切った自負がある。そんな彼らからすれば、ハーヴィスに同情などするはずがない。

ミヅキ同様、彼らは揃って馬鹿が嫌いだった。努力するならばまだしも、思考が停止しているとしか思えない拙い策に満足し、それを十数年続けた挙句に、他国に迷惑をかけるような輩に、かけてやる情けなど存在しない。

そもそも、彼らは元からエルシュオンの努力を認めていた数少ない者達なのである。自己保身を全く考えずに結果を出すミヅキの姿も知っているため、心の比重はどうしたってイルフェナの猫親子に傾くのだ。

「父上、私がイルフェナに参ります。キース達はこのまま滞在するでしょうが、あの子達では武力方面の助けにしかなりません。イルフェナとハーヴィスが揉めた場合、第三者として口を挟む者が必要です」

「貴方が行くのですか？　セリアン。ジーク達が当事者になっているとはいえ、下手に口を挟めば睨まれますよ？」

「判っております。ですが、このまま二ヶ国間で話し合いがなされた場合、あちら側が『イルフェナにも原因がある』と言い出しかねませんもの。他国には、その真偽を確かめる術《すべ》がありません。事情が事情です。打てる手は全て打って来ると見るべきですわ」

「……」

セリアンが警戒しているのは、かつてのエルシュオンの噂に絡め、ハーヴィスが被害者面をすることだった。勿論、全面的にエルシュオンが悪いなどとは言わないだろう。だが、『魔王殿下』という渾名に絡めて、周囲を味方に付けようとするかもしれないのだ。

「エルシュオン殿下を疎み、羨《うらや》む者にとっては、絶好の機会なのです。ハーヴィスの言い分に便乗し、騒ぐかも知れませんわ。ですから、偶然とはいえ、当事者になったカルロッサが口を挟むのです。……あの善良で努力家の王子様は、そろそろ報われるべきなのです」

セリアンの表情は憂いに満ちている。その表情を見た宰相閣下は、痛ましげに目を伏せた。

彼とて、政に携《たずさ》わる一人……生まれ持った負の要素に腐ることなく、国に貢献してきた姿を知るからこそ、エルシュオンを好敵手のように評価している面があった。彼自身が噂に惑わされなかったからこそ、さも事実のようにエルシュオンへの悪意を語る小者達――外交能力や身分的に、直接会ったこともない連中――が気に食わなかったのだ。

黙らせることをしなかったのは、エルシュオン自身がそれを望まなかったからに他ならない。あの王子は自分の実力をもって他者を黙らせることを信念にしており、下手な介入どころか、同情を向けることさえ許さなかったのだから。

「貴方はクラレンス殿と親しいですからね。私が知らぬこと……かの王子の苦悩や努力の片鱗《へんりん》を耳にする機会もあったでしょう」

「ええ。ですから、私も此度のことに憤《いきどお》っておりますの。それに、あの小娘のことも気になっております。もしも私の予想が当たり、再びエルシュオン殿下への悪意を声高に口にしようものなら……黒猫は牙を剥きますわ。『あれ』は血塗られることも、泥を被ることも、恐れない。ただただ、敬愛する親猫への悪意を滅ぼそうとするでしょう」

呆れたように肩を竦めるセリアンだが、その口元には笑みが浮かんでいた。それを見た宰相閣下も、苦笑を浮かべて頷く。

「やるでしょうね。そしてきっと、こう言うんです。『実力で黙らせることが可能なのに、小細工をする必要があるのか？』と。各国にエルシュオン殿下への悪意を正当化する証拠を求めた上で、事実のように口にする者達の方こそを糾弾《きゅうだん》する。調べられても、エルシュオン殿下の方は何も困ることがありませんから、意図して貶めようとした輩の非が追及されるでしょう。王族への侮辱という点もありますから、処罰からは逃れられないでしょうね」

「ありえそうですわね。本当に、情けない……外交でやり込められたならば、同じく外交で返り討ちにすればいいのです。それができない時点で努力が足りないと、何故判らないのか」

「仕方がありませんよ、セリアン。ああいった者達は、自分が敗北した理由が欲しいのです。王族が相手だった、魔力による威圧の影響で気が散った、裏工作を行なわれた……実に馬鹿馬鹿しい！　そんなことがまかり通るなら、私は陛下に苦言の一つも言えないでしょうに」

そもそも、宰相閣下は伯爵家の出身だ。いくら英雄の血筋とはいえ、生まれつき公爵家の人間だったわけではない。

昔はそこを突かれ、嫌味を言って来る輩がそれなりに居たのである。公爵家と婚姻を結ぶことを狙っていた者達からすれば、自分達より格下の家の人間に掻《か》っ攫《さら》われたように思えたのかもしれない。

……が、そういった輩を悉《ことごと》く返り討ちにし、時には黙らせたのが、この宰相閣下なのである。

彼からすれば、エルシュオンはかつての自分を見ているような心境なのだ。他国の王族とはいえ、自分以上の苦難を背負いながらも足場を築いたエルシュオンを認めるのは、当然のことであろう。

「それにしても、エルシュオン殿下も随分と変わられましたね。魔王どころか、親猫とは……」

「ふふっ、初めは何の冗談かと思いましたが、今ではしっくりくるのですよ。愛情深い親猫様は腕白な子猫の面倒を見る過程で、随分と変わりましたもの。あんな表情もできるのかと、クラレンスでさえ驚いていましたわ」

「そうでしょうね。ですが……これまではその余裕がなかっただけなのでしょう。忠誠を誓う猟犬達はともかく、子猫は親猫への謂《いわ》れなき悪意など許さないでしょうから。あの子が悪意を蹴散らしたこと、そしてそれをエルシュオン殿下自身が宥《なだ》めたことにより、漸く、皆にかの王子の真実が知れ渡ったのでしょう」

「確かに！」

宰相親子は揃って苦笑を交わす。思い出しているのは、猫親子と称される二人。二人揃って物騒な渾名を持ち、多くの功績を挙げた『魔王殿下』と『世界の災厄』なのに、醸し出す雰囲気は陽だまりでじゃれ合う猫親子。

蹴落とし合いが常の階級に生きる者達からすれば、彼らの関係は実に不思議であった。ミヅキは『魔王殿下の配下』と自称しているが、実際に主従関係にあるわけではない。

また、エルシュオンがミヅキの保護者としての姿を隠さないので、友人同士や兄弟、管理する側・される側といった雰囲気もなかった。

結果として、一番しっくりくるのが『猫親子』なのである。教育熱心で愛情深い親猫と、腕白ながら親猫が大好きな子猫。それが一番近いと、誰もが感じてしまうのだ。

と、その時。

「邪魔するぞ！」

——和《なご》んだ空気の中、突然、乱入者がやって来たのであった。

乱入者の名はフェアクロフ伯爵。ジークフリートの父であり、元王弟殿下であった人物だ。

当たり前だが、宰相親子に彼を招いた記憶はない。宰相閣下は額に青筋を浮かべて、この無作法者——普通は、先触れを出してから訪ねる——へと冷たい視線を向けた。当然、セリアンも呆れている。

「おや、礼儀を忘れるほどの急用なのですか？　先触れも出さずに訪ねるなど、元とはいえ、王族として受けた教育は無駄でしたか」

「固いことを言うな！　……まあ、急ぎというのは本当だ。兄上の使い、と言えばいいか？」

「陛下の？」

「ああ。お前達にも、キースから手紙が届いているだろう？　おそらく同じものだが、私の所にも届けられてな。今まで、兄上と今後のことを話し合っていたのだ」

どこか得意げに言い切って、フェアクロフ伯爵はにやりと笑う。その笑みに、宰相親子は揃って嫌な予感を覚えた。

……が、伯爵がここに来ている以上、すでに話し合いは終わったということ。まずはそれを聞かなければと、宰相閣下は話を進めた。

「イルフェナの一件……いえ、エルシュオン殿下が襲撃され、負傷したことについてですよね？」

「うむ。私も、兄上も、心底驚いた。まあ、ジーク達がその場に居たどころか、当事者として関わっていることの方が、驚きは大きかったがな！　お蔭で、妻は倒れた」

「「ああ……」」

少々、問題のある言動が目立つ伯爵夫人だが、基本的には善良なのだ。ただし、彼女は精神的にそこまで強くはないので、『自分の息子（＝問題児）が、他国の王族襲撃の場に居合わせ、関わった』という出来事が衝撃的過ぎたのだろう。

そもそも、彼女はミヅキに好かれていない。それに加え、イルフェナからミヅキを掻っ攫おうとした前科があるので、基本的にエルシュオンの周囲からは良く思われていなかった。

そういった背景もあり、余計に精神へのダメージが大きかったのだろう。『我が子は今度は何をやった⁉』という疑問と共に。

ジークフリートは昔から純白思考の脳筋なので、家族の苦労は数知れず。信頼なんて、欠片もないのであった。……期待しないこともまた、自衛の術なのである。傷が浅くて済む。

「まあ、妻のことは良いのだ。いや、良くはないが、屋敷で気絶しているだけだからな。悪いが、優先すべきはこちらだ。とりあえず、今後の方針を伝えるぞ」

微妙に気まずくなりながら――伯爵夫人は宰相閣下の妹である――も、伯爵は表情を改めた。自然と、宰相親子も表情を改め、姿勢を正す。

そんな二人の切り替え具合に感心しながらも、伯爵は王の決定を伝えた。

「ジーク達はイルフェナに留まってもらう。勿論、休暇の延長という形でな。そして、ジークには陛下より新たな命が下された。『守護役として、魔導師殿に付き従え』だ。こんな状況になっている以上、イルフェナとゼブレストの守護役達は動けないだろう？　それゆえに、魔導師の監視、及び守りはジークに任せるとのお言葉だ」

「……。筋は通っています。ですが……『守れ』ではない理由は何でしょう？　わざわざ『付き従え』とする意味は何ですか？」

訝しげにしながらも、伯爵へと向けた宰相閣下の視線は鋭い。その視線を平然と受け止め、伯爵は暗く笑った。それは彼が王族の頃、報復などをする時に見せていたものに酷似《こくじ》していて。

——宰相親子は揃って、警戒心を強めた。

「今後の魔導師殿の行動が読めない以上、『付き従う』が正しいだろう？　あの娘は弱者ではないし、馬鹿でもない。そして……腑抜けでもない。国が動けぬならば、自分が動く。そういう子だ」

「それには賛同しますが、ミヅキの獲物はハーヴィスになると思いますよ？　それに、襲撃指示者を相手にするだけでも十分、身分の問題がある。それを承知の上で、味方をするのですか？」

「無論だ」

暗に『カルロッサは魔導師の味方と認識されます』と告げてくる宰相閣下の言葉に頷くと、伯爵はさらに続けた。

「誤解するなよ？　陛下は『ハーヴィスと剣を交えろ』とは言っていない。ただ『魔導師殿が何らかの事情で【敵】に襲われた』ならば、『守護役として守るのは当然』だ。そのためには『魔導師殿に付き従っていなければならない』だろう？」

「あの、結果として、あの子を野放しにしていると言いませんか？　ミヅキを止めなければ、ハーヴィスと打ち合うことになると思うのですが……」

「その場合は仕方ないな！　なに、我が国はすでに巻き込まれている。エルシュオン殿下の一件があった以上、魔導師殿を案じるのは当然のこと。ジークには『ハーヴィスと打ち合え』などと言わんよ。あいつが剣を交えるのは『何らかの理由で、魔導師殿の命を狙った者のみ』だ」

伯爵の得意げな表情を見た宰相閣下が、その意味を理解したと言わんばかりにはっとなる。

「なるほど。そこから、我々があちらを突くのですね？　『何故、魔導師がハーヴィスと争うに至ったか、事情説明を』――こんな風に言われれば、ハーヴィスとて隠しだてはできないでしょう。そもそも、カルロッサはジークを魔導師に付けるに至った原因となった事件の当事者ですしね。より深く関わるつもりですか」

「くく、まあそんなところだ。……魔導師殿が動いた場合、ハーヴィスは『イルフェナ・もしくは魔導師が行動したこと』を前面に押し出してくるだろう。だがな、それはこちらも同じこと。魔導師殿に付き従ったジークがハーヴィスと剣を交えていた場合、その事情を聴くのは当然だろう？　ジーク『は』初めからハーヴィスを狙ったわけじゃない。襲撃事件の当事者ゆえに、国から『異世界人である魔導師殿を守れ』と命じられただけ。傍に居る理由があるのだ。だからこそ、ジーク目線では仕掛けてきたのはあちらということになるな」

「先手を打ったのはどちらの国か……それがはっきりするだけでも、周囲の印象は大きくイルフェナに傾きますね。魔導師殿の報復とて、正当性が主張できるでしょう。元より、エルシュオン殿下は一国の王子ですが、唯一、魔導師の飼い主に収まった方でもある。二人はそれを隠していませんから、他国の方達も『魔導師の報復は当然』と思ってくださるでしょう」

はっきり言って、言い掛かりに等しい言い分である。だが、エルシュオンへの襲撃時、ジークフリート達がイルフェナに滞在していたことは事実なので、『多少、捻《ね》じ曲げた解釈』をしてしまうことが可能なのだ。

エルシュオンへの襲撃という前提もあり、ジークフリートに視点を限定すると、今後、魔導師への攻撃（仮）が行なわれた場合は『エルシュオンへの襲撃も含め、暗躍したのはハーヴィスの方』という言い分を成り立たせることができてしまう。

勿論、魔導師は未だに行動していないので、あくまでも『魔導師が報復に出た場合』という仮定の話である。だが、国につけられた守護役（＝ジークフリート）が二つの襲撃の当事者となった場合、それは重要な証言となる。

ジークフリートは守護役という立場上、魔導師であるミヅキへの監視と守護は『国から命じられたお仕事』なのだから。騎士である以上、あらゆる要素を疑うことは不自然ではない。

そもそも、魔導師がハーヴィスへと報復に赴《おもむ》くに至った原因はエルシュオンへの襲撃。その前提がある限り、魔導師を報復に向かわせることこそが目的のように思わせることも可能だろう。要は、目的のすり替えを意図的に行なうと言っているのである。

こうなると『ハーヴィスは魔導師に非を持たせるため、エルシュオンを狙った』と言われても仕方なかろう。ミヅキがエルシュオンに懐いていることは有名なのだから。

『ハーヴィスが魔導師の行動を糾弾することを逆手に取り、真の狙いが魔導師だったと推測する』。これこそ、カルロッサ王が下した決断なのである。

ハーヴィスが騒ぐことを期待しての、ジークの扱い……ミヅキが行動することが前提となる策。要は、カルロッサ側は誰一人として、ミヅキが大人しくしているとは思っていない。

と言うか、カルロッサ王は報復に向かうだろうミヅキに、ジークフリートという戦力を授けてやりたいのだろう。

勿論、カルロッサが介入できる要素を増やすためでもある。だが、ミヅキの場合、単身で報復に繰り出す可能性がゼロではない。

イルフェナとゼブレストの守護役達が動けない以上、報復に赴く場合、ミヅキには味方が居ないのだ。そこで『魔導師に付き従い、守護役として行動しろ』となったわけだ。

ジークフリートは頭が空っぽに近いため、間違ってもミヅキの行動を邪魔することはない。彼が口を挟むのは、本能による警告じみたものがあった場合だけだろう。

そんなわけで、『ミヅキに従う戦力』という意味では、ジークは最高の相手なのだった。ミヅキとて、彼の使い方を理解していることだろう。

「魔導師殿が仕掛けた場合、ハーヴィスは盛大に騒ぐだろうな！　だがなぁ、それこそカルロッサの狙いだ。守護役としての任を全うしたジークを擁護《ようご》しつつ、そうなるに至った経緯、あちらの対応、そこから生まれる疑念といった全てを、各国に伝えてやろうではないか！」

「叔父様、性格が悪くなりましたね。その策では明らかに、カルロッサの方がハーヴィスを陥れておりますわよ」

「煩《うるさ》いことを言うな、セリアン。『重要なのは、最終的な結果』なのだろう？　ハーヴィスが此度のことを認め、素直に謝罪すれば良し。それさえない場合は、被害が拡大するだけだ。イルフェナ以外の第三者の過剰な介入は、エルシュオン殿下が気にしてしまうだろうからな。関わる権利を持つ国として、有効な一手を見せたいではないか」

伯爵は高笑いせんばかりに楽しげであった。ジークの守護役就任においてできた借りを、返す機会がやって来たのだ。楽しくないはずがない。

しかも、ジークの評価を上げられる貴重な機会なのである。ここを逃がしたら次はないとばかりに、王族兄弟は覚悟を決めたのだ。


はっきり言って、ハーヴィスのことなど欠片も考えてはいない。

ろくに付き合いのない元凶国よりも、今後も付き合っていきたいイルフェナなのである。

「ジークは我が国の英雄の血筋……事実、英雄の再来のように思われている節がある。あいつの頭が空っぽなどということを、多くの者は知らんのだ。さて、『カルロッサの英雄』という『善』を突き崩せるだけの『正義』が、ハーヴィスにあるかな？」

「ああ、民への印象操作も狙っていると。まったく、随分と腹黒くなりましたね」

「当たり前だ！　まあ、恩返しという意味もある。……こんなことで潰れて欲しくないと思う程度には、あの猫親子が好ましいのだよ」

フェアクロフ伯爵とて、元は王族。そんな階級に生まれた以上、当然、人のドロドロとした内面を見て育つ。

そんな経験をしてきた伯爵にとって、エルシュオンは珍しいほどに善良な人物として映っていた。息子であるジークのことだけでなく、カルロッサの厄介事を解決してもらったことも含め、エルシュオンとその周囲の者達をかなり好意的に見ていたりする。

そこにきて、この襲撃事件。何のことはない、この伯爵様は自分のお気に入り達が泥を被りそうなことが気に食わないのだ。彼とて、王族……それなりに我儘なのである。

「いくらキヴェラに抑え込まれていたとはいえ、何もせず、他者との関わりを絶つことで自国を守るような国に負ける気はないぞ。カルロッサは腑抜けではない。『戦狂いに抗《あらが》って、生き残った国』だと、思い知らせてやろう！」

「はいはい、少しは落ち着いていてくださいね」

本当に高笑いを始めそうな伯爵を前に、宰相閣下は胸の内が温かくなるのを感じていた。呆れた態度を見せていようとも、彼は自国の王と元王弟が嫌いではない。多少の騒々しさはあれど、彼らは手を差し伸べるべき時を誤らなかった。

基本的に、情に厚い兄弟なのだ。愚かと言われようとも、そういった姿が多くの支持者を作ってきたことは言うまでもない。

冷徹な判断は宰相たる自分が下せばいい。そう決意して、彼がこの地位に就いたことを二人は知るまい。今後も伝える予定などないが、こんな時には味方をしてやりたいと思う。

「さて、まずはジークへの通達ですね。後は……ハーヴィスの出方次第でしょうか」

言いながら、宰相はイルフェナに居る若者達に想いを馳せる。ジークの傍に味方が集ったのは、彼が父親から受け継いだ一面が大きく影響しているようだと、ひっそりと微笑みながら。

第八話　その時、各国は　～コルベラ、バラクシン編～

『コルベラの場合』

――コルベラ王城・セレスティナの私室にて

「……は？」

友人からの手紙を開いた途端、セレスティナは声を上げる。そのまま読み進めていくうちに、その表情は険しいものになっていった。

「どうかなさったのですか？　セレス」

予想外のことに、傍に控えていたエメリナが声をかける。いつもならば、嬉しさを隠そうともせずに友人――ミヅキからの手紙を読むことを知っているため、さすがに心配になったのだろう。

なお、エメリナもミヅキと仲の良い友人の一人である。それでも彼女は自分の立ち位置を『セレスティナ姫の侍女であり護衛』と自負していた。

ゆえに、基本的にミヅキからの手紙は主であるセレスティナが受け取っている。優劣をつけるわけではないが、セレスティナと魔導師であるミヅキの仲の良さを知らしめる意味でも、こういった事実は有効なのだ。

「エルシュオン殿下が襲撃され、負傷したらしい」

「え⁉」

舌打ちしながら、手紙の内容を告げるセレスティナ。驚きを露にしたエメリナの表情も、即座に厳しいものとなっていく。

「一体、誰が……」

「ハーヴィスの第三王女、らしい。ただ、彼女は『血の淀み』を持っている上、本来ならば監視されているはず。その行動を見逃した輩が居るのではないかと、ミヅキは疑っているようだ」

「それは……判断が難しいですわね。ですが、イルフェナの騎士達の守りを突破する以上、襲撃者の実力は本物だったということです。場合によっては、我が国も守りを固めませんと」

「いや、その必要はないようだ。我が国には『金髪に青い目を持った王子』は居ないからな」

「はぁ？」

今後のことを想い、難しい顔をしていたエメリナは、セレスティナの言葉にぽかんとした表情を浮かべた。そんな彼女に、セレスティナも同意するように大きく頷く。

「そうだろう。普通はそういった反応になるだろうな。だが。今回はそこが重要だったらしいぞ？　なんでも、ハーヴィスの第三王女殿下の教育に『御伽噺と混同させ、自分を優しいお姫様と思わせる』という方針が取られていたらしいんだ」

「意味が判りませんわ、セレス」

困惑気味に、それでもはっきりとエメリナは口にする。エメリナは所謂『武闘派侍女』なので、曖昧なものを好まない。情報にしろ、証拠にしろ、己が行動できるだけの確実性を求めるのだ。

そんな彼女からすれば、『御伽噺と混同させる』なんて、意味不明な内容だろう。寧ろ、大半の者がエメリナと同じ反応になることは確実だ。

……そして。

彼女達は困惑しながらも、確信していた……『ミヅキが暴れるな』と。

エメリナが困惑する案件を鼻で笑い、『馬鹿じゃねーの？』で済ませるのがミヅキ。異世界産の黒猫は保護者が絡むと、それはそれは凶暴だった。

そもそも身内が関わらなければ、彼女の優しさは発揮されないのだ……『同情？　憐れみ？　何それ食える？』とばかりにハーヴィス側の事情をシカトし、報復一択《いったく》。

というか、ミヅキの思考回路は意外とシンプルにできている。『嫌な方向に賢い』と言われるミヅキではあるが、その方向性と行動理由だけは非常に判りやすかった。


『相手の意図が判らない』なんて、些細なこと。犯人が判っているなら、報復上等。


冗談抜きに、こんな考えに至る場合がある『困ったさん』（意訳）なのである。そんな時は先手必勝とばかりに決断が早い上、全く悩まない。悪意ある陰口などではなく、ミヅキは正真正銘、『ヤバい生き物』なのだ。親猫の苦労が知れる。

今回は親猫ことエルシュオンが被害者なので、騎士寮面子は抑止力になるどころか、最大の協力者と化していた。エルシュオンに関しては、彼らもミヅキと似たり寄ったり。その『ヤバい連中』の軌道修正を担っているのがエルシュオンなので、彼らが止まるはずもなかった。

そして『ヤバい生き物』代表のようなミヅキと非常に仲良くしているのが、セレスティナやエメリナ。この時点で、彼女達も普通でないことを察していただきたい。

……当のセレスティナ達には全くと言っていいほど、その自覚はないのだが。

「さて、私達はどう動くべきだろうか」

目を眇め、セレスティナは思考を巡らせる。彼女が望むのは、『友の助けとなりながらも、コルベラに情報をもたらす最良の一手』。

ミヅキはある程度の情報をくれるだろうが、それはあくまでもミヅキ自身の見解や考察に基づくもの。コルベラがこの一件の部外者である以上、それでもありがたくはあるのだが……どうせなら、もう一歩踏み込んでしまいたい。

セレスティナは自身の更なる成長のため、そんなことを考えていた。感情的にならず、即座にこういった思考の切り替えができるようになったこともまた、彼女自身が成長した証《あかし》であろう。

無言のまま、暫しの時が流れる。エメリナも何かを察したのか、『配下』の顔となって、セレスティナの言葉を待っていた。

「……エメリナ」

「はい」

「休暇の申請を。私達は『イルフェナで起きたことなど、何も知らない』。だから、ミヅキの所に遊びに行った際、『偶然』、関わることができるだろう」

事前情報など知らぬとばかりに、ミヅキを訪ねればいい。それがセレスティナの下した決断だった。実際、遊びに行ってもおかしくないほど仲が良いので、『コルベラが正しい情報を持つ』ということをチラつかせるなら、煩いことは言われまい。

そもそも、ミヅキの元へ赴くのは『セシル』という名のコルベラの女騎士、そして『エマ』という侍女だ。二人揃って休暇を取り、友人の所に遊びに行った。それでいい。

「『セシル』と『エマ』ならば、ミヅキを訪ねても不思議じゃない。コルベラに属する、ミヅキの友人でしかないからな。勿論、更なる襲撃に巻き込まれようとも、コルベラは文句など言わないさ。

事情こそ聞かれるだろうが、それ以上のことなどできまい。何せ、私達が空気を読まずに遊びに行ったことが原因なのだから」

「ふふっ。ええ、そうですわ。私、一緒に旅をした楽しい時間が忘れられませんもの。折角、友人となれたのですから、このまま疎遠になってしまいたくはありませんものね？」

どこか得意げに笑うセレスティナに対し、エメリナも心得たとばかりな笑みを返す。二人の言葉は事実でもあるので、思惑を察したイルフェナ側も否定はできまい。

『セシル』の本当の立場を知るからこそイルフェナは二人の訪問を拒みにくく、自国が有利になることを考えるならば、受け入れた方が得なのだ。

そのチャンスを逃すほど、イルフェナは愚かではない。セレスティナはそれを考慮し、『【セシル】と【エマ】がミヅキを訪ねる』という行動に出ることにしたのだから。

『正しい情報の共有』――ただし、イルフェナ寄り――は、今のイルフェナにとって最重要。外堀から埋めていくとばかりに、二人にそれなりの情報をもたらしてくれるだろう。

憂いと怒りに満ちていた先ほどまでとは違い、行動を定めた二人の表情は明るかった。かつてキヴェラの後宮に囚われていた頃からは考えられないほど、二人は逞しく成長したらしい。

そこで『ミヅキの悪影響』と言ってはいけない。あくまでも『成長』だ。

二人の場合は自国公認なので、『逞しく成長した』という認識でいいのだから。

「楽しくなりそうだ」

そう言って笑うセレスティナの表情は、在りし日の亡き母にそっくりだったという。

※※※※※※※

『バラクシンの場合』

――教会・聖人の私室にて

「……さて、どうしたものか」

一旦《いったん》、バラクシンへと戻ってきた部屋の主――聖人の報告を聞きつつ、ライナスは頭を悩ませていた。問題は『誰をイルフェナに滞在させるか』ということ。情報の共有はあった方がいい。

イルフェナに留まるのなら、聖人が適任と言える。だが、彼はこの教会の頂点に立つ存在であり、守護者でもあるのだ。長期不在を煩い輩に知られれば、そこを狙われる可能性も否定できない。

「やはり、私が滞在するのが一番ではないのでしょうか？　『教会の過去に関わること』という、大義名分もありますし」

「しかし……」

「私とて、この教会が心配です。ですが、この一件の発端をバラクシンにするわけにはいかないでしょう。言い方は悪いですが、精霊姫の現状に、全く責任がないわけではないのですよ」

乳母が生きていれば、まだ状況は違っただろう。『御伽噺と混同させ、依存させる』という教育方針をとったのは彼女であり、その物語を選んだのも乳母自身。

だが、当の乳母はすでに亡くなっている。ハーヴィスが『乳母を騙《だま》し、将来的に問題を起こすような対処法を押し付けた』などと言い出す可能性もゼロではない。

そういった事態を回避するための策がこれまでの聖人の行動であり、イルフェナの協力者としてのアピールであった。聖職者とはいえ、教会を束ねる者。政治的な行動とて必要なのである。

ここで重要なのは『バラクシンが無視できない立場にある教会関係者』という点。ライナス経由で知っている彼の行動を黙認するなら、バラクシンという『国』も聖人……もとい教会の方針に賛同しているということになる。

要は、遠回しに『バラクシンはイルフェナの味方です』と言っているようなもの。これ以上エルシュオンを攻撃するならば敵に回る、という風にも受け取れる。

そうは言っても、聖人がいつまでもイルフェナに滞在はできないというのが現実であった。ただし、問題は前述した人選である。はっきり言ってしまえば、『国も重要とする教会関係者』という条件を達成できる人間がいないのだ。

暫し、考えに沈んでいたライナスは、静かに首を横に振った。

「いいや、貴方には教会を守ってもらいたい。情けない話だが、まだカトリーナ達が騒ぐ可能性がある以上、対抗できる存在が必要だろう」

「……。愚かな母親を利用しようとする輩は、まだおりますからね」

「本人が現状を自覚するのが一番だが、あの女には無理だろう。未だ、情に訴えればフェリクスが味方になると思っているようだからな」

「愚かな」

吐き捨てるように呟くと、聖人は苦々しい顔になった。ライナスとて、それは同じ。温厚なライナスにしては非常に珍しいことだが、彼はカトリーナが大嫌いなのである。それは勿論、家族を引き裂いた原因となったことが大きな理由だ。

国王夫妻に不敬を働き続けただけでなく、フェリクスという甥《おい》っ子まで道を違えることになってしまった。いくらフェリクスが穏やかに暮らしているとはいえ、王家の皆様は誤解が解けた途端の別離を深く恨んでいるのだ。

そもそも、フェリクスの母親であるカトリーナは、罪人として拘束されているわけではない。騒ぐだけ騒ぎ、王家を引っ掻き回した迷惑極まりない存在ではあるが、フェリクスの母親であることは事実なのだ。

この場合、厄介なのは『母の愛』というやつである。教会は基本的に様々な愛情を尊いものとして捉えており、カトリーナの訴えを無下《むげ》にできないのだ。

また、自分のためとはいえ、カトリーナがフェリクスを可愛がっていたことは周知のことなのだ。反省した素振りを見せられれば、教会派貴族達が『教会は母と子を引き裂くのか！』と声を上げかねなかった。

聖人は唯一、そういったものに対抗できる存在なのである。聖人自身が敬虔《けいけん》な信者であり、魔導師の友人という立場を確立しているため、カトリーナ・教会派貴族共に苦手としている人物なのだった。

なお、たまに『神の愛』（物理）を食らう者が居ることも事実である。

聖人様は非常に慈悲深く、罪を自覚できない者も救おうとする（意訳）のだった。

……。

まあ、結果としてそれで済んでいるので、聖人からの慈悲であることは事実なのだろう。下手に騒げば国王どころか、魔導師が出てくるのだから。

未だに騒ぐ教会派貴族達は忘れているのだ……『魔導師は教会派貴族という派閥全体を敵認定した』ということを。

極一部の馬鹿がやらかしたとはいえ、彼らはエルシュオンを魔王扱いしているのである。その後も言い訳を重ねたため、ミヅキから徹底的に嫌われるのは当然のことと言えよう。

聖人の友人が『善』であるとは限らない。寧ろ、ミヅキは裏工作が大好きだ。騎士寮面子提供の悪事の証拠を王に横流しした挙句、『奴らは悪』という印象操作に乗り出すだろう。

『バラクシンのクズ……もとい、アホな教会派貴族を葬るのはこの国の王でなければならない』。

そんな主張をする傍《かたわ》ら、悪事を過剰に盛って陥れていく外道。それがミヅキという魔導師。

どう考えても悪質なのはミヅキの方だが、功績全てを王家サイドに持たせるので、結果的にお咎め『は』ないのである。その代わりとばかりに『魔導師外道説』やら『異世界人凶暴種』という渾名が広まっていく……が、ミヅキ本人は全く気にしない。

だ っ て 、 嘘 偽 り な い 事 実 だ か ら 。

そんなわけで。

様々な意味で教会になくてはならない人となっている聖人は、自分の代理を任せる者の選定にライナス共々、頭を悩ませているのであった。

だが、その悩みは予想外の人物達の登場で解消されることとなる。

「……失礼します。叔父上！　お久しぶりです！」

「失礼致します。ご無沙汰しておりますわ、ライナス殿下」

鳴り響いたノックに入室を許可すれば、入ってくるのは金髪の青年。そして、その後に続くのは彼の妻である女性。

「フェリクス⁉　サンドラも……聖人殿……」

「ふふ。折角こちらにいらしたのですから、甥っ子夫婦に会われてはと思いまして」

驚くライナスに、聖人は悪戯《いたずら》が成功したとばかりに笑った。フェリクスとサンドラは現在、教会

預かりとなっている。しかも、罪を犯した者として。

ゆえに、こういった機会でもなければ、王族であるライナス達には滅多《めった》に会えないのだ。二人を案じる国王一家を知るからこその、聖人の気遣いであった。

当初、二人はライナスのことを『ライナス殿下』と呼んでいたのだが、そう呼ばれたライナスが判りやすく気落ちした表情になったため、現在でも叔父として接していることは余談である。

暫し、予想外の再会を喜んでいた二人だったが、やがてサンドラはライナス達の表情に僅かな陰りがあることに気が付いた。

「あの、叔父様？　もしや、お疲れではないのですか？」

「いや？　そんなことはないよ」

「ですが、その……少々、お元気がないように見受けられますわ」

「ああ……実は僕もそう思っていました。叔父上だけでなく、聖人様も。僕達のために時間を作っていただけるのは嬉しいのですが、無理をしてまでとは思いません。ご自愛ください」

「その通りです！」

自分達を気遣う甥夫婦に、二人は顔を見合わせる。彼らはあの一件の後、魔導師やエルシュオンにとても感謝していた。そんな姿を知るからこそ、襲撃の一件を伝えようかと悩んでしまう。

だが、フェリクス達は完全に自分達のせいで二人に無理をさせたと思ってしまっているようだ。その必死さを嬉しく思うと同時に申し訳なくなってしまい、聖人は重い口を開いた。

「二人とも。今から話すことは他言無用です。この場だけの話としてください」

「はい」

「判りました」

顔を見合わせて不思議がるも、フェリクス達は素直に頷く。こういった素直さは彼らの美徳であり、同時に危ういところでもあった。

「数日前、エルシュオン殿下が襲撃を受け、負傷しました。勿論、命に別状はありません。ですが……その襲撃理由に、かつての教会上層部の者が絡んでいるのです。ですから、私とライナス殿下は教会とバラクシンに火の粉《こ》が飛ばないよう、動いているのですよ」

「な……」

「ご無事なのですね⁉」

「ええ、勿論。襲撃犯も拘束されていますよ」

驚いた二人だが、続いた聖人の言葉に安堵の息を吐く。だが、ふとフェリクスが疑問を口にした。

「ならば、叔父上達は何を悩んでいるのですか？　その、僕はこういった時の対処法などを思いつけないような愚か者ですが、イルフェナ主導で対処に当たるということは判ります。……お二人の憂いとは、何なのでしょう？」

当然の疑問に、二人は再度顔を見合わせた。暈して理由を話したため、フェリクスの疑問も当然のことと言えるだろう。

そう判断すると、今度はライナスが口を開いた。

「聖人殿には暫し、イルフェナに滞在してもらっていたのだよ。我が国や教会がイルフェナの味方であると印象付けるためにな。だが、いつまでも教会を留守にはできない。その人選に困っていたんだ」

「もしも滞在中に襲撃に巻き込まれても、国と教会が抗議できるような存在……という条件なのですよ。危険な目に遭うことが前提になってしまいますが、襲撃が一度で済むとは限りません。そうなった場合、何らかの形で介入し、イルフェナの味方となりたいのです」

悪い言い方をするなら『囮《おとり》』、もしくは『生贄《いけにえ》』。聖人の代わりにイルフェナに滞在する以上、どうしても危険が伴う。

何より、切っ掛けが教会であることは事実なのだ。イルフェナから向けられる目はそれなりに厳しいものとなるだろう。

そのような役目を引き受けてくれる者は滅多にいまい。何一つ自分の功績にならない上、周囲の者達からは批難の目を向けられた挙句、命の危険まであるのだから。

それもあり、聖人は自分が動いていた。言い方は悪いが、彼は教会という組織のトップなので、イルフェナと言えども下手なことができないのだ。

「「……」」

フェリクスとサンドラは黙り込む。だが、二人の間で交わされる視線は互いに何かを問うているようであった。

交わされる視線をそのままに、サンドラは励ますように微笑んでフェリクスの手を握った。そんな妻の姿に、フェリクスも一つ頷く。

やがてフェリクスは少し硬い表情のまま、それでも必死に訴えた。

「あの……それは僕達でも大丈夫でしょうか？」

「「な……!?」」

「私達の将来的な役割は、王家と教会が手を取り合うことの象徴となることだったはずです。ですから、私達ならば、その条件を満たせるのではないでしょうか？」

続くサンドラとて、危険であることは判っているのだろう。何より、サンドラは気が強い方ではない。寧ろ、謂れなき批難の視線や言葉に、傷つくだろうことは確実だった。

それでも、二人で赴くという。そこまで覚悟させたものは一体、何なのか。

「条件としては満たしているが……正直、勧められない。そもそも、君達がイルフェナを訪ねる理由がないだろう。不審がられるだけだ」

厳しいライナスの言葉は事実であり、同時に二人を気遣ってのもの。それが判っている二人は頷き合うと、更に言葉を重ねた。

「聖人様の代わりというなら、不審がられるだけでしょう。ですが、僕達にはエルシュオン殿下を訪ねる理由があるのです。……僕達が今こうして暮らせているのは、あの方達のお蔭ですから」

「私達……あの時は自分のことだけで手一杯で。謝罪も、感謝も、何一つ満足に伝えていないのです。ですから、エルシュオン殿下の無事を神に祈り、許されるならば、言葉を伝える場を設けていただきたいのですわ」

「いつか叶えられたらと、二人でずっと思っていました。叔父上がいらっしゃる今だからこそ、僕達は願うのです。聖人様の代わりなどという、おこがましいことは言いません。ただ、その機会が今だっただけです」

「お前達……」

二人の言葉は事実であった。こんなことがなければ、いつか二人は聖人を通じてその機会を設けてくれるよう、願ったことだろう。

だが、今はそれがイルフェナに向かう理由となる。それは彼らなりの国への貢献であり、教会への感謝であった。

「いけません！　……フェリクス、貴方は金髪に青い目をしていますね。エルシュオン殿下が標的となった条件が、まさにそれなのですよ。イルフェナ、特に王城などに滞在すれば、標的となる可能性があるのです」

鋭い声で止める聖人の声、その条件に唖然《あぜん》とするも、フェリクスは首を横に振った。

「……それでも。それでも、構いません。求められる役目がある以上、簡単には死ねません。ですが、『エルシュオン殿下の身代わりとなり、お守りした』という事実があるなら、僕は納得できる気がするんです。ね、サンドラ」

「はい。私達にできることはあまりにも少なく、一生、ご恩返しなどできないと思っておりました。ですから、これは私達に与えられた幸運なのですわ。国に、教会に、そしてイルフェナの優しき隣人の皆様に報いることができる、良い機会だと思うのです」

二人の間では、その『いつか』を想定し、すでに話し合いが行なわれていたのだろう。そう感じるほど、二人の言葉には迷いがない。

その成長を嬉しく思うと同時に、ライナスは悔しく思う。元から、優しい子ではあった。母親に歪んだ価値観を植え付けられようとも憎み切れず、妻にと望んだ女性の手を決して離さなかったフェリクス。

『いつか恩返しをしたい』とは言っていたが、それがこんな形で叶うことなど、誰も望んではいなかったろう。

「叔父上も、聖人様も、王家の皆も……誰一人、バラクシンから失われてはなりません。それに、僕達はすでに夫婦なのです。たとえ命を落とそうとも、どちらか片方が生き残れば、亡き伴侶の想いを継ぐでしょう。ほんの少し、手を放すだけです。神の御許《みもと》で再会できます」

「どうか……私達を行かせてくださいませ。私達は今度こそ、人に誇れる自分達でありたいのです」

二人揃って深々と頭を下げる。そんな姿に、その繋がれた手に、ライナスは溜息を吐くと頷いた。

「判った。だが！　エルシュオン殿下への謝罪は王家より願うもの。護衛は付けるぞ、いいな⁉」

「「はい！」」

「まったく……言い出したら聞かないところは、私や兄上にそっくりだ」

ライナスもかつて勝手に誓約を行なった経験があるため、フェリクス達が引かないことを薄々感じ取っていた。ヒルダを諦めなかったレヴィンズといい、王家の男達はどうにも共通点があるようだと苦笑する。

「判りました。では、私からは魔導師殿に頼んでおきましょう。彼女に頼んでおけば、貴方達の扱いも多少はマシになるはずですからね」

「いえ、そこまでご迷惑をおかけするわけにはっ」

「大丈夫です。……煩い輩を事前に脅迫しておいてもらった方が、後から貴方達の扱いを知った彼女が暴れることもないでしょう。どうせ、遅いか早いかの差でしかありませんよ」

「「は？」」

「いえ、こちらのことです」

どこか達観《たっかん》した目をする聖人に、フェリクスとサンドラは首を傾げる。彼らは揃ってミヅキや騎士寮面子を『優しい隣人』と思っているので、夢を壊すまいとする聖人なりの配慮であった。

その後、ライナスが手配した護衛がやって来るのだが――

「レ……!? レヴィンズ……様」

「はは！ 何を言っているんだ、俺を呼ぶなら『義兄上《あにうえ》』だろう？ サンドラ。久しぶりだな、フェリクス！ サンドラも元気そうで何よりだ」

「え、あの、ちょっと、僕達の護衛って、もしかしなくても……」

「俺達の部隊だ！ まあ、全員じゃないけどな。いやぁ、父上達から恨みがましい視線と共に、『何があっても守り抜け！』と厳命されたぞ。ああ、『帰国したら、二人揃って報告に来るように』

とも言っていた。鬱陶《うっとう》しいかもしれないが、相手をしてやってくれ」

豪快に笑うバラクシンの第三王子レヴィンズ。彼はミヅキの友人であるヒルダを婚約者に持つことを主張し、今回の役目を勝ち取っていた。

「エルシュオン殿下は王族だ。今のお前達には身分がないから、その後見のような形で俺が行くんだ。妥当だと思うぞ？」

「……それは、建前だろうが」

「いいじゃないですか、叔父上！　俺、フェリクスが物凄く小さい頃しか懐いてもらってないんですよ⁉　ここで点数を稼いで、『兄上、凄い！』と言われたいじゃないですか！」

呆れた様子のライナスの言葉に、速攻で本音を暴露するレヴィンズ。なお、彼はフェリクスが距離を取り始めた時に最も悲しんだ一人である。どうやら、今も少々、拗らせているようであった。

「それにしても、言うようになったじゃないか。二人とも、良く言った！　感動したぞ」

そう言って笑いながら、二人の頭を撫《な》でるレヴィンズ。その力強さと温かさに、驚いていたフェリクス達にも笑みが浮かぶ。

フェリクスは己が幸運を噛み締めていた。道を違えてなお、案じてくれている『家族』。彼らを信じられなかった過去が胸に痛いが、それでもいつかは何の憂いもなく笑い合ってみたいと願う。

それはサンドラとて、同じこと。疎まれていると思っていた『家族』は、当たり前のように自分を受け入れてくれていたのだ。嬉しく思わないはずがない。

「さて、イルフェナに話は通してある。暫くは会えないだろうから、祈りを捧げるだけの日々になるが……」

「はい。少しでも早い回復をお祈りしようと思っています」

「そうか。では、行っておいで。……気を付けて」

「「はい！」」

空は快晴、その蒼《あお》はどこぞの親猫の瞳を思い起こさせるような、暖かい色だった。

第九話　その時、各国は　～ガニア編～

『ガニアの場合』

――ガニア王城・シュアンゼの私室にて

「……」

手紙を読み進めるにつれて、シュアンゼの表情は険しくなっていく。それに気付いたラフィークも何かを察したのか、緊張した面持ちで主の言葉を待っていた。

読み終えたシュアンゼは、手にしていた手紙をテーブルの上へと放る。そのどこか乱暴な仕草に、ラフィークは眉を顰めた。

手紙は主の数少ない友人であり、恩人でもある魔導師――ミヅキからのもの。関わりたくない相手からの手紙ならばともかく、差出人はミヅキなのだ。

シュアンゼとて、ミヅキからの手紙を受け取った当初は喜んでいた。それがこの態度とは……と、ラフィークは益々、手紙に書かれていた内容に嫌な予感を覚えていた。

「……。エルシュオン殿下が襲撃され、負傷したらしい」

「な⁉　一体、どこの手の者ですか！」

不機嫌な声でもたらされた凶報に、ラフィークは彼らしからぬ声を上げる。だが、シュアンゼはそれを咎めなかった。寧ろ、当然とさえ思っている。だって、彼は恩人なのだから。

シュアンゼの足は生まれつき動かすことができなかった。『生まれ持った障害は治癒魔法では治せない』――その事実に深い諦めを抱き、また、愚かな両親に頭を悩ませていた。


王族でありながら、不遇の時間を過ごしてきた王弟子息。

王弟夫妻に蔑《さげす》まれ、貴族達に軽んじられ、国王一家に守られる存在。


それがほんの少し前までのシュアンゼだった。成人した王族としてはかなり情けないが、自身の持つ負の要素と未だに王位を狙っている王弟の野心から、それもやむなしと『諦めていた王子』。

いくら国王夫妻が我が子と慈しみ、王太子であるテゼルトが兄弟のように思ってくれていたとしても、シュアンゼとて王族として生まれた自負がある。

彼らの優しさがその矜持《きょうじ》を傷つけなかったかと言えば……間違いなく『否』だろう。感謝と敬愛は本物だが、人の感情はそう簡単に割り切れるものではない。

そういったシュアンゼの葛藤を知るのはラフィークただ一人であり、今後も他者に語ることはないのだろう。そんな主の心を知るラフィークだからこそ、『シュアンゼの足を治す』ということを諦めきれなかったのだ。

そして……その願いは叶えられた。単純に『足を治す』というだけではなく、『シュアンゼの憂いを晴らす』というおまけまで付けて！

『憂いはすでに過去のもの』なのだ。今のシュアンゼは『全てを諦めていた王子』ではない。

ラフィークはシュアンゼに献身的に仕えていたからこそ、主たるシュアンゼの歓喜が理解できた。かの魔導師とシュアンゼが共に抗ったあの日々は、この主従にとっては生涯忘れ得ぬ『幸福な時間』なのである。

ただ守るだけでなく、ミヅキはシュアンゼを『共犯者』として扱い、役割を与えた。

自ら行動し、言葉にすることで、シュアンゼ自身が国王夫妻とテゼルトへと報いてみせた。

断罪の決定打をシュアンゼに担《にな》わせ、胸に蟠《わだかま》っていたドロドロとした感情と決別させた！

どれが欠けても、シュアンゼの心が晴れることはなかっただろう。だからこそ、主従はミヅキとそう在ることを促してくれたエルシュオンへの感謝を忘れない。

ミヅキは特別気遣ったわけではないのかもしれないが、彼女の用意した筋書きがあってこそ、シュアンゼは今、何の憂いもなく笑えているのだ。感謝せぬはずはない。


ゆえに……此度の襲撃が許せるはずもなかった。


「襲撃を命じたのはハーヴィスの第三王女らしいよ？　だけど、彼女は『血の淀み』を持つようだ。だからこそ、ミヅキ達はその狂気を利用しようとした者の存在を疑っている」

「ああ……それは当然でございましょう。身分が釣り合う者同士で婚姻が行なわれる以上、『血の淀み』が出る可能性は避けられません。濃い血は狂気を招く……どの国も知っていることでしょう。それゆえに、監視の義務があるのですから」

「だよね。私とて、その可能性を疑われていたんだ。幸い、足だけの異常だったから監視対象にはならなかったけれど」

言いながら、シュアンゼは己の足を撫でる。『かつて存在した種族の特徴らしきものを長所として持つ者』が先祖返りだとするならば、血の濃さゆえに負の遺産――何らかの、精神的な異常――を持つのが『血の淀み』。

シュアンゼは『いっそ【血の淀み】を持っていれば、王弟夫妻を心置きなく葬れたのに』などと思っていた過去があるので、その特異性も理解していた。

「今回、襲撃理由がちょっと信じられないようなものなんだけどね。まあ、それはまだ納得できるんだ。だからこそ、私も『襲撃計画を利用しようとした者の存在』を疑っている。……『血の淀み』とは、元から警戒対象なんだ。疑われた私へと向けられた監視の目を知るからこそ、簡単に行動できないと判る」

「主様……」

「痛ましく思う必要はないよ、ラフィーク。王族である以上、常に誰かに見られているようなものじゃないか。ミヅキがその可能性に気付いたのも、自分に監視が付けられているからだろうね。意図的に見逃さない限り、『今回のような襲撃はあり得ない』んだ」

自分の経験、そしてミヅキ——異世界人の魔導師——の現状を知るからこそ、シュアンゼははっきりと言い切った。言い切れるだけの過去があるからだ。

ミヅキは守護役達を好意的に受け入れてはいるが、彼らが監視を担っていることも知っている。それを当然と捉えているからこそ、守護役達も友人のように接することができるのだろう。

もしも、監視の事実に脅《おび》え、守護役達との間に壁を作るようならば、ミヅキは今ほど動けまい。これまでの功績も彼らとの信頼関係あってこそのものなので、現在のように人々に受けいれられはしない。

酷な言い方になるが、『異世界人は問答無用に警戒対象』なのだ。この世界の知識がなく、常識さえ違う者がもたらす『異世界の知識』……これほど怖いものはないだろう。当の異世界人は『伝えて良いものか、否かの判断ができない』のだから。

「ラフィークも目を通してくれるかな？　……ミヅキは動くとして。エルシュオン殿下が狙われた理由を踏まえると、テゼルトの守りは固めておきたい。誰かをイルフェナに送る必要もあるね」

「……これは……確かに。テゼルト様の守りを固めておいた方が良さそうですね」

手紙を読んだラフィークも険しい表情になっていく。その『狙われる条件』がどれほど呆れるものだろうとも、ラフィークは軽《かろ》んじたりはしなかった。

これまでのシュアンゼの状況を知っているラフィークからすれば、警戒すべきはハーヴィスの第三王女などではない。シュアンゼ同様に、『襲撃計画を利用しようとした者の存在』を疑っている。

『王弟殿下の方が王に相応しい』――そんな言葉を囁きながら、自分のために動いた者は多かったのだ。そういった輩を冷めた目で見ていた二人にとって、疑わしいのは第三王女の周囲の者達、もしくは王家に恨みのある者達である。

そもそも、相手が王家の人間だろうとも、黒猫は単独で狩りに行く。

彼女が動いていない以上、未だに見えていないものがあるということではなかろうか？

共闘した日々があるからこそ、シュアンゼ達はそう考える。ミヅキは報復を躊躇うような腑抜けではないが、最優先に考えるのはエルシュオン。そして、そのエルシュオンが最上位に挙げているのが、イルフェナという『国』。

　未だ、イルフェナが動かず、エルシュオン至上主義の騎士達さえも動いていないならば。――『今は』国同士の対話を待っている、ということなのだろう。それが『最良の行動』と判断して。

「……うん、そうだ、あの三人に頼もうかな」

「主様？」

　ラフィークが手紙に目を通す間、シュアンゼは今後のことを考えていたらしい。楽しげに頷くと、悪戯っぽい笑みをラフィークへと向ける。

「あの三人をテゼルトに付けよう。彼らはミヅキの教え子だから、直接、手紙なんかを受け取っても不思議はない。勿論、私の子飼いでもあるから、私からの連絡も同様だ」

「ということは……主様がイルフェナに赴かれるのですか？」

「ははっ！　おかしなことではないだろう？　私は未だ、エルシュオン殿下に感謝の言葉を伝えていない。そもそも、助力してもらった以上、私自身の口から事の詳細を報告すべきだろう」

「ですが……その、主様は宜しいのですか？」

　ラフィークの視線がシュアンゼの足へと向かう。シュアンゼは未だ、満足に歩けない。イルフェナに赴くということは、そんな状態のシュアンゼを人目に晒すということでもある。

　そもそも、シュアンゼはこれまで表に出てこなかった。そんな王族がイルフェナに向かえば、先の一件――王弟夫妻への断罪――の当事者ということもあり、好奇の視線に晒されるのは想像に難《かた》くない。

だが――

「だからこそ、だよ。負傷したエルシュオン殿下のことを、色々と言う輩はいるだろう。そこに私が行けば、一気に話題を攫えるとは思わないかい？　好奇の視線も、不躾《ぶしつけ》な質問も、すべて私が引き受けようじゃないか」

そう言い切って、シュアンゼは楽しげに笑った。そんな主の姿に、ラフィークは目を見開く。

「これまで私は守られていた。だけど、これからは私自身が力を付けなければならないんだ。……考えようによっては、良い機会だよ。イルフェナに私という存在をアピールできるのだから」

「……お強くなられましたね、主様」

「ふふ、ミヅキのお蔭かもね？　あの子、『化け物扱いは、人の法で裁けなくなる素敵な渾名ですよ！』とか言ってたし。『異端』、『異世界人』、『魔導師』……そういった認識とて、使い方次第では利点に変わる。今回の私の立場は『国のため、実の両親を追い落とした【可哀想な王子】』とか、どうだろう？　同情を装いながら、探りに来るんじゃないかな」

シュアンゼの顔に憂いはない。すでに処罰が決定した王弟夫妻さえも利用し、話題作りに繋げてみせると言い切るシュアンゼを、人は若干の恐れをもって見るのだろう。

だが、それこそシュアンゼが望んだ立ち位置なのだ。人々から恐れられながらも結果を出し、国への……テゼルトへの忠誠は揺らがぬ忠臣。

兄弟のように接してくれる優しい従兄弟《いとこ》の欠けている部分を補い、時に対立し、時に辛い決断を担う『忠誠ある悪役』。シュアンゼが目指すのは、ファクル公爵のような存在なのだから。

そのためならば、今回のことも利用させてもらおうとシュアンゼは思っている。イルフェナの味方をするのは決定事項だが、同時に自分にも旨《うま》みがあるのだ。イルフェナとて、ガニアが味方をするならば怒るまい。

「ミヅキには『性格が悪くなった！』とか言われそうだけど……ああ、それとも『やると思った』かな？　どちらにせよ、楽しいことになりそうだ」

「主様。少々、不謹慎ですよ。エルシュオン殿下の一大事なのですから、いくら楽しみであろうと も、少しは抑えてくださいませんと」

「だって、心配は要らないじゃないか」

きょとんとしながら返された言葉に、ラフィークは言葉を失った。

「負傷はしても、命に別状はないから、こうやって情報をくれるんじゃないか。それにね……あの騎士達の矜持を圧し折った奴が無事なんて、『あり得ない』んだよ。ミヅキだって、黙っちゃいない。次に仕掛けて来た時が最期の時だろうね」

シュアンゼはこれまで動くことができなかった。ゆえに、彼にできる唯一のことは情報収集だったのだ。所謂『弱者』に該当していたシュアンゼであったが、その能力は低くない。

だからこそ、シュアンゼは知っている。『エルシュオン殿下はともかく、彼の直属の騎士達はとんでもなく凶暴だ』と。……もっと言うなら、ミヅキと同類とさえ思っている。

王弟が目論んだエルシュオン殿下の誘拐、その実行犯の末路。あの脅え切った魔術師の姿に、対応したガニアの騎士達が戦慄《せんりつ》したのは余談である。

「ミヅキは私の足を治した魔導師だよ？　当然、治癒方面はお手の物……エルシュオン殿下が『負傷』で済んだのも、ミヅキが何かしていたんじゃないかな？　あの子、『自分が功績を挙げ続ければ、保護者が危険な目に遭う』って気付かないほど、愚かじゃないよ。自分も危険に晒される可能性が高いから、守りや治癒の魔法の鍛錬《たんれん》に手を抜かない。守護役との手合わせだって、互いに手加減なしだって言っていたじゃないか」

「それは……まあ、少々、特殊な状況ですね。実戦を想定しているようにも見受けられますが」

「多分、それで合っていると思う。だから、ミヅキは我が国でも単独での滞在が可能だったんじゃないかな。あの子が強いのは魔導師だからではなく、周囲の教育と本人の努力の賜《たまもの》だろうね」

「……」

当初、シュアンゼは『シュアンゼを守れ』と命じたエルシュオンの言葉に呆れていた。魔導師だろうとも民間人。身分のない異世界人に守れとは、何と酷なことを言うのかと。

以前の噂もあり、密かに『あの王子にとって、異世界人は駒扱いか』などと思ったりもした。今となっては笑い話でしかないが、シュアンゼから見ても『それはないだろう』と思えてしまうほど、無謀な命令だったのだ。

……が、ミヅキはそれをあっさり承諾《しょうだく》し、完遂《かんすい》してみせた。エルシュオンもそれが当然とばかりに平然としていたので、心配はすれども、ミヅキの勝利を疑ってはいなかったに違いない。

ならば、それを可能にしたのは誰だ？

ミヅキをそこまで鍛え、命の危険に対処できるまでにした『師』は？

「おそらくだけど、エルシュオン殿下の騎士達が日々、ミヅキを鍛えていると思う。守護役との鍛錬という名目で、実戦で生き残る方法を教え、彼女一人で打ち合えるまでにしている。エルシュオン殿下の指示にしたって、遣り過ぎだろう？　だけど、あの騎士達にとってはそれが『当たり前』なんじゃないかな」

ミヅキのためとも、有事の際の戦力として使うためとも考えられるが、どちらも正解であろう。ミヅキばかりが色々と言われてはいるが、あの騎士達とて十分、『ヤバい生き物』である。

異世界人とは民間人。常識さえ違うからこそ悩み、それでもこの世界で生きる術を学ばなければいけない『か弱い』存在。


そんな生き物に何故、自分達と同じレベルを求めるのだろう？　絶対に、おかしい。

ハーヴィスはそんな奴らのプライドを木っ端微塵《こっぱみじん》に砕いたのである。ただでは済むまい。


「大半の人は魔導師……ミヅキを警戒しているけど、あの騎士達も大概だよ。寧ろ、貴族階級に在籍する者達が居る分、格段に性質《たち》が悪い。ミヅキが行動する裏で、これまでも色々とやっていたんじゃないかな」

冷静に語るシュアンゼの傍で、ラフィークは背中に冷たいものが流れるのを感じていた。戦闘が苦手なラフィークとて、主たるシュアンゼのためならば、己が持つ全てをもって敵に牙を剥くだろう。忠臣としてそれは当然の行動であり、ラフィーク自身が持つ矜持である。

だが、あの騎士達は『それ以上』が常なのだ。『【最悪の剣】と呼ばれる割に、穏やか』なんて、とんでもない！　魔導師の陰に隠れ、裏では一体、何をしていたのやら。

シュアンゼがそれに気付けたのは、これまで自分を取り巻いていた環境によって培《つちか》われた経験と、生来の才による部分が大きい。

彼は所謂『弱者』の立場に在りながら、自身を利用されることなく立ち回ってきた。普通に考えれば、これはかなり難しいはず。そんな状況を乗り切った以上、彼が無能であるはずはなかった。苦難は人を育てるのである。

……もっとも、そのせいでシュアンゼは一時期、『血の淀み』を持っているのではないかと疑われたのだが。

シュアンゼに言わせれば『愚物でしかない両親を見限り、利用されないよう必死に立ち回っただけ』。ただし、表面的には冷静なままだったため、子供としては奇異の目で見られがちだった。また、実の親である王弟夫妻も自分達に懐かない息子を庇うことなどしなかったため、余計にシュアンゼの異様さが浮き彫りになったのだ。

その後は特に何事も起こらなかったので、結局は『足の悪い王子』という方向に落ち着いた。ここで大人しくしていなかったら、シュアンゼの評価はまた違ったものになっていただろう。

余談だが、シュアンゼは両親の愛情を求めた極短い期間を『人生の汚点』と言い切っている。


今やすっかり黒猫の同類たる灰色猫と化したシュアンゼだが、彼にも一応、子供らしい時間というか、一般的なお子様よろしく『親からの愛情を欲した時期』なるものが存在したのである。

その期間にしっかり愛情を与えていれば、あそこまであっさりと王弟夫妻を見限ることもなかった気がするが、全ては憶測でしかない。


「私とラフィークがイルフェナに行く。あの三人はテゼルトの傍に。そこで『偶然』手に入れた情報からガニアがハーヴィスを警戒したとしても、仕方がないことだよね？」

確認するように、シュアンゼがラフィークへと視線を向ける。

「ええ、勿論。実際に、エルシュオン殿下が襲撃されたのです。戯言《ざれごと》などとは言えますまい。……テゼルト様へとお茶のお誘いをしてまいります。ご兄弟となられたお二人が親しく言葉を交わそうとも、不思議ではございません」

「あの三人にも来るように言ってくれないかな？　折角の機会だし、友好を深めたくてね」

対するラフィークも主の言葉に頷いて同意を示すと、即座に話を通すための算段を口にする。

シュアンゼの中では、イルフェナ訪問その他はすでに決定事項である。それらに伴う全てを『シュアンゼ個人の勝手な行動』ということにしてしまえば、いきなりハーヴィスとガニアが揉めることもないだろう。

ガニアにとって、ハーヴィスは隣国なのだ……下手に動いて刺激するのは避けるべきだと、二人は理解できていた。だからこそ、今はできる限り波風を立ててはいけないと理解できていた。

まあ、その分、テゼルトに何かあった場合は全力の報復を画策するのだが。中核となる人物が違うだけで、シュアンゼ達もミヅキ達と同類なのである。


灰色猫とて、守ってもらった恩は忘れない。寧ろ、敵には容赦なく祟る。

お友達（＝黒猫）に玩具《おもちゃ》を提供し、仲良く遊ぶくらいのことはするだろう。


「それでは、行って参ります」

一礼して退室するラフィークを見送りながら、シュアンゼは再び手紙を手に取った。そして、ある一文に目を止める。

「『藁《わら》を送って欲しい』って、一体何なんだろう？　確か、人形作りに使うとか言ってたよね。ミヅキは料理が得意だから、人形作りの趣味があっても不思議はないんだけど……随分と可愛らしい趣味もあるんだな」

『藁のお人形』の真実を知らないシュアンゼは首を傾げた。それが『可愛らしい趣味』どころか、『超有名・異世界の【お呪い】』だと知るのは、彼がイルフェナに行ってからのことである。

第十話　その時、各国は　～キヴェラ編～

『キヴェラの場合』

「……」

ミヅキからの手紙を、ルーカスは無言のまま睨み付ける。ヴァージルとサイラスは心配そうに見守りながら、ルーカスの言葉を待っていた。

手紙は元々、サイラスの所に届けられたものである。ミヅキがルーカスと縁を築いた今となっては、彼の所に届いても不思議はないのだが……何故か、今回もサイラスの下に届いたのだ。

先の一件で、ミヅキがルーカスの評価向上を狙っていたことを知っているサイラスとしては、予想外の事態に訝しく思うのも当然だった。魔導師が後ろ盾になっているような認識を周囲にさせるならば、この手紙はルーカスへと届けられるはずなのだから。

ミヅキはそういったことに思い至らない性格ではないので、考えられる可能性は『あまり公にしたくない内容だから』一択。

サイラスとて、ミヅキとはそこそこ付き合いがある。彼女の性格を知る以上、そういった可能性を危惧し、警戒するのも当然と言えるだろう。サイラスとて、近衛の一人なのだ——近衛騎士に求められるのは、強さのみではない。

そして、サイラスの予想は正しかった。


書かれていたのは『エルシュオン殿下が襲撃され、負傷した』ということ。

その襲撃理由も、襲撃犯と目されている者も、考察と共に書かれていた。


サイラスが硬直し、キヴェラ王の下へと全力疾走したのも当然と言えるだろう。いくら何でも、近衛の領分ではない。個人的に有する情報としても、重過ぎる。

だが、キヴェラ王は差し出された手紙を読むと、再度その手紙をサイラスへと返すなり、こんなことを言い出したのだ――『ルーカスに対処を任せろ』と。

意味が判らず、戸惑いを見せたサイラスに、キヴェラ王はどこか楽しげに笑った。


『ルーカスとて、襲撃対象になりかねんのだろう？　ならば、好都合ではないか』

『己の身を守るのは当然として、あちらを探る権利があろう。このような事件が起きているのだ、【個人的に】警戒しても不思議はない』

『儂《わし》が動けば警戒され、黒幕が尻尾《しっぽ》を出さん可能性もある。この場合はルーカスが適任だ』

キヴェラ王はルーカスを過小評価しているわけではないし、この案件を軽んじているわけでもない。単純に『最適な人選』として、ルーカスに任せる判断を下していたのだ。

そこには『乗り越えてみせよ』という期待と、その手腕を見てみたいという願望が見え隠れしていた。自分とは異なるタイプの王族として認識し、キヴェラ王自身も興味を抱いている。

キヴェラ王は所謂『天才』という『強者《つわもの》』。ゆえに、誰も彼の代わりは務まらない。

その結果、次代へと移り変わることを、誰もが無意識に恐れている。

普通に考えれば、そう簡単に天才なんて産まれない。だが、キヴェラ王の治世が安定しているからこそ、それに慣れた人々は現状こそを当然のように思ってしまい、ルーカスの悲劇へと繋がったのだ。

弟王子達の反発も当然である……彼ら自身、継承権を持つ者として日々、学んでいるのだから。

要は、自分自身もルーカスとほぼ同じ立場にあるため、現実が見えていた。

そんな彼らからすれば、無責任に失望の言葉を投げつける輩達の方こそが、現実を理解していないように見えたのだろう。子供だろうとも、王族。彼らの失望と怒りは、兄に懐いていることだけが原因ではない。


『努力し、申し分ない結果を出している兄上を蔑むとは何事だ！』

『貴様らこそ何の努力もせず、目立った功績もないだろうが！』

彼らの気持ちを表すならば、この言葉に尽きる。偉大な王の血を引いたお子様達は周囲の大人達以上に冷静で、容赦ない一面をお持ちなのだ。

こう言っては何だが、兄弟の中で一番真面目で、話が通じるのがルーカスなのである。やさぐれていた時期はともかくとして、言葉はキツイが、きちんと話に耳を傾けてくれるのだから。

弟王子達は未だにお子様ということもあり、感情的になりやすい。魔導師ミヅキとそれなりに話が合ってしまうことからも、それを察することができよう。

『サイラスよ、儂に忠誠を誓う騎士よ。その目で、ルーカスの手腕を見届けよ』

『過去、ルーカスを曇った目で見ていた自覚があるお前ならば。……どのような評価を下すのであろうな？』

面白そうに笑い、キヴェラ王は己のみに忠誠を誓う騎士へと命じた。試しているとも、信頼しているとも受け取れる問い掛けに、サイラスが言葉を詰まらせたのは、つい先日のことである。

そんなことを思い出しながら、サイラスは再びルーカスへと視線を戻す。サイラスは手紙と共に王の言葉を伝えているので、今、ルーカスは必死に考えているのだろう。

試されているのは、サイラスだけではない。ルーカスとて、同じ。

望まれた役割を果たせなければ、向けられるのは今度こそ『ルーカスへの失望』だ。比較対象のない案件だからこそ、正しく能力が評価されてしまう。

そして、ルーカスはそのことを誰よりも理解できているのだろう。険しい表情は彼が真剣に考えている証だ。

「……サイラス、お前をイルフェナに送る許可は得られるだろうか？」

唐突な指名に、サイラスは暫し沈黙し。

「可能ではあると思います。ですが、その理由が必要ですね」

できる限り正確に答えを返す。ルーカスもそれは判っているのか、一つ頷いて納得しているようだった。

サイラスはミヅキとも面識がある——本人的には不本意だが、割と仲良しのように思われている——ため、ルーカスやヴァージルが赴くよりは自然に見える。

だが、サイラスの唯一の主が現キヴェラ王であることをミヅキは知っている。おそらくだが、ミヅキに近しい騎士達も。

ゆえに、『こんな状況において、主の命以外で動くことは不自然』なのだ。キヴェラが大国ということもあり、その動きが周辺諸国に知られれば、色々とくだらない憶測が湧くだろう。

そのための予防線というか、口実をサイラス自身は持っていない。考えるのはルーカスの仕事だ。

「サイラスには先の一件の状況報告という形で、イルフェナに行ってもらいたい。魔導師からの連絡待ちでは、どう考えても最新の情報は得られまい。今回のように『知らせておかなければならない情報』はともかく、それ以外の動きは知ることができん」

「そう、ですね。頼んだところで、魔導師殿もイルフェナの動き全てを知っているわけではありませんから……率先して続報を送るということはしないでしょう。何より、魔導師殿自身が動いた場合、情報は途絶えます」

「その可能性が高いだろうな。ヴァージルの予想通り、俺もあの女が大人しくしているとは思えん」

ミヅキを思い浮かべ、主従は揃って溜息を吐く。ミヅキ一人が情報提供者の場合、途中で連絡が途絶える可能性があるのだ。ルーカスが『誰かを送り込む』という選択をしたのは、これが原因だった。


何せ、ミヅキは身分がないので、戦闘・裏工作担当の実行要員にしかなれない。

頼まれた場合に限り、交渉の場には出てくるのかもしれないが……基本的にはイルフェナの報復に関われないのだ。イルフェナとて、国としての面子もある。よほどのことがない限り、保護している異世界人を巻き込むまい。

そもそも、ミヅキは割と義理堅い性格をしている上に、凶暴である。特に今回は飼い主が負傷しているので、頼まれずとも報復に向かうと思われていた。

その場合は『報復に行く』という最低限の言葉と共に、姿を消すのだろう。

協力者などなくとも、相手がどれほど大物だろうと、躊躇うことなく狩りに行く。

それが可能だからこそ、彼女は魔導師と名乗ることを許されているのだ。敵対や共闘をした経験があるルーカスだからこそ、気に食わない相手だろうとも、正しく能力評価ができていた。

「こう言っては何だが、我が国は南でも孤立しがちだ。これまでの行ないを顧みれば、仕方がない。だが、今回の件において重要なのは情報の共有だと俺は考える。だからこそ、サイラスをイルフェナに送り、俺はここからハーヴィスを見張ることが最善だと思う」

「ハーヴィスを見張る、ですか？」

「ああ。……俺も正直、この襲撃に疑いを抱いている。『血の淀み』を持つ者だから仕方がないと思う反面、監視の手薄さに疑問を抱く。もしも、王家や精霊姫とやらに全ての罪を押し付ける気ならば……今回だけで終わるまい」

「……」

ルーカスの言葉に、問い掛けていたヴァージルも黙ってしまう。ヴァージルから見ても、ルーカスの言い分を否定できないのだ。

何せ、ヴァージルは『王家の人間が下の者に傷つけられる』という状況を知っている。言うまでもなく、ルーカスのことだ。

だからこそ、その可能性を否定できなかった。血筋としては最上位に位置する王族であろうとも、疎まれ、引き摺《ず》り下ろされることはあるのだから。

「あの魔導師のことだ、他国にも同じような知らせを送っているだろう。ならば、ガニアとて他人事では済ませないはずだ。サイラスに俺からの書を持たせ、魔導師経由でガニアへと繋ぎを取る。ガニアとしても、キヴェラと情報の共有が可能になるなら、話に乗るだろう」

「ルーカス様は状況によって、ガニアと共闘なさるおつもりなのですか？」

「共闘？　おかしなことを言うな、サイラス。俺はあの魔導師の被害を受けた国の者として、ガニアの王太子殿に同情している。労りの言葉をかけたとしても、不思議はあるまい？　まあ……その『ついで』に、世間話くらいはするかもしれんな？」

「それ、魔導師殿への愚痴を建前にしているだけじゃ……」

「気のせいだ」

「え」

「気のせいだ。あの女は傍《はた》迷惑な存在だからな。俺は割と本気だ」

クク……と笑うルーカスの表情は、はっきり言って悪どい。だが、顔を引き攣らせるサイラスが次の言葉を発する前に、ヴァージルが肩に手を置いて首を横に振った。

「諦めろ、サイラス。こう言っては何だが、建前だろうとも、否定はできないだろう」

「いや、俺はイルフェナに送られるんだけど⁉　文句を言われるのって、俺だよな⁉」

「言い返せばいいじゃないか……言い返す気概と根性があるなら」

言いながら、ヴァージルは視線をそっと逸らす。そんな友の姿に、サイラスは『そういや、こいつはルーカス様至上主義だった』と、今更ながらに思い出した。よっぽどのことがない限り、基本的には主に忠実なのである。

ただ……サイラスとて直接、書を交わす危険性は理解できている。大国、それもあまり仲が良くない国同士が唐突に連絡を取り合うなど、不自然でしかない上に目立つのだから。

そう思わせない——主に、ハーヴィスに動きを悟らせない——ためにも、サイラスをイルフェナに送るのだ。魔導師と個人的に連絡を取り合っているサイラスならば、事情を話し、協力してもらうことも可能だろう、と。

「あまり考えたくはないが、ガニアやキヴェラにハーヴィスと通じる者がいないとも限らん。警戒は必要だが、最低限に留めておくべきだろう。勿論、情報の共有が成されていることも隠す」

「それを成すのが、魔導師殿の人脈なのですね？」

「そうだ。あの女、あちこちで騒動に関わっているからな。そもそも、自国の王子への襲撃なんて、普通は隠す案件だ。だが、魔導師が勝手に情報を撒《ま》くならば……」

「『国は』それを知らないということにできる。あくまでも魔導師殿の個人的な情報網であり、それを伝え聞いただけだと」

ヴァージルの補足に、ルーカスは無言で頷いた。そして、二人揃ってサイラスへと視線を向ける。

期待の籠もった眼差しに、サイラスは溜息を吐くと頷いた。

「あ〜……判りました。俺が単独でイルフェナに向かい、魔導師殿に話をつけますよ。ルーカス様の狙いを知れば、あの人は協力してくれるでしょう。さすがに、後にあるだろう保護者からの説教までは責任が持てませんけど」

「いつものことだろう、保護者からの説教など。勝手な行動をするあの女が悪い」

「いや、それはそうなんですけどね……」

楽しげに笑うルーカスに、ミヅキに対する申し訳なさなど感じられない。苦笑を浮かべるヴァージルとて、あまり感じてはいないのだろう。

ミヅキとルーカスは良くも、悪くも、遠慮のない関係に落ち着いたようである。その間に立つサイラスが苦労人になりそうだと思うヴァージルではあったが、あえて口にしようとは思わない模様。彼とて、我が身が可愛いのだ。

「それでは、陛下に話を通して参ります」

「頼んだ。その間に、俺はイルフェナとガニアへの手紙を用意しておくとしよう。状況が状況だ、イルフェナとて無下にはすまい。ヴァージルは……」

「俺は今一度、ルーカス様とその周囲における警備の見直しをして参ります。ルーカス様が将来的に担われる役目を理由にすれば、不審がられないでしょう」

「そうだな、俺は『魔導師との繋がりを持つ者』という認識をされている。いくら気に食わない王子だろうとも、キヴェラから失わせることはしないだろう」

「ルーカス様……」

「構わん。あくまでもそれは『今の』俺の価値だ。俺自身が惜しまれる存在となればいいだけだ。そうだろう？　ヴァージル」

「っ……はい！」

微笑み合う主従の感動的な場面を視界の端に収めつつ、サイラスは自らの主の元へと足を進める。気が重い任務を命じられながらも、その表情はどこか明るい。

「あんな場面を見せられたら、この苦難も受け入れるしかないよな。……。良かったな、ヴァージル」

密かに親友を案じ続けていたサイラスが居たこともまた、この主従の幸運であった。

第十一話　その時、各国は　～サロヴァーラ編～

『サロヴァーラの場合』

――サロヴァーラ王城にて

「何ということだ……」

その知らせを受け取ったサロヴァーラ王は厳しい顔をしたまま、すぐ傍に控えていたティルシアへと手にしていた物を渡す。それはイルフェナに保護されている魔導師こと、ミヅキからの手紙だった。

本来、こういった物はミヅキの友人であるティルシア、もしくは妹分と公言しているリリアンへと送るべきであろう。だが、サロヴァーラは少々、事情が異なるのだ。

ティルシアは己が画策した一件により、事実上、行動を制限されている立場にある。

……。

実際にはそうなっていなくとも、『建前上はそうでなければならない』。いくら国のためとはいえ、他国相手にやらかしたことは事実なので、実際の状況を公にしなければならないような事態は避けるべきであろう。

『魔導師と繋がりがあること』程度ならばセーフだが、国に影響を与えるような行動――今回のことで言うなら、国を動かす可能性がある情報の入手――はさすがに拙い。

ティルシアが情報を活かせる人物であることは知られているため、『魔導師からの情報を個人的な思惑に使わないか？』という疑惑を抱かれてしまう可能性があるのだ。ティルシアが力を得ることを警戒する者とて、一定数はいるのだから。

一言で言うなら、『女狐に玩具を与えるべからず』ということに他ならない。

ぶっちゃけて言うと、過去の所業のせい。完全に、女狐様の自業自得なのである。

先のキヴェラの一件は『キヴェラとイルフェナの共同事業であり、教訓になるような絵本の普及』というものだったため、友人同士の雑談程度の扱いであった。

事実、サロヴァーラはキヴェラの夜会に招待されていない。ヴァイスはミヅキの状況を察したティルシアが付けた護衛なので、発言その他の行動の許可を得る必要があったのである。『招待客』ではなく、『ミヅキの付属品』という扱いだったのだから。

ヴァイスもそれは十分心得ており、リーリエが愚かなことをしなければ抗議どころか、会話に加わることさえなかった。あの抗議の一幕を引き起こしたのは、リーリエ自身だったのだ。

今回の情報は『エルシュオン殿下が襲撃され云々』というものなので、個人的な遣り取りとするには無理がある。よって、手紙自体はティルシアへと送られたが、その宛先はサロヴァーラ王となっていた。


サロヴァーラには未だ、王家に不満を抱く貴族達が残っている。

エルシュオンの負傷に乗じ、おかしな動きをされても困る。


こういった気遣いが必要な理由は、ミヅキが動く場合、共犯に選ぶのがティルシアと目されているためだ。サロヴァーラの貴族達にとって、二人はリアルに災厄扱い。何の意図もなくても、『あの二人が揃うと何かある！』と認識されてしまう。

ミヅキもそれを知っているので、今回はサロヴァーラ王を経由する形でティルシアへの情報伝達となったわけだ。

なお、『魔導師から王への伝達』であった場合、ミヅキに脅える貴族達の大半は『魔導師が王を通して警告（＝脅迫）してきた』と解釈される。

サロヴァーラ王は長年のへたれ気質……じゃなかった、穏やかさが知られているので、間違ってもミヅキの共犯には成り得ないと思われている。そもそも、先のサロヴァーラの一件でも共闘さえしなかった。

そんな事情もあり、ミヅキは今回、安全策を取ったのだろう。たかが『お知らせ』如きで、勝手な想像を膨らまされても困るのだ。

サロヴァーラの貴族達を、ミヅキは『全く』信頼していない。それどころか、鬱陶しい外野のようにさえ思っていると知れる一コマである。

自己中外道な魔導師様は警戒心が強いのだ……自分が『要らない』と判断したものに対する扱いなんざ、お貴族様であろうともゴミに等しい。精々が『邪魔になるか・ならないか』という程度の差でしかない。

「これは……」

「え……ご無事……なのですよね……？」

手紙を読んだティルシアは視線を鋭くし、リリアンに至っては顔面蒼白である。恩人であることも一因だが、二人の母親は間接的に殺されたようなもの。特に、リリアンは『死』を匂わせるものが苦手なのだ。

ティルシアもそれを判っているため、蒼褪《あおざ》めた妹の背を落ち着かせるように擦っている。ぎこちなく感謝を述べるリリアンへと、微笑み返すのも忘れない。

「お父様。これを読む限り、エルシュオン殿下はご無事だと思われます。ですが……魔導師であるミヅキや、あの騎士達が居てこそ、『その程度に留められた』と見るべきでは？」

「お前もそう思うか、ティルシア」

「ええ。ミヅキ達が守りを固めていたにも拘《かか》わらず、この結果なのです。ガニアとキヴェラは警戒を強めるでしょう」

サロヴァーラはミヅキやエルシュオンに世話になった過去がある。その際、エルシュオンの配下の騎士達の異様さ――庇護《ひご》すべきミヅキを案じるどころか、頼もしき仲間として扱っている――を目にしているのだ。

ましてＴ、イルフェナは『実力者の国』と呼ばれるほど個人の能力が重要視され、身分や立場に相応しい才覚を求められる。

そんな彼らが、そう簡単に出し抜かれるとは思えなかった。襲撃者はその守りを突破するだけの実力があり、主たるエルシュオンを負傷させるだけの術を持っていたということに他ならない。

二つの大国、そこに居るミヅキの友人達は必ずこのことに気付くだろう。ティルシアはそれを確信し、警戒を強める意味を込めて、父王へと告げていた。

「それにしても、ハーヴィスか……かの国は閉鎖的とはいえ、一部の者達はそのような現状に危機感を抱き、極稀に交流を試みてきたものだが」

懐かしむように、かつてサロヴァーラへとやって来た者達を思い出すサロヴァーラ王。……が、そんな王の言葉に、ギラリと目を光らせた者がいた。ティルシアである。

「まあ、お父様。そのようなくだらない過去など、何の価値もございませんわ。あれは遠回しに、我がサロヴァーラを侮辱しに来ただけではありませんか」

「う……。ま、まあ、そう思われても仕方がないとは思うがな……」

ティルシアの変貌にビビり、即座にその原因に思い至ったサロヴァーラ王は顔を引き攣らせる。

だが、時すでに遅しであった。

『女狐』ティルシア。彼女は今、ろくでもない過去（※ティルシア談）を思い出し、非常にお怒りなのである。

「隣国ですから、我が国を交流相手に選ぶのは仕方がありませんわ。ええ、仕方がありませんもの。騒動を起こして、ガニアを怒らせたくはなかったでしょうし、見下している私達ならば怖くはありませんものねぇ」

実のところ、サロヴァーラの王女二人は問題の精霊姫と幼き頃に会ったことがある。ハーヴィスによる『同じ年頃の王女同士ならば仲良くなれるかも』という思惑と、次代での繋がりを欲したゆえの行動だ。

勿論、それだけならばティルシアとて怒るまい。隣国である以上、付き合っていかなければならない可能性が高く、個人的な感情を抜きにして接しなければならないのは、王族としての義務なのだから。

……が、ティルシアには二つの地雷が存在する。

一つは言うまでもなく、最愛の妹であるリリアン。もう一つは祖国サロヴァーラ。

リリアンへの溺愛《できあい》はともかく、国を大事に思うのは、王女として間違ってはいまい。ティルシアは国のため、そして妹のために他国を巻き込んだ騒動を起こしたほどなので、その愛の重さも察することができるだろう。

そんな彼女を激怒させたのが、幼き日の精霊姫。そして、ハーヴィスなのである。

『この国の王族って、価値が低いの？　随分、適当な扱いなのね』

『お茶は美味しいけれど、他には何もない国なんでしょう？』

アグノスは先祖返りを疑われる特殊な事情持ちのため、同じ年頃の子達の中では聡明だった。少なくとも、周囲の大人達にはそう見えてしまった。

そんなアグノスではあったが、幼いことは事実なのだ……幼いゆえに、遠慮というか、社交辞令的なものが皆無だったのである。

ティルシアに言ったならば、まだマシだっただろう。だが、アグノスが話し相手にしていたのは、幼いリリアンであって。

当然、リリアンは泣いた。大好きな人達や国を馬鹿にされ、けれど反論するだけの言葉も持たなくて。

拙《つたな》い言葉で反論しようとも、即座に否定されてしまう。それも、かなりきつい言葉と態度で。

それを見た周囲の大人達が、勝手な失望をリリアンに向けるのだ。妹が最愛と公言して憚らないティルシアが激怒するのも当然と言えよう。

そして、アグノスはティルシアにさえも特大の爆弾をかましていたのである。

『あの子と貴女、本当に姉妹？　妹は出来が悪いって言われていたし、全然似てないのね』

……一応言っておくが、当時のアグノスに悪意なんてものはない。彼女はただ、己が感じたことを素直に口にしてしまっただけなのだから。

だが、相手が悪かった。ティルシアは重度のシスコンであり、妹が大好きなのだ。

そんな奴に向かって『姉妹なのに、全然似てない』。

今のティルシアを知る者達からすれば、自殺願望でもあるようにしか聞こえまい。

この時、ティルシアの中でアグノスは敵認定されたのだった。しかも、リリアンを泣かせている上、謝罪なし。敵認定は一生外れないだろう。

さすがに拙いと察したハーヴィス側から、アグノスが『血の淀み』を持つことを聞かされはした。

……が、その時のハーヴィスの態度も『うちの王女が言ったことは事実だろうに』と言わんばかり。

特に、アグノス付きの侍女達の態度は酷かった。それらを見て、ティルシアはハーヴィスを『自分達の価値観しか重視できぬ、取り残されていく者達。隣国だろうとも、サロヴァーラが協力者となる未来はない』と判断したのだ。

「『血の淀み』を理由にする割に、何の対策も取らなかった愚かな国。彼らが他者を見下していると判っているから、情報をもたらしてくれる者もいなかったのでしょうね。長く続いてきたのは、引き籠もっていたからでしょうに」

「それもまた国としての在り方だぞ、ティルシア」

「ええ、判っておりますわ。ですが、その果てに情報不足が災いし、このような事態を引き起こしているのです。愚か者には似合いの末路が待っていることでしょう」

大嫌いな相手の破滅、そして気に食わない国の衰退を想い、ティルシアは高笑いせんばかりだった。サロヴァーラ王とて娘を窘《たしな》めたいのだろうが、ティルシアが激怒している原因を知っているため、強くは言えないのだろう。

そもそも、かつてのアグノスの言葉を肯定するなら、ティルシアとて咎められる謂れはない。ティルシアの言っていることとて、紛れもない事実なのだから。

「お……お姉様？　とりあえず、落ち着いてくださいませ。私があの子に関わることはありませんし、怒ってもいませんわ。あの時、泣くことしかできなかった私が呆れられても、当然と思えますもの」

ほんの少しの憂いを滲《にじ》ませながら、リリアンは懸命に言葉を紡ぐ。リリアンとて、過去のことは嫌な記憶として覚えている。だが、己の不甲斐《ふがい》なさを突き付けられた今となっては、それも仕方がないと受け入れてしまえるのだ。

「かつての愚かさを覚えているからこそ、私は変わりたいと願うのです。……聡明と言われていたアグノス様とて、このような事件を起こしてしまいました。だからこそ、周囲の声に惑わされてはいけないと思うのです。ミヅキお姉様とて、随分と酷いことを言われていたのに、それをご自分の一手に変えてしまわれましたもの」

――だから、もう大丈夫です。

そう言い切って、微笑む。リリアンからの予想外の言葉に、サロヴァーラ王は軽い驚きを表情に乗せ。ティルシアは――

「良い子ね！　リリアン!!　こんなに立派になって、私はとても誇らしいわ！　貴女は私の自慢の妹であり、我が国の未来を担うに相応しい王女よ……！」

妹の成長ぶりを目にしたティルシアは感動のあまり涙を滲ませ、リリアンを抱きしめていた。対するリリアンも慣れているのか、姉に抱きしめられて嬉しそうである。

この場に突っ込む者はいなかった。寧ろ、サロヴァーラはこれが平常運転。

妹への溺愛を隠さなくなった女狐様は日々、敵認定した貴族達――リリアンを苛《いじ》めていた者達――を恐怖のどん底に叩き落とすべく、隙を窺っているのだった。当然、命乞いをされても許す気なんてない。そりゃ、家族もいい加減慣れるだろう。

「さて、話を戻すが。ティルシア、我が国はどう動くべきだと思うか？」

王の言葉に、ティルシアは妹への抱擁《ほうよう》を解く。その表情はすでに王女としてのものに戻っており、リリアンもどこか緊張した面持ちで姉の言葉を待っているようであった。

「……『今は』何も」

「ほう？」

薄く笑みを浮かべて紡がれた言葉は『静観』を意味するもの。だが、他の二人はそれに驚いたりせず、続く言葉を待っている。

「ミヅキを起点にして、イルフェナの味方となるべく動く方達は多いと思います。ですから、イルフェナの守りはその方達にお任せしましょう。私達がすべきはハーヴィスの監視と……ミヅキが報復に向かう場合の手助けですわね」

「ふむ、魔導師殿は未だ、動いてはおらんようだが？」

「イルフェナに初手を譲っているのでしょう。イルフェナとて、話し合いをするだけの余地は残してあるはず。それが終わった時、ミヅキ達は行動に出ますわ。ならば、ハーヴィスの隣国であるサロヴァーラが拠点となればいい」

『拠点』という言葉に、サロヴァーラ王は片眉を上げた。思い当たることがあるらしい父の姿に、リリアンは首を傾げている。

「お姉様……ミヅキお姉様に合わせて、サロヴァーラもハーヴィスに宣戦布告するおつもりですか？　被害を受けていない以上、それは難しいように思いますが」

「いいえ、そんなことはしないわ。ミヅキだって望まないもの。だけど……休める場所は必要でしょう？　いくらあの子が強くても、戦い続けるのは無理……報復する相手は『国』なのだから」

いくら魔導師であろうとも、疲労ばかりはどうしようもない。長期化することも想定し、ミヅキには休める場所こそが必要だと、ティルシアは考えていた。

「実はね、少し前にお父様に相談したの。私達の部屋の近くに、ミヅキの部屋を作ったらどうかって。万が一の時に私達の逃げ場所になるなら、決して無駄ではないわ。遊びに来てもらっても、客室では遠いもの。『個人的なお話』をすることも含め、悪くはないでしょう？」

ティルシアがそんなことに思い至った理由として、サロヴァーラとイルフェナの距離が挙げられる。はっきり言って遠いので、何かがあった時、即座に頼れるとは限らない。

また、『ティルシア達を助けてくれるような存在』という意味では、現時点でミヅキが最強である。他国の王女達とて頼もしいが、彼女達には柵も多い。『即座に動け、事態を好転させられる』という意味で助けを求めるならば、ミヅキ一択だ。

ミヅキとて、双方に利点のあることならば断るまい。何だかんだと気にかけてくれている上、大陸の北に『個人的な拠点』ができるのだ。それがサロヴァーラ王城内ならば、保護者も文句を言わないだろう。

「……確かに、北にご用があった時は拠点があると便利ですね」

「あの子、あちこちに行くもの。今回だって、私達が動かなければ『サロヴァーラは何も知らない、無関係な国』なのよ、リリアン。だからこそ、ハーヴィスがどうなろうとも『知らない』と言い切ってしまえるわ。ミヅキはガニアとも縁を築いているから、そちらにも疑いの目は向くでしょうけど……ハーヴィス程度では、ガニアに強気な態度はとれないでしょうしね」

「なるほどな。動かぬのはそれが理由か」

「ええ、お父様。私はこの国の王女としても、個人としても、今回はミヅキの全面的な味方ですの。ハーヴィスにとっても良い機会ですわ。ここで愚かさを自覚し、変わらなければ、いつサロヴァーラに火の粉が飛ぶか判りません」

「……」

考え込むサロヴァーラ王。だが、ティルシアは己が提案が通ることを確信していた。

ハーヴィスが何らかの擦り寄りを見せる時、その足掛かりとして使うのはサロヴァーラ。ガニアに何らかの要求をする根性はないだろうし、イディオは論外。そうなると、消去法でサロヴァーラが残ってしまう。

ティルシアが警戒しているのはそこだった。あまり言いたくはないが、サロヴァーラは立て直しの真っ最中なので、できる限り、引っ掻き回されるような事態は避けたいのだ。

「……判った。あくまでも、お前の友人という扱いで許可しよう」

「ありがとうございます！」

「だが、魔導師殿にはお前から話をしなさい。部屋を作ること自体、異例のことだ。含むものがある以上、単純に部屋を作るという意味では済まないのだからな」

「ふふ、ミヅキお姉様がこちらにいらっしゃる機会が増えるのは嬉しいです」

喜ぶ姉妹の姿に、王にも笑みが浮かぶ。そんな平和な一時を過ごし、自室に戻ったティルシアは先ほどと同じく、目を爛々《らんらん》と光らせ拳《こぶし》を握った。

「徹底的にやっておしまいなさい、ミヅキ！　あの女を野放しにしていた国になど、遠慮は要りませんわ！　寧ろ、殺ってしまっても構いませんせん！　私は今回、貴女の全面的な味方よ……！」

黒猫に喩えられるミヅキも大概だが、女狐と称される姫とて祟る生き物なのである。その恨みは深く、いくら幼少期の頃の出来事だろうとも、決して忘れない。

怒れる女狐は高笑いをしつつ、うっそりと笑う。……そして、改めて思うのだ。

――『彼女は本当に、私の良き友である』と。

第十二話　魔導師、息の合った人々の行動にビビる

「……」

各地から届いた『個人的なお手紙』を前に、私は唖然としていた。ええ、こうなるかもしれないとは思ってましたよ？　情報収集は大事だもんね？

でもさぁ……

ほぼ全ての国が『イルフェナに行くね♡』なんて言い出すとは、思わないでしょ⁉

勿論、こちらを気遣ってくれたゆえの行動だとは判っている。特に、シュアンゼ殿下は自分が煩い輩達の餌になる気なのだから、魔王様が精神的にも、肉体的にも弱っている――かもしれない。

一応、怪我人です――今、こちらとしてはありがたい。

王弟夫妻の一件を知る貴族達は挙《こぞ》って情報収集のために接触してくるだろうから、『貴族達の興味を引く』という意味ではシュアンゼ殿下が適任だ。

……が、当のシュアンゼ殿下は未だ、ろくに歩けないはず。

治癒魔法を併用したリハビリを行なっているとはいえ、そう簡単には歩けるようになるまい。絶対に、ラフィークさんの介助が必要だ。どう頑張っても、単独歩行は無理だと言い切れる。

シュアンゼ殿下はそれさえも利用し、見世物になることを納得の上で、イルフェナに来てくれるらしい。そんな自己犠牲上等な姿に痺《しび》れる、憧れる……！

……。

いやいや、いつの間にそこまで逞しくなったの、灰色猫。

貴方、初めて会った時は割と冷めた目をしてなかった⁉

灰色猫が殺る気になっていたのは、その対象が自分の両親であり、『それしかできなかったから』だ。単に『唯一のこと』だったの。間違っても、悲壮な決意を固めていたとかではなく、本当～に、それ以外にできることがなかっただけ。

身分を考えればおかしいのかもしれないけど、シュアンゼ殿下は生まれつき歩けなかった上に、実の両親である王弟夫妻から冷遇されていた。こうなると周囲に人がいないだけでなく、まともに公務なんてこなせないだろう。

男性王族にとって『歩けない』ということは、様々な方面に影響を及ぼす『超強力なバッドステータス』なのだ。役立たず扱いされても、改善のしようがないもの。

それでもシュアンゼ殿下は私の共犯者として、できる限りのことはしてくれていた。だが、報告書を作成した場合、どうしても行動していた私だけが目立ってしまうので、『魔導師はシュアンゼ殿下の手を借りて、断罪を行なった』という風に捉えられてしまう。

シュアンゼ殿下が未だ、軽く見られがちなのはそのせいだ。『魔導師が居なければ怖くない』――こんな風に思われたとしても、『現時点では』反論できないからね。

だが、実際には全く違う。ぜんっぜん違うぞ、シュアンゼ殿下は大人しくなんてない。

シュアンゼ殿下は立派に、魔導師の『共犯者』。嘘なんて、報告書に書くものか。

奴が大人しそうなのは、色彩と華奢《きゃしゃ》な見た目だけだ。数年後は、確実に評価が覆る。

今回とて、ガニアへの連絡係兼テゼルト殿下の護衛として、私の教え子達を有効活用しているじゃないか。できることの幅が広がれば『できる子』なのだよ、灰色猫は。

そう思うと同時に、ガニアに残した三人組の今後を想って生温かい気持ちになる。あの三人、後々の出世は確実だろう。そのうち、『シュアンゼ殿下の懐刀《ふところがたな》』くらいの立場にはなれそうだ。

基本的に子飼いであることは変わらないけれど、魔王様にとっての騎士寮面子くらいの扱いにはなりそう。性格的にも、能力的にも、十分に大成が見込めそうだったもの。


頑張れ。超頑張れ！　激務を耐えきれれば、君達の未来は（多分）明るい。

私の教え子として、それ以上に災厄予備軍として、ガニア貴族達をビビらせるがいい……！


「ん～……セシル達とグレンは『遊びに来る』。まあ、グレンは仕事の都合もあるから、遅れるみたいだね。サイラス君は『絵本の事後報告』、宰相補佐様は……あ～……『ジーク達のお守り』かぁ。一応はカルロッサも当事者だから、話し合いに割り込んでくれるつもりなのか。ルドルフ達も割り込むつもりみたいだから、ハーヴィスは最初から加害者扱い確定かな」

実のところ、これが一番嬉しかったりする。魔王様の噂というか、これまで事実のように語られてきた『悪意』があると、『イルフェナが画策した』とか『イルフェナにも原因がある』と言い出す奴が、一定数はいるだろう。これは確信だった。

別に、魔王様に恨みがあるとか、酷い目に遭わされたわけではない。単純に『僻み』なのだよ。

魔王様は外交こそろくにできないが、それでも皆無だったわけじゃない。その場合、相手は魔王様の威圧こそが己の敗因――要は、脅しと受け取られる――と思うこともあるらしい。

実際には、そんなことはなかったらしいけど、自分の敗北理由を作り上げたい人は居るのだろう。

『威圧を向けてくる魔王殿下のせいで、ろくなことができなかった』とかね。

なお、これはカルロッサの宰相補佐様から聞いたので、物凄く信憑性《しんぴょうせい》のある情報である。

宰相補佐様と宰相閣下のオルコット公爵親子は、魔王様を昔から認めてくれていたらしい。曰く『自分の実力を理解しているからこそ、あの方の才覚や努力がよく判るのよ。間違っても、威圧で脅したことが敗北理由じゃないわ。僻みと言うか、言い掛かりよ！』とのこと。


普通に考えれば、それは当たり前ですね。

誰だよ、小学生レベルの言い訳を事実のように使ったアホは。


思い出す限り、各国の王とか上層部の人達は『割と』魔王様を評価していた気がする。そこに恐れがなかったと言えば嘘になるが、良くも、悪くも、『エルシュオン殿下ならば』的な信頼が見え隠れしていた。

つまり、方向性はともかく、正しく才覚を評価している人達は居たってこと。魔王様は自己評価が低いのか、その可能性を『これっぽっちも考えなかった』（騎士寮面子・談）らしいので、アル達は随分と歯がゆい思いをしたのだろう。哀れである。

……そんなわけで。

魔王様の悪評に絡めて『イルフェナにも原因が～』とか言い出された場合、ちょっとばかりイルフェナが不利になる可能性があったのだ。部外者からすれば、事実なんて判らないもの。

それを覆す……いや、『ハーヴィスの非を証明する』のが、割り込んでくれる人の存在。

カルロッサはジーク達が当事者だし、ゼブレストだってルドルフが当事者だ。ルドルフだけで確実と言えないのは、ルドルフと魔王様が懇意にしていることが知れ渡っているから。つまり、『あえて味方をしている』と思われてしまう。要は、贔屓《ひいき》しているように見えちゃうのだ。

これには私も頭を抱えてしまった。これまで魔王様や私との親しさをアピールしてきたことが、こういった弊害を招くとは思わなかったんだよねぇ……ごめんよ、ルドルフ。

「バラクシンからはフェリクスとサンドラかぁ。確かに、あの子達は『謝罪と感謝を告げたいです』とは言っていたから、嘘ではない。……。なるほど、『それが叶えられたのが、今』ってことにするのか。……あ？　おいおい、『状況によってはエルシュオン殿下の身代わりを務めてもいいと言っている』だと？　ちょ、やめれ！　あんた達の家族……国王一家が物凄く煩いから！」

二人が善良であっても、手紙を寄越したのは聖人様。そこには二人を自分の代わり（＝教会の代表者的扱い）として滞在させること、そして『フェリクスとサンドラの二人がイルフェナに赴くと、決定する時の一幕』が書かれていた。

……。

どうしよう。この若夫婦、めっちゃ良い子になってやがる……！

彼らの言動を一言で言うなら、『献身』だ。正直、これは意外だった。以前のバラクシン滞在時を思い出す限り、あの二人は臆病と言うか、周囲を恐れる傾向にあったのだから。

だが、彼らも成長したのか、『魔王様への献身』を『謝罪と感謝を述べたいという我儘』に変換してみせた。建前だろうとも、前者（というか、本音）のままではさすがに拙いので、随分と機転が利くようになったと思う。これならば数年後に孤児院の経営者になったとしても、十分にやっていけるに違いない。

その後の聖人様の手紙は『うちの子達、良い子でしょ！　頑張ってるでしょ⁉』（意訳）という、『教会の子自慢』のオンパレード。

聖人様は密かに自慢したかった模様。

フェリクスとサンドラ、皆に可愛がられているようで安堵した！

「んで、サロヴァーラは『動かない』。……。え、私の部屋をティルシア達の部屋の近くに作るって書いてあるけど、いいの？　これ。しかも私の意思を聞かずに、決定事項として書いてあるんだけど⁉　せめて、私には許可を取ろうよ⁉　女狐様⁉」

ただ、感謝はしてるんだ。ティルシアがそうした意味もなんとなく判る。

女狐様の才覚は今回も冴え渡った模様。各国と言うか、私と親しい人達の行動を予想した上で、『サロヴァーラは魔導師のサポートに徹するね！』と言っているのだから。

『だって、他の国は誰かをイルフェナに送り込んで、守りの一環になろうとするでしょう？』

情報収集などしていないはずなのに、確信に満ちている。しかも合っている……！

恐ろしや、女狐様。私が今後取る行動を見越し、拠点となるような場所を与える方向にいくとは
……彼女、マジで私の思考を読んでないか？

そう考えると、ティルシアはかなり頼もしい存在に思える。ただ、状況によっては、私の報復を手助けしたことになってしまう気がするけど。

サロヴァーラの王女として、それはどうなんだろう？　許可が出るってことは、王も了承済みなんだろうけど。本当に大丈夫かー？

……。

まあ、いいや。次いこ、次。女狐様は強い子だから、何かあっても頑張れる。

「えーと……一応、これらを纏めて。提出先は騎士寮面子にゴードン先生、後は団長さんくらいかな？　念のため、シャル姉様やブロンデル公爵達にも伝えてもらった方がいいかも」

魔王様が寝込んでいるので、このあたりが妥当だろう。『各国より、イルフェナにお客様が来

る』ということだもの。迎える側のイルフェナとて、事前の準備が必要だ。

……が、正しくイルフェナに来る人達を把握しているのは今現在、私オンリーの可能性が高い。ガニアやキヴェラ、バラクシンから来る人達はともかく、コルベラのセシル達やアルベルダのグレン、カルロッサの宰相補佐様あたりは、『友人に会いに来た』『うちの子が巻き込まれたから、国から派遣された』というもの。要人扱い必至なのですよ、彼ら。

ただ、身分や立場に相応しい対応を求めないならば、私の友人枠でも許可が出る。寧ろ、騎士寮面子との情報交換を試みるならば、騎士寮で暮らす私の所へ遊びに行くのは、最適だ。


だからって、挙って利用しないではくれまいか。私は一般人、貴族どころか民・間・人！

魔王様に事後報告して怒られるの、私よ⁉　自分に非がない説教案件って、酷くね⁉


特にティルシア……サロヴァーラの行動は全くの予想外なので、イルフェナに察しろというのは酷だろう。誰だって、『王家の人間の部屋の近くに魔導師の部屋ができます』なんて、信じられんよね。普通はない。絶対にないと言い切れる。

それを許可するサロヴァーラ王もどうかと思うが、問題なのはこのタイミング。……ハーヴィスの隣国に、拠点ができちまったよ。これ、私を知る誰が聞いても、『サロヴァーラは魔導師についた』としか思わん。

ただ、サロヴァーラは一言もそんなことは言っていないので、証拠と呼べるものはない。突かれても、先の一件以降、出ていた話が確定したから……と言われてしまえばそれまでだ。

万が一のことを考え、きちんと逃げ道は用意されている。そう、用意されてはいるんだ……だけど、『報復するよね？　ここまでお膳立てしてあげたんだから、頑張って来い！』と言われているような気になるのは何故だろう？

だって今回、妙にサロヴァーラが協力的なんだもん！　報復推奨とばかりに、背中を押されている気がするのですよ……！


過去、ハーヴィスの奴らはサロヴァーラに対し、何かやらかしたんだろうか？

そうでなければ、このタイミングで王が許可をするとは思えないんだけど。

そう思えども、手紙にはそんなことなど書かれていない。本当に『貴女のお部屋を作る許可が出ました！　リリアンも楽しみにしてるので、近い内に見に来てね』（意訳）程度。

突っ込みどころは色々あるけど、前提になる出来事があると、話が違ってくる。サロヴァーラの国王一家の惨状（過去）を知る人達にとっては、『相談役兼番犬代わりにしたいのね』的な見方もできるため、他国は煩いことを言えないだろう。明日は我が身なのだから。


でもね、これは間違いなく説教案件です。私は何も頼んでいないのに……！

無実を訴えたところで、魔王様は納得すまい。というか、目覚めた直後に各国から押し掛けたお客様達のことを聞き、再度、寝込む可能性とてあるに違いない。

そして、寝込んだことを幸いとばかりに、其々《それぞれ》が魔王様に好意的であることを印象付ける作業を開始すると思うんだ……勿論、各国の王公認で！

魔王様は私を疑うだろうけど、各国の上層部とて相当である。『使える』と判れば、この状況さえも自分達の都合のいいように印象付ける要因にするだろう。

だって、『悪の魔王殿下』よりも、『常識人の救世主・親猫様』の方が、魔導師へのお仕事の依頼をしやすいんだもの！

私とセット扱いされている、今日この頃。魔王様は気付いていないかもしれないが、明らかに周囲の認識が変わっている。

そりゃ、精霊姫もぶち切れますね！　どう考えても、『御伽噺の王子様』にはほど遠いもの。友好的な人達からの認識はすでに『猫親子』。私は保護者同伴でお仕事を頼まれる、働き者の黒猫ですぞ。……結果を出す過程で遊び過ぎて、よく保護者に叩かれるけどな。

「よし！　来る面子と訪問理由を纏めたら、さっさと渡しちゃおう！」

――やる気と共に、ペンを握った私は知らない。

その一覧を見た途端、団長さんは硬直し。傍で眺めていたクラレンスさんによって、私が問答無用で拘束されることを。

そして、微笑みを浮かべたクラレンスさんから『全部話してくれますよね』と脅迫……いやいや、『お願い』され、正座して全てを暴露することを。

その後、騎士寮面子もクラレンスさんからのお説教を受けることになる未来を、私達は気付いてすらいなかった。

そして、説教を受けた全員が悟るのだ――

『そういや、伝え忘れてた。つーか、騎士寮内だけで話が完結してた』と！

何も聞いてなきゃ、驚くわな。団長さんが固まったのも納得です！

……。

魔王様。早くも、貴方不在の影響が出始めた模様です。そのうち団長さん達が泣きつくかもしれませんが、私と騎士寮面子は元々がアレな性格なので、諦めてください。

第十三話　親猫の目覚め

――イルフェナ王城・とある一室にて（エルシュオン視点）

意識がゆっくりと浮上する。目覚めるのだな、とぼんやりと思った。いつもより頭が働いていないような気がするが、未だに残る気怠《けだる》さゆえか、どうでもよくなってしまう。

「お目覚めですかな、殿下」

「……ゴードン？」

「はい」

どこか懐かしさを感じる医師の声に、視線で事情説明を促す。すると、ゴードンは心得たというように頷き、話し出した。

「殿下は二日ほど、お倒れになっておられました。私は医師として、また、あの魔道具の製作に携わった者として、殿下に付いていたのです」

「……。魔道具……」

「ええ。魔道具の影響で殿下は極度に疲労し、ずっと眠ったままだったのですよ」

ゴードンの言葉に、私がこうなった経緯を反芻《はんすう》する。

……。

……そうだ、ルドルフと一緒に居たところを襲撃されたんだった。

襲撃者達は魔法に秀《ひい》でていたらしく、私の騎士達が間に合うか判らなかった。だから、あの時の行動は『この国の第二王子』としては間違っていない。

護衛の騎士達も距離的には近くに居ただろうけど、音が全く聞こえない状態だったから、私達は隔離されていたのだろう。咄嗟《とっさ》の判断だったが、上手くいって何よりだ。

そこまで思い出して、一つ息を吐く。おぼろげな記憶が確かならば、私だけではなくルドルフも無事だったはず。襲撃者の刃《やいば》は、私が身を挺《てい》して受け止めた。だから……ルドルフは無事、だ。

そもそも、私とて本当に疲労しているだけなのだろう。傷を負ったはずなのに、痛みは何も感じない。あの時、クラウスが驚きながらも呆れたような顔になったから……ミヅキとゴードンの魔道具は正しく発動し、私の命を繋いでくれたのだ。


襲撃自体は怖くはなかった。悪意ある言葉も同様。

私には……いや、『私達』には、それは慣れたものだったのだから。

ルドルフは父王に疎まれ、幼い頃から何かと嫌がらせや襲撃に遭っていたはず。対して、私も国の暗部に関わる身――他国の恨みを買うなど、珍しくもない。

勿論、これらは単なる嫌がらせで済むはずはなく、正真正銘、命の危機というやつだ。それに慣れてしまったのが、ターゲットになっていたらしい私達二人というだけのこと。

というか、こういったことは王族や高位貴族達にとって珍しいものではない。それさえも制して強く在れ！　というのが、一般的な在り方なのだ。

『守られるだけの主に人は付いて来ない』――『その程度の者』に、価値はない。

厳しいようだが、これが現実だ。国の未来、もっと言うなら、民の未来に影響を与える立場である以上、『弱者であること』は許されまい。自分の評価が落ちるだけでは済まないのだから。

「あれから、どうなった？」

呟くように尋ねれば、ゴードンは暫し沈黙した。そんな姿に不安を覚え、先を促すように目を合わせる。隠すことは許さないと視線に込めて、私はゴードンを見つめた。

やがて、ゴードンは溜息を吐くと話し出した。

「まず、ルドルフ様のこと。勿論、ご無事ですが……その、状況が読めないこともあり、イルフェナに留まっていらっしゃいます。やはり、当事者として襲撃理由などが気になるのかと。セイルリート将軍が傍に控えていることもあり、あちらの宰相様も納得されたのでしょう」

「まあ、そうなるだろうね……」

ゼブレストに帰ってしまえば、情報が得られなくなる。ルドルフも当事者の一人である以上、ある程度の情報は得ておきたいのだろう。

というか、私自身、今回の襲撃が気になっている。ここ一年ほどはミヅキの保護者として過ごしてきたので、恨まれるとしたら『魔導師の功績が気に入らない者』の犯行の可能性が高い。

それをミヅキが知ったら。あの愚かなまでに一途《いちず》な私の黒猫に、伝わってしまったら。

……私の怪我の原因が、これまでの自分の功績にあると気付いたら。

「その怒りを力に変えて、壮絶極まりない復讐計画を立てるんだろうなぁ……ああ、どうしてくれよう、くだらない襲撃を企てた連中め……！」

「は？」

「ミヅキが心配なんだよ」

様々な意味で。

勿論、その心配は『泣いてないか』『原因となったことを気に病んでいないか』といった方向ではない。そんなに可愛らしい反応をする子ならば、『異世界人凶暴種』なんて呼ばれない。

一般的な反応を『私は異世界人だし、魔導師だから』という言い分――絶対に、違うと思う――の下に無視し、復讐計画を立てる生き物がミヅキだった。良く言えば、前向き過ぎるのだ。

なにせ、『眠るのは死んでからでもできる！　今できること（＝報復）に全力を注ぐべきです！』と言い切る大馬鹿者。遣られたら殺り返す（注：誤字に非ず）のが礼儀とばかりに行動してきた結果が、『異世界人凶暴種』という渾名を賜《たまわ》った現在なのだ。

ぼんやりとした頭でも、ふつふつと怒りが湧き上がってくる。何てことをしてくれたんだ。あの子は腕白だけど、義理堅いんだ。話し合いをすっ飛ばし、うちの子が暴れるだろうが……！

怒れる黒猫は絶対に止まらない。脇目もふらず、報復・反撃一直線。

しかも、今回はアル達さえもミヅキを止めないだろう。


……そう、私の騎士であるアル達さえも。

そこまで考えて、彼らの状況が気になった。私が負傷した以上、護衛を担っていた者達にはそれなりの処罰があるはずだ。

「ゴードン、私の護衛を担当していた者達はどうしている？」

さすがに『処罰はどのようなものを？』とは聞けなかった。……いや、少しだけ聞くのが怖かった。今回の襲撃において私は負傷し、隣国の王であるルドルフを危険に晒したことは事実なのだから。『無事だからいい』で済ますほど、イルフェナは甘くない。

また、彼らにも騎士としての矜持があるので、基本的に私が口出しすることはない。ないのだが……それでも私個人に仕え、ずっと傍にいてくれた『友』の今後を憂えるのは当然であって。

できるならば、再び私に仕えられるような……その程度の処罰で済んでくれたらいいと思っている。

甘いと言われようとも、今の私にとって彼らは失えない『友』なのだから。

ゴードンにはそんな思いが伝わったらしく、驚いたような表情になった後、嬉しそうに笑った。

「ご安心を。ルドルフ様が『新しい魔道具の効果を試したいから、手を出すなと言っていた』と証言してくださった上、一切の言い訳をしなかった騎士達の態度が評価され、騎士寮に謹慎となっているだけです」

「そう、か。……良かった、私達はまだ共に在れるのか」

「殿下が憂うような事態にはなっておりませんよ。寧ろ、殿下がそのようなことを素直に口にされたことに驚きました。……彼らが大事だと、隠さなくなったのですね」

ゴードンの言葉が少々気になるが、伝えられた事実に安堵の息を吐く。――まだ皆と共に歩んでいけると判って。

だが、それだけで終わらないのがゴードンだった。

「殿下は以前、魔法を使うことを望んでいましたからな。それを含めて、『かつての憧れを思い出し、はしゃぎ過ぎたのでしょう』と付け加えておきました」

「う……！」

「事実ですからなぁ。魔導師が傍にいることもそんな想いを増長させる一因になったと、理解していただけましたよ……皆様、苦笑いされてましたが」

「余計なことまで言わないでくれるかな⁉」

ジトッとした目を向けるも、ゴードンは笑っている。ついつい、そっぽを向いてしまっても仕方ないことだろう。……顔が赤くなっている気がするが、気のせいだ。気のせいに違いない。

だが、ゴードンの言っていることは事実だった。幼い頃、『体を鍛えれば、魔法が使えるのでは？』などと安易に考え、体調不良で倒れたのは私の黒歴史である。

魔法がよく判っていなかったからこその、子供らしい発想だったのだ。きちんと学んでいないからこそ、その危険性が理解できていなかった。勿論、その後はしっかりと怒られた。

まあ、この状態を経験した今となっては、実際に魔法を使うところまでいかなくて良かったと思うしかない。私の魔力の高さでは体調不良どころか、下手をすれば死んでいるだろう。

「……ミヅキが言ってたんだ。『この世界の魔法は安全面が優れている』って。術者の総魔力量の何割という感じに、詠唱や術式に定められているらしい。私自身の経験に当て嵌めると、納得できてしまうね。暴走しない程度の魔力しか使っていないはずなのに、体にはその負荷に耐えられるだけの強度がない――先に体に限界が来るんだ、魔力の暴走以前の問題だよ」

「今でも悔しいですかな？」

「……いいや、私はこれで良かったと思う。私に魔法の才はない。ただ魔力を持っているだけだ。クラウス達のように術式を組み上げたり、ミヅキのように独自の使い方をしようとは思わなかったのだから」

本心からそう思う。私が目指したのは『仕えてくれる者達にとって誇れる主』であり、魔術師ではない。そもそも、常に暴走の危険性を持つ魔術師など、厄介者以外にないじゃないか。いいとこ、戦場に単身で送られるだけだ。

私が魔法を学ぶことを皆が止めたのは、そういった可能性を考慮したこともあったと思う。当時はまだまだ情勢が不安定であり、いつ戦が起こってもおかしくはなかったのだから。

「でも、良かった。皆が大した処罰を受けなくて」

改めて、安堵の息を吐く。あの賑《にぎ》やかで楽しい時間が失われなかったことを、心底、嬉しく思う。

……が、ゴードンは生温かい笑みを浮かべたまま、どこか遠い目になった。

「その分、ミヅキがやらかしましたが」

「え」

ピシッと空気が凍った気がした。そんな私に構わず、ゴードンは更に続ける。

「正しくは『襲撃理由の可能性とその根拠となる証拠を持って、バラクシンの聖人殿を伴ったまま帰国した』ですがね。いやぁ、殿下は強運と人脈に恵まれた猫を飼ってらっしゃるようで」

「ちょっと待って、意味が判らないんだけど⁉」

「そのままの意味です。現在、イルフェナも混乱しておるようですな。まあ、その隙に聖人殿と襲撃犯に会いに行った挙句、心を抉《えぐ》って来たようですが」

「いや、止めようよ⁉　君も一応、ミヅキの保護者枠だろう⁉」

混乱しつつも、突っ込む。いやいや、絶対におかしいだろう⁉

ゴードンの言い分では『襲撃理由がすでに判明し、抗議できるだけの証拠もある』ということになる。しかも、何故か、バラクシンの聖人殿までもがミヅキの味方になっているような。

「ええと、その……ミヅキをここに呼ぶことは……」

「今は許可できません。殿下、貴方は襲撃において負傷した『王族』。ミヅキの身分では本来、そう簡単に会うことさえできないものなのです。いくら何でも、批難を受けます」

「……」

確かに、ゴードンの言っていることは事実だろう。いくら私達の普段の距離が近いからと言っても、こんな状況では許されまい。

そして、それはルドルフも同じはず。あの王様は落ち込んでいるだろうに、そんな空気を吹き飛ばしてくれる存在であるミヅキには会えないに違いない。身分差と状況が邪魔をする。

だが、それは要らぬ心配だったらしい。

「ルドルフ様のことならば、ご安心を。許可を得た上で、アルジェントの同行の下、ミヅキが食事をご一緒していましたよ」

「そうかい……」

それだけでも十分だろう。必要なことだったとはいえ、私はルドルフの辛い記憶を思い出させてしまっただろうから。

しかし、そうなると先ほどの不安――ミヅキのことだ、勿論――が再び湧き上がってくる。

「後見人として、ミヅキに説教を」

「却下《きゃっか》です」

「保護者として、無事な姿を一目見せておきたい」

「殿下のご様子は伝えておきますので、ご心配なく」

「馬鹿猫の所業を本人の口から聞きたい」

「諦めてください、今更です。『手遅れ』という言葉をご存知ですかな？」

「……っ……君、何が何でもミヅキと会わせないようにしてないかい⁉　何か拙いことでも……。……。……ゴードン？　君、もしやわざと……」

「おやおや、何のことですかな？　私は医師としての判断をしたまでですよ」

疑惑の目を向けると、ゴードンはわざとらしく肩を竦め、体を起こしかけた私を落ち着かせるように、再びベッドに戻す。

——そして。

「ちょ……っ……何でベッドに押し込む……っ」

「今はゆっくりお休みください。まだ、本調子ではないでしょう？」

「……っ」

それは事実であり、今までの遣り取りで僅かに戻った体力を消耗《しょうもう》したのか、眠気が襲ってきた。

だが、私はしっかりとゴードンの呟きを耳に捉えていた。

「今は好きにさせてやってください。それに……私とて、今回の襲撃に怒っている一人ですので」

……。

そんな風に言われたら、逆らう気もなくなってしまう。私はきっと、多くの人に心配をかけてしまっただろうから。その事実が嬉しく、同時に気恥ずかしい。

だから今は……大人しく睡魔に身を委ねようと思う。きっと、良い夢が見れる気がするんだ。

第十四話　灰色猫の決意

——イルフェナ・王城の客室にて

私は目の前で微笑んでいる友人――友人という認識で良いらしい――へと、ジトッとした目を向けた。対して、『彼』は楽しそうにしながら茶を飲んでいる。

銀色の髪に青い目、成人男性にしては細い体――ガニアの第二王子に『なった』シュアンゼ殿下は、どうやって周囲を説得したのか、一番にイルフェナに乗り込んでくださった。

……。

うん、感謝はしてるよ？　魔王様が目覚めた時にゆっくりできるよう、囮役を買って出てくれたってことも理解できてる。

だけどさぁ……何故、人が説教されている場に乗り込んでくるのかな⁉　クラレンスさんでさえ、固まってたじゃん！

「ミヅキは相変わらず楽しいねぇ」

灰色猫は楽しそうに笑っている。その傍に控えているラフィークさんも苦笑している上、窘める様子は見られない。

「いやいや、今回は私、被害者ですよ⁉」

「あはは！　まさか、サロヴァーラ以外が一気に動くとは思わなかった」

「笑い事じゃないでしょ⁉　って言うか、全員からの連絡が来たのが私の方って、絶対におかしい！　イルフェナへのお伺《うかが》いはどうした⁉」

「まあ、いつもはそれで何とかなっていたみたいだからねぇ……」

「ぐ……！」

「親猫に甘やかされているねぇ、ミヅキ」

「腹の下に匿われている子猫、でしたか？　エルシュオン殿下は本当に、お嬢様を大切に守られてきたのですね」

……そう、いつもはそれで大丈夫だった。と言うか、私が魔王様に伝えていたから。


『遊びに来たいみたいです。呼んでもいい？』

『判った。皆にも伝えておくんだよ』

『はーい』


以上、いつもの遣り取りであ～る。私としては保護者に許可を取って、騎士寮面子に伝えているだけ。

だって、私が暮らしているのは騎士寮です。同じ場所で共同生活を送っている人達に知らせておくのは当たり前。一応、監視付きの隔離生活となっているので、保護者の許可も必要だ。

私はそこまでしか知らなかったけど、魔王様は国にも連絡を入れてくれていたんだろう。基本的に、私を訪ねてくる人達は高位貴族とか王族なので、いくらお忍びと言っても黙っていることはできなかったみたい。


って言うか、私は今回、魔王様のそういった行動を初めて知りました。

なんで、知っているはずの騎士寮面子まで忘れているのさー？

「仕方がないと思いますよ、お嬢様。彼らは今回、主を守り切れませんでした。屈辱、怒り、後悔……様々な感情が胸中を渦巻いていることでしょう。普段と変わらぬように見えても、内面までそうとは限りません。寧ろ、他者には悟らせまいとするかもしれません」

意外なところから、騎士寮面子への擁護の声が上がる。シュアンゼ殿下と揃ってそちらを見れば、ラフィークさんは苦笑しながらも、納得とばかりに頷いていた。

「ラフィークはそう思うんだ？」

「はい、主様。唯一の主を害された以上、いくら怪我が軽くとも、冷静でなどいられません。まして、己が力不足が原因なのです。襲撃者への怒りだけでなく、自分自身が情けないのではないでしょうか」

「ああ、納得。確かに、クラウス達のプライドは木っ端微塵になったもの」

……ただし、奴らの憤りはラフィークさんが口にしたことだけではない気がする。

勿論、ラフィークさんが言ったことも事実だろう。彼はシュアンゼ殿下を唯一の主と定め、忠誠を誓っている。『主様』という呼び方は、ラフィークさんがシュアンゼ殿下のみに忠誠を誓っているゆえ。

対して、騎士寮面子。彼らはその怒りを力に変え、元気一杯に復讐計画を練る生き物だ。

『この屈辱、忘れはしない。次は俺達の番だ』
『我らの主に牙を剥いて、明るい未来があると思うな』
『手加減？　……知らないな、そんなもの』

以上、リアルに聞いてしまった騎士達のお言葉だ。ついでに言うなら、彼らは薄《うっす》らと笑ってはいたけれど、もれなく目がマジだった。怒りのままに口から出てしまった言葉とかではなく、彼らは限りなく本気だったのだ。

……。

ラフィークさん、貴方と騎士寮面子は絶対に別物です。奴らの忠誠心は先の見えぬ深淵《しんえん》です。奴らはもっとドロドロというか、ギラギラしてます。間違っても、萎《しな》びてません。

彼らが優先するのは『報復』一択。ある程度終わったら、魔王様への謝罪と共に反省会。今回のテーマはきっと、『今後に活かせる迎撃手段』とか、無闇やたらと凶悪な『魔法による守護』（意訳）と予想。『攻撃は最大の防御』という言葉を建前に、戦闘能力の爆上げが行なわれる。

今回、彼らが出し抜かれたことは事実なので、その屈辱を力に変えて、同じ失敗を繰り返すまいと努力するだろうしね。勿論、襲撃者の安全など考えまい。『主の安全が最優先』という言葉で纏められ、意図的に無視する可能性すらある。

「今回のこと、皆は相当堪えたみたいだからね」

「ああ、やはり……」

「出し抜かれた形になったから、反省点も多いらしいよ」

ラフィークさんは騎士達に同情しているようだが、彼の予想とは違っている気がする。って言うか、絶対に同情する必要はない。

騎士寮面子、『唯一の主を害され、己が不甲斐なさを噛み締めつつ怒りに燃える騎士達』とか言えば聞こえはいいのかもしれないが、実際には『野郎ども、抜かるんじゃねぇぞ！　何が何でも、主犯を地面に這《は》いつくばらせてやらぁっ！』という感じに近い。

これまでも私の言動を咎めるどころか、推奨してきた奴らだぞ？　真っ当な感性なんて、あるわけないって！　正直なところ、クラレンスさんのお説教がなければ、呪術の一つや二つ開発しかねなかった。黒騎士達、残念そうな顔をしてたもの。

生温かい気持ちのまま、そんなことを思う私をよそに、シュアンゼ殿下とラフィークさんは痛ましそうに話している。そこにあるのは、憂う騎士達（※現実を知らないゆえの幻覚）への同情……絶対に、真実は言うまいと心に誓った。言っても、信じてもらえない気がするけど！

あんなのでも、大半はお貴族様だったはず。イルフェナの教育が疑われてしまうじゃないか。

寧ろ、私だけでなく、そいつらの飼い主と化している魔王様がいたたまれまい。

「ああ、一つ言い忘れた。ミヅキ、今後は私への言葉遣いも普通でいいからね」

「へ?」

唐突な提案に付いていけず、きょとんとなる。そんな私に微笑みかけると、ラフィークさんと視線を交わした後、シュアンゼ殿下は言葉を続けた。

「私達は共犯者にして友人じゃないか」

「待って、『共犯者』って何!?」

「王弟夫妻追い落としのことだよ」

さらりと返された答えに、ついつい首を傾げる。う、うん? 私としては魔王様からのお仕事&報復って感じだったけど。シュアンゼ殿下にとっては王族の一人としての矜持、また国王夫妻の憂いを晴らすためじゃなかったか?

「あの、わざわざ『共犯者』って言葉を使わなくても。報復オンリーでしたよね? 私達。あと、言葉遣いは身分的に拙いんじゃ?」

だって、今は第二王子のはず。さすがに北の大国の第二王子とタメ口ってのは拙くない?

「君、ルドルフ様とかティルシア姫とは普通に話しているじゃないか」

寂しいよ、と言いながら表情を曇らせるシュアンゼ殿下。だが、その本性を知る私から見れば、大変わざとらしい。そもそも、あれはこちらにも事情があるのだ。

「基本的に『魔導師と仲良しです!』っていう、アピールのためですからね。勿論、仲が良いことも事実ですけど。あの二人には『周囲に脅威として扱われる、個人的な味方がいる』っていうカードが必要ですから」

「勿論判っているよ。……そこに交ぜてもらえないかってことさ」

「シュアンゼ殿下の場合……って言うか、ガニアでは良い意味ばかりではないと思いますよ？」

速攻で行なわれた本音の暴露に呆れつつも、警告を。他の国ならともかく、シュアンゼ殿下の場合は良いことばかりではない。

「実の親を追い落とした魔導師と懇意、しかも『共犯』扱い。……早くも『疑惑の王子様』にでもなるおつもりで？」

ぶっちゃけて言うと、『悪』のイメージが付いちゃうのだ。私達がやらかしたことが前提となるため、シュアンゼ殿下が黒い疑惑に満ちた存在に思われてしまう。

「私は王弟夫妻の『死』を望んだ。その選択に貴方の意向が含まれていないと判断されたのは、『シュアンゼ殿下も魔導師の被害者』という認識を持たれているからです。それがなくなれば、『両親さえも死に追いやった王子』とか言われますよ？　しかも、国や国王一家のためではなく、個人的な復讐という意味で」

「覚悟してるよ」

シュアンゼ殿下は平然としているけれど、今後を考えた場合、多くの敵を作ることになるだろう。疑心暗鬼に陥った貴族達からの反発だけでなく、勝手な思い込みのままに『悪』という役割を押し付けられてしまう。

ちらりとラフィークさんを窺見やれば、彼はすでに納得している模様。ただ、私と同じような懸念は抱いているらしく、心配そうな雰囲気も窺えた。

「……私はね、ファクル公爵のような立場になりたいんだよ。もしくは、君のように『良き結果をもたらす悪役』にね」

私達の懸念に苦笑を浮かべると、シュアンゼ殿下は説得するかのように話し出した。

「ガニアは十年ほど荒れるだろう。君も知っているだろうけど、王弟の派閥はそれなりに大きかった。だけど、もはや王弟夫妻が表舞台に立つことはない。……一年後には、その命さえ失われる」

「荒れるでしょうね。まあ、私はそれを承知であの決着に導きましたが」

「判っている。……それが必要だということも。各国の王達の前で行なわれた断罪劇なんだ、決定を覆すことは不可能だ」

「……」

そう、私はそれを見越してあの状況に持ち込んだ。ガニアだけで断罪をした場合、私が去った途端に覆されてしまう可能性があったから。

「ミヅキを恨む気持ちはないよ。あるのは……ガニア王族としての不甲斐なさだね。そして、私は未だに足が不自由だ。ある程度歩けるようになった場合、テゼルトの対抗馬のように扱われる可能性がある。私はそれを回避したい」

「あ～……継承権を剥奪《はくだつ》されても、王太子以上に力を持つ存在にはなれると」

「うん。これまで陛下達に反発してきた者達にとって、私は都合のいい『主』になれるからね。王子同士の確執なんて、珍しくもない。だけど、私は素直に言いなりになる気はないよ」

そう言って、シュアンゼ殿下はうっそりと笑った。

「私は力をつけることを望んでいるけど、それはあくまでもテゼルトを支えるため。私自身が捨て去ろうとした未来を、君とエルシュオン殿下が拾い上げてくれた。だから、私は自分の思うままに生きようと思う」

「そのために私を利用する気ですか？」

「勿論、できる範囲で君の望みを叶えるよ。あの共闘はとても楽しかったけれど、私は単なる友人同士で終わりたくはない。利害関係の一致も伴った、対等な関係を望む。たまには敵対したっていいじゃないか。下手な喧嘩よりもずっと楽しそうだ」

楽しそうに笑うシュアンゼ殿下に、かつてのような暗い影は見られない。口にした未来は割と物騒なのに、彼は心底、そんな役割を欲しているのだろう。

それは、おそらく。

「テゼルト殿下のため、ですね。あの方、シュアンゼ殿下という『庇護対象』が傍に居たせいで、どうにも善良過ぎる性格になってますから」

王族としての教育がある以上、『切り捨てる』とか『国にとっての正義が【善】とは限らない』と教育されているはずだ。

ところが、テゼルト殿下にはシュアンゼ殿下という『様々な意味で自分が守らなければならない対象』が存在してしまった。

シュアンゼ殿下は王と王弟の権力争いの被害者であり、生まれながらに『歩けない』というハンデを持っている。当然、当時のテゼルト殿下はこの従兄弟を守ろうとするだろう。

だが、本当にそれは『王太子として』正しいことだったのか？

「一度でも、テゼルト殿下がシュアンゼ殿下を切り捨てることをやむを得ないと言ったならば、私も安心したでしょうね。だけど、あの方は絶対にそんな選択をしなかった」

「その通り。言い方は悪いけれど、私達を襲撃した、あの見当違いな忠誠を見せた者達の方がよっぽど現実を見ていただろうね。いくら仲が良くても、あの時点での私は正真正銘、国王派にとっては最悪の邪魔者。魔導師という付加価値が付いた時点で、暗殺者を送られる覚悟はしていたよ」

テゼルト殿下が悪いわけではない。個人としてはとても善良で、民に信頼される王になるだろう。だが、貴族達からはどう見えるか。……先代同様、切り捨てることができない王として見られはしないだろうか。

「テゼルトは今のままでいい。兄弟で長く争っていたという王家の醜聞《しゅうぶん》があるからこそ、テゼルトのような『善良な王』が必要だ。だいたい、テゼルトだって必要とされる残酷さが理解できないわけじゃない。苦手、という程度だよ」

「必要悪を肩代わりする従兄弟が傍に居るからこそ、テゼルト殿下は自らそれを選択するようになる、と」

「それを狙ってもいる。私はその選択を支持しつつ、裏から動こう。あの時誓ったテゼルトへの忠誠を嘘にはしないよ」

本当に、シュアンゼ殿下はそう望んでいるのだろう。傍から見れば、親のせいで輝かしい未来を失った王子様なのかもしれないが、本人にとっては天職扱い。

まあ、現実的に見た場合、私もシュアンゼ殿下の選択を支持するだろう。王の傍には一人、こんな人材が居ないと困る。

……賢いだけじゃなく、性格悪いもんな、灰色猫。大人しそうな顔をしているくせに、腹の中身は真っ黒だ。間違っても、『虐《しいた》げられる側』じゃねーよ。被害者を装って遊ぶタイプだろう。

そうでなければ、私と同調した挙句、共闘を楽しんだりすまい。

好き勝手している私が言うのもなんだけど、シュアンゼ殿下は『人を束ねて頂点に立つ』という役職には不向きだ。絶対に、裏を疑われる。


「判りました……いや、判ったよ。今後の敬語はなし、態度も友人としての姿を通す、後は……」

「いつでも共闘可能、かな。情報だけでも十分なのだから、巻き込んでくれるとありがたいね」

「らじゃー！」

笑いあって、お互いが納得する。『魔導師の友人』――その肩書きは今後、シュアンゼ殿下を守り、時に危険視される要素となる。それを活かせるかは、シュアンゼ殿下次第。

あ、そうだ。シュアンゼ殿下に『素敵なお土産』（笑）があったんだった。

「シュアンゼ殿下、友好の証にこれをあげる」

にやりと笑って、ポケットに入れていた『とある物』を差し出す。是非、受け取って欲しいのよね。えへへ、私達とお揃いですよ！

「……え？」

「黒騎士製の魔道具ですよ～。今度、着けて見せてね♪」

それを見るなり、シュアンゼ殿下はピシッと固まる。ラフィークさんは……ああ、こちらは困惑してるっぽい。まあね、その気持ちも判る。

だって、どう見ても『灰色の毛の猫耳』だもの。勿論、私と魔王様が前に着けていた奴と同じ。つまり、動くリアル猫耳（魔道具）だ。……それ以外の意味はない。

「え……ええと？　これ、どうしたの」

「私が居た世界の文化の一つとして教えたら、魔法大好き黒騎士達が勝手に盛り上がって製作した。ちなみに、私と魔王様の分もある。つーか、一日身に着けていたこともあったよ」

「え」

顔を引き攣らせ、信じられないとばかりに驚くシュアンゼ殿下。そんな彼に内心笑いつつ、私は追い打ちの言葉を贈った。

「ようこそ、猫仲間。黒猫、親猫に続き、灰色猫と呼ばれる日も近いわね」

第十五話　黒猫と灰色猫は仲良し

私から猫耳（灰色）を渡されたシュアンゼ殿下は、それはそれは複雑そうな顔になっていた。

……。

まあ、そうだろうね。猫耳なんて渡されても、困るよね。君、成人男性だし。

魔王様がこの場に居たら、速攻で叩かれる案件です。その後は強制的に頭を押さえつけられ、謝罪させられるだろう……魔王様も一緒に謝ってくれるだろうけど。

「お嬢様……」

さすがに主が気の毒になったのか、困惑気味のラフィークさんが声を上げる。……が、私は全く悪びれなかった。

「友好の証ですって」

「いや、別の物でもいいよね？　何故、猫耳」

「……他にはないような物をセレクト？」

「君、今、疑問形で言ったね⁉　それ、明らかに後付けの理由じゃないのかな⁉」

煩いぞ、灰色猫。そもそも、『他にはない友好の証』ってのも間違いじゃあるまいよ。なにせ、灰色猫ことシュアンゼ殿下には本当～にお友達が居ない。妙な繋がりを作ることを避けたり、実の両親である王弟夫妻に利用されないためとはいえ、引き籠もり過ぎなのだ。

これ、王族としては割と致命的……というか、困る事態なのである。

話す切っ掛けとか、相手を会話に引き込む理由になりそうな『共通の話題』というものがないからね。それ以前に、王族というだけで相手からは一歩引いた態度をとられてしまう。

勿論、シュアンゼ殿下は自分が動けない分、情報収集はしっかりしている。だが、『姿が全く見えなかった割に、持っている情報だけは正確』なんて奴なんざ、普通は警戒対象だ。

『相手の情報をある程度知っているからこそ、相手に自分の情報を知られていても安心できる』――交渉や探り合いの時、こういった要素が意外と重要なのだから。

私で言うなら『異世界人』、『魔導師』、『エルシュオン殿下に懐いている』といったところだろうか？　そこら辺の情報は『知られていてもおかしくはないもの』……もっと言うなら、『嘘ではない』と判断できる情報だ。

そこを話題にするならNGワード的な地雷が存在しない上、更に掘り下げての探りが可能。そこから派生する情報――過去の功績や交友関係、各国に対する印象といったもの――だって得られるかもしれない。

ところが、シュアンゼ殿下はこういった要素が『一切』存在しない。

本当に表舞台に出ていなかった上、辛うじて話題になりそうなものが『先のガニアの一件』とか『実の両親である王弟夫妻に関すること』。

普通は話したくないというか、シュアンゼ殿下を不快にさせること請け合いです。そもそも、ガニアの件に関しては十年計画で自浄が行なわれる予定な上、ガニア王の不甲斐なさが嫌でも浮き彫りになってしまう。

シュアンゼ殿下個人の感情はともかく、世間的には『魔導師の意向により、従兄弟であるテゼルト殿下に忠誠を誓った王子』なのですよ、彼。当然、国王一家を貶めるような話題は許すまい。

そこで私は考えた。『シュアンゼ殿下にとって、安全かつ不利にならない情報って何よ？』と。

前提：ガニア国王一家を貶めるものではなく、黒歴史にも接触しない。
結論：『魔導師と（様々な意味で）仲良し』と広める。

現状、これが一番安全だ。その上、まるで私がシュアンゼ殿下の背後に控えているかのように見せかけることもできるじゃないか。

例の『シュアンゼ殿下お姫様抱っこ事件』――やはりと言うか、こちらの方がインパクト絶大だった模様――の映像を見るがいい……シュアンゼ殿下、嫌がってないじゃん？　いや、最初は死んだ目になってるけど！

私との繋がりを明確にした場合（＝猫耳所持）、きっと皆は生温かい目を向けながら同情してくれると思うの……！　『難儀な友人が居ると、大変ですね』って。

今はそれでいい。向けられるのは憐れみでいいんだ、そのうちシュアンゼ殿下の本性を知って評価が変わるから。

現時点で予想されるシュアンゼ殿下の評価：魔導師に気に入られた哀れな猫。
今後、予想されるシュアンゼ殿下の評価：女狐二号、もとい黒猫の同類。

多分、こうなる。そのティルシアとて私に女狐呼ばわりされる人物であり、私の口から『一緒に裏工作に興じることもある仲良し』と公言済み。十分、ヤバい生き物認定されております。
というか、ティルシアはガニアでの王弟夫妻断罪の際、あの状況を狙って『そういえば、例の毒はガニアから入手したわ。魔法を使わないと上手く育たない毒草から、作られるそうね（意訳）』などと言っている。

あれを見ていたら、『魔導師とお友達』『魔導師と仲良し』という言葉がどんなものを意味するか判るだろう。ぶっちゃけ、『怒らせるな、危険』的な解釈をされるのが普通。

ファクル公爵のような立ち位置を目指すならば、シュアンゼ殿下はティルシア同様の扱いを受けた方が何かと便利だろう。勿論、それなりの実力を見せなければならないが、シュアンゼ殿下（＋労働力として愉快な三人組）ならば問題ない。

なに、仕掛けてきた奴を返り討ちにすればいいだけだ。簡単、簡単♪

狙わずとも、愚かな玩具や生贄どもは、勝手に向こうから寄って来る。


「今後を考えたら、『今は』憐れみを向けられることも我慢しなきゃ」

「どういうこと？」

肩を竦めて暈した言い方をすると、含まれるものを感じ取ったのか、シュアンゼ殿下が表情を変えた。主の今後に関わることと察したのか、ラフィークさんも同様。

「無関係な人達が、その猫耳を私から贈られたと知ったとして。……まず、貴方の状況をどう思う？　これは今までの噂や思い込みが前提になるよね。」

そう言いながら指差したのは勿論、灰色の猫耳だ。シュアンゼ殿下は訝しがりながらも、考える素振りを見せる。

「……魔導師に遊ばれている、かな。好意的ではあるけれど、からかいの対象というか……」

「うん、そうだね。多分、そう考える人が一番多い」

「ただ、君の場合は遠慮のなさも親しさに含まれるみたいだからね。『友人』という位置付けではあると、判断する要素だと思うよ」

告げられた見解はかなり正確だ。やはり、シュアンゼ殿下の情報収集はかなりのものだったのだろう。私が各国でやらかした『あれこれ』も知っているっぽい。

「そう認識された場合、考えられる行動は？」

「魔導師への繋がりを目的とした、私への擦り寄り。もしくは、自分自身が魔導師との繋がりを持つための要素を、私から探る。他には……。……！　あ、ああ、そういうことか！」

はっとして、シュアンゼ殿下は私をガン見した。それに応えるように──正解と言わんばかりに、私もにっこりと笑う。

「理由はどんなものでもいいの。まずは、シュアンゼ殿下と接触してくる人間の数を増やす。そこから印象操作をするなり、人脈を作るなり、好きにすればいいと思うよ？」

「なるほど、お嬢様は『とにかく、主様は人と接するべき』とお考えなのですね」

「まあね。『魔導師と親しい』って判っている人の中で、今のところ全く情報がない……もしくは『一番扱いやすい』と判断されるのは、シュアンゼ殿下だろうしね。こちらだって、それを利用すればいいいじゃない」

ラフィークさんも私の言いたいことが理解できたのか、感心したような表情だ。うむ、相変わらず理解が早いようで何よりです。

実のところ、シュアンゼ殿下が人との繋がりを作ろうとした場合、どう頑張ってもテゼルト殿下繋がりの人達が大半だ。寧ろ、それが一番無難な選択肢だろう。

ただ、テゼルト殿下寄りの人達はシュアンゼ殿下に良い印象を持っていない可能性もある。彼らがテゼルト殿下に忠誠を誓っているからこそ……味方としての立ち位置を選んでいるからこそ、シュアンゼ殿下を中々受け入れられない可能性もあると私は思うんだ。

シュアンゼ殿下やラフィークさんとて、それは判っているはず。今回、イルフェナへの訪問を決めたのは、まずは他国での人脈作りという意味もあったんじゃないかね？

「シュアンゼ殿下の立ち位置的に、他国の人間に認められても、持ち上げられ過ぎても拙い。だから、『今は』憐れみとか同情でいいのよ。少なくとも、それならガニアで煩いことを言う奴は居ないでしょ。どう考えても、魔導師の被害を食らったようにしか見えないもの」

「まあ、ねぇ……」

シュアンゼ殿下がちらりと、猫耳へと視線を落とす。……うん、成人男性に猫耳ってないわな！『これを魔導師に貰ったら、周囲に同情されました』と言ったところで、羨ましがる奴は皆無だろう。向けられるのはきっと、哀れみ一択さ。極一部には微笑ましく思われるかもしれないが。

それに。

これ、『シュアンゼ殿下自身は行動していない』ということも重要なのです。猫耳を贈ったのは私、それに同情して構ってきたのは周囲の人達。ほれ、どこにシュアンゼ殿下の意思があろうか。常に受け身じゃないですか……猫耳だって半ば、押し付けられたものなのだから。

ただし、そこから感じ取れるものもあるわけで。勿論、シュアンゼ殿下は気付いてくれた。

「……。ミヅキ。君、ガニアの貴族達を全く信用していないだろ」

「うん」

即答。問いかけてきたシュアンゼ殿下は私の答えに、やれやれと溜息を吐いた。

「それで、こんな遣り方を思いついたんだね。テゼルトの対抗馬になれてしまう以上、私が国王派の貴族達にすんなり受け入れられる可能性は低い。人脈作りも難航するだろう。それを考慮して、これなのか」

「私がガニアで受けた扱いを覚えていたら、当たり前でしょー！　だいたい、忠誠心があるくせに、王弟一派に好き勝手させた役立たず連中なんて、信じないって！」

からからと笑いながら言い切ると、シュアンゼ殿下が顔を引き攣らせる。

「いや、その……一応、彼らにも事情があったし、私も仕方がないことだとは思うよ？」

「言い訳無用。魔導師に敵意を向けたり、シュアンゼ殿下に嫌味を言う根性があるなら、王弟一派の有力者の一人や二人、サクッと陥れて力を削げっての！　それがあっただけでも、状況改善には繋がったはず。傍観《ぼうかん》を気取っている場合じゃないでしょ」

「「……」」

無言になるなよ、そこの主従。対抗勢力の力を削ぐのは基本だろうが。それにね、私にはこんなことを言い出す理由もあるの。

「私が魔王様に命じられたのは『シュアンゼ殿下の護衛』、そして個人的な目的は『魔王様誘拐を企てた奴の滅殺』。……ガニアの権力争いの仲裁とか決着じゃねぇんだよ。ただ働きなんだよ。唯一、お米様という報酬《ほうしゅう》をくれたシュアンゼ殿下の味方をして、何が悪い！」

やさぐれちゃうぞ？　あれだけガニアに貢献した私が無報酬とは、何事か。

「ええと、その……至らなくて、ごめんね……？」

「大丈夫！　シュアンゼ殿下『には』怒ってないから！　シュアンゼ殿下が守ろうとするものも

判っているから、テゼルト殿下達にも何もしないよ。だけど、傍観者を気取っていた貴族共だけは許さん。私は国王派の味方じゃなくて、『シュアンゼ殿下の友人』です」

状況を理解できている主従は顔を引き攣らせるが、当たり前です！　だいたい、それがあるからこそ、彼らの憂いは杞憂に終わる。だって、特大の地雷が控えてますからね！

「きっとね、今後も勘違いする『お馬鹿さん』が出ると思うの！　『魔導師は国王派の味方』とか言い出しかねないじゃん？　そこで！　私がきっぱり、はっきり、『私はシュアンゼ殿下の友人であって、ガニアはどうでもいい』と暴露。魔導師は『世界の災厄』……都合よく利用できる生き物に非ず！」

「ごめん。本当に、ガニアの者達が迷惑をかけたね……！」

「申し訳ございません、お嬢様！」

当時の状況を知る主従は、揃って頭を下げて謝罪。うふふ……君達には怒ってないよ。本当に謝罪すべきは、私を無自覚のままに利用しようとした大馬鹿者達だけだから！

ただ、シュアンゼ殿下達はそこに『ガニア国王一家も含まれる』と気付いているのだろう。テゼルト殿下はともかく、ガニア王は絶対、私を都合のいい駒のように捉えていただろうしね。

「別にいいの。あの時のことは、決着がついてるから。だけど、次もあるなら大変ね！　さぁて、お馬鹿さん達はどれだけシュアンゼ殿下に借りを作ることになるのかなぁ？」

そこを仲裁するなりして恩を売れば、シュアンゼ殿下への見方も変わるだろう。将来的にファクル公爵のような立場を目指すにしても、まずはシュアンゼ殿下の本質というか、野心皆無な姿を知ってもらわなきゃね。

今後、シュアンゼ殿下が足場を築く切っ掛けになる騒動くらいありそうだよね！　と楽しげに言えば、シュアンゼ殿下は生温かい目を向けてきた。

「ミヅキ、私が言うのもなんだけど。君、性格悪い。利用する気満々だったから、ガニアの貴族達は無事だったのかな？　いや、味方をしてくれること自体は嬉しいんだけど」

「あるものは何でも利用すべきだと思う。玩具は自分で見つけて、遊ぶものだよ」

「少しは否定しようか。親猫様が泣くよ？」

「もう慣れ過ぎて、諦めてると思う」

「……」

マジですぞ。うちの親猫様は学習能力が高いので、『理解させようとするだけ無駄』→『無駄なことはしない』という流れに至った後、『叩く』という方向になったのだから。

「まあ、いいじゃない。折角、囮としてイルフェナに来てくれたんだもの。それに見合った『お土産』があってもいいでしょ」

ひらひらと手を振れば、シュアンゼ殿下達は顔を見合わせた後、呆れたように笑った。

「やれやれ……君の評価が複雑なものになっている理由が判る気がするよ。私は得難《えがた》い友人を得たようだね」

「お褒めいただき、光栄♪　これからも宜しく？　灰色猫」

「ああ、勿論」

そのうち、共闘するようなこともあるかもしれない。だけど『今』は力をつけるための時間なんだから、大人しく守られていなさいな。私も同じ道を辿《たど》ったんだからさ！

第十六話　意外な客人

――イルフェナ王城・ある一室にて

「「……」」

私は灰色猫……もとい、シュアンゼ殿下とラフィークさんから何とも言えない視線を向けられていた。

いやいや、無理矢理言葉にするならば『困惑』だろうか？

いやいや、私にそんな視線を向けられましても。私だって吃驚してますよ？

「……。君、サロヴァーラは『動かない』って言ってなかった？」

「言いましたよー。女狐様からのお手紙にもそう書かれてたし」

「じゃあ、何で君に『サロヴァーラからの客』が来るんだろうね？」

知らんがな、そんなこと。

ただ、シュアンゼ殿下達の困惑も当然だと思う。私だって、意味が判らないもの。

女狐様なティルシアは裏で動くことがあれど、連携が必要な場合はきちんと伝えるはず。サロヴァーラが動かない以上、情報の共有は私との遣り取りに限定されてしまうのだから。

今回のような場合は、それを匂わせる程度でも言って来るだろう。別の話題なり、世間話なりに偽造し、『お手紙の遣り取りがおかしくない状況』に仕立て上げてくるはずだ。

――よって、『私』に『サロヴァーラからの来客があった』となると、非常におかしい。

ティルシアの作戦外の行動であることは確実だし、下手をすれば、ティルシアさえも予想外の行動に出た奴が居たということになる。

おいおい……一体、どちらさんがそんな怖い真似をしでかしたんだ？

下手すると、アンタの首が（物理的な意味でも）危ないぞ？

女狐様は大変怖い人である。それはもう、『殺ると決めたら容赦なし！』を地でいく人だ。欲を出した手駒をあっさり毒殺したことといい、裏切者を始末する姿勢といい、情に縋《すが》ってどうにかなる人ではない。

まあ、これは大変甘い――情に厚いというか、ぶっちゃけて言うと頼りない――サロヴァーラ王がいるからこそ、バランスが取れているのだけど。

「まだ『サロヴァーラから客が来た』ってことしか聞いていないんだよ。こんな状況なので、イルフェナの方もそれなりに厳しく見るらしく」

「まあ、ねぇ……。君は民間人扱いだけど、魔導師だ。おかしな人物との接触を避ける意味でも、厳しく調べられると思うよ？」

「今まではほぼ、フリーパスだったのにぃ……面倒！」

ダン！　と八つ当たり気味にテーブルを叩くと、シュアンゼ殿下が苦笑した。

「きっと、それもエルシュオン殿下の采配だったんだろうね。君に連絡がいくまでに、そういったことは全て終わらせていたんじゃないかな。君の護衛や監視を担う人だって、いつもより付けていただろうし」

「あ～……確かに、会うのはほぼ騎士寮だった」

「やっぱり。相手は君の状況を知っているから何も思わなかっただろうけど、全く知らない人から見れば、それは相当に怖い状況だよ。『最悪の剣』と呼ばれる騎士達に囲まれて過ごすなんてね」

「そうでございますね……その、彼らが悪意ある噂通りの人物とは思いませんが、狂信じみた忠誠心を持つことは事実でございましょう。やはり、構えてしまうと思います」

「ええ～……そんなことはないと思うけどなぁ」

シュアンゼ殿下とラフィークさんの言葉に、心底、首を傾げてしまう。そんなに怖いかね？

多分、彼らに関する噂とやらは『高い能力と狂信じみた忠誠心を持つ』ということ以外、合っていない。夢を見るのは勝手だが、騎士寮面子は地雷を踏まない限り、『好奇心と向学心が旺盛で努力家、面倒見が良い人々』なのだから。

『人の話を聞かない天才』ではなく、『割とフレンドリーな天才』なのよね、彼ら。魔王様のことがあって自分達が努力した過去があるので、頑張る子には優しい人達です。

……が、当然、良い面ばかりではない。

奴らは『天才と何とかは紙一重』を地でいく皆様であり、頭のネジが数本は外れている特殊性癖《せいへき》持ち多数。しかも、それを誰も恥じていない。

私と親しく、騎士寮面子ともそれなりに面識がある人ならば、そういったことにも理解があるため、奴らを見る目は大変生温かい。

……残念な生き物認定をしていることは確実だ。事実、騎士寮面子の能力を褒めることはあれど、それ以外は聞いたことがない。シャル姉様に至っては、奴らを事故物件扱い。

本当に誰だよ、その『怖い噂』とやらを流した奴は。

現実とのギャップが凄くて、グレンなんかは固まってたんだぞ⁉

「でも、君にもその客に心当たりがないんだろう？」

「うん、ない。証拠にティルシアからの手紙を見せて『何も書いてないから、知らん』で通した。って言うか、サロヴァーラで私が親しい人って殆どいない。基本的に貴族は敵だったから、国王一家とその側近……かな」

「ああ、話を聞く限りは確かにねぇ……だけど、その『国王一家の側近』っていう可能性はあるよね？　君に恩義を感じているかもしれないし」

「そこまでサロヴァーラのことを知らないんだよー！　だいたい、ティルシアは自分の処罰に巻き込まれることを恐れて、私がサロヴァーラに居た期間、後を任せる予定の側近達を避難させていたからね。まあ、リリアンのサポートに残すためだったから納得できるけど」

私は頭を抱え、シュアンゼ殿下は首を傾げている。シュアンゼ殿下の反応を見る限り、彼の情報網にも引っ掛かっていないのだろう。

いやいや、マジで誰か判りませんてば。怖い笑顔のクラレンスさんに『隠しごとは駄目だと言ったでしょう……？』と言われながら、首根っこを掴《つか》まれて団長さんの所に連行されたしね。

そうは言っても、ティルシアからの手紙を見た団長さん達も困惑気味。

彼らとて、サロヴァーラでの一件の報告を受けているため、『ティルシアに逆らい、魔導師を訪ねて来そうな人物』という『気合いの入ったお友達（意訳）』の目星がつかないのである。

勿論、名乗りはしただろう。だが、私へと事前連絡がなく、ティルシアも動かないと言っていた以上、偽名を使っている可能性が高い。

結果として、いつもより念入りに調べられているらしい。当人もそれを当然と受け入れているので、危険人物ではなさそうなんだけどね。

「うーん……サロヴァーラからの客の素性が判らないし、ミヅキもサロヴァーラに詳しくない。かと言って、君の守護役を引っ張り出すのも酷だよね」

「うん。できるなら、今は魔王様やその他の人達の守りを固めておきたい」

騎士ズも今回ばかりは魔王様の傍でスタンバイしております。時々、一人が王族の誰かの護衛に交ぜられるらしく、『恐れ多くて、精神的な疲労が半端ない』と愚痴っていた。

幸いなことに、彼らの推薦をしたのが団長さんだったため、近衛の皆さんは好意的に受け入れてくれている模様。

クラレンスさん曰く『【団長の剣を全て避けることのできる能力の持ち主】ですからね、彼ら。十分、認められるだけの能力はあるのですよ』とのこと。

『奴らは避けるだけなんですが』と突っ込んだら、『それでも凄いのですよ。この国の騎士達の頂点に立つ人の剣ですから』と、どこか誇らしげに返された。

……。


あいつら、初対面時に『助けてくれ！』って縋り付いてきたのですが。

今でも平気で、私を盾にする連中なのですが……？


まあ、動くべき時には動いてくれる、頼もしい友人ではあるんだけどね。情けない姿を見まくったせいで、どうにも『へたれ』という印象しか抱かない。

なお、自己評価は当の本人達も私と一致しているらしく、『俺達がここ（＝騎士寮）に居るのって、激しく間違っている気がする』と日々言っていた。

でも、未だに退寮は叶っていない。多分、今後も望みは叶うまい。

騎士ズよ……多分、あんた達、騎士寮面子に囲い込まれる寸前だ。

得難い能力保持者を、彼らが手放すとは思えないもの。

実績を作るべく、今はまだ『魔王様に命じられた、魔導師の護衛任務の一環』ということにされているだけな気がしてならない、今日この頃。

魔王様に聞いてみたところ、思いっきり目を逸らされたので間違ってはいないっぽい。

「……私も同席していいかな」

「へ？」

全く関係ないことを考えていた私に、シュアンゼ殿下の声が届く。他国の王族が同席……牽制要《けんせいよう》員か何かだろうか？

「本当に知らない人だった場合を踏まえて、牽制要員として同席するってこと？」

「そういった意味もあるけど、私は君よりも北に詳しい。状況によっては、情報のなさが明暗を分ける場合もあるからね。それにさ、私は今、北の大国ガニアの第二王子だよ？　国王一家との関係も良好だ。北に属する国の者ならば、おかしな真似はしないと思う」

「それ、暗に『弱味を握られたくなければ、良い子にしてろ』っていう脅し……」

「受け取り方次第だね。まあ、私も折角、イルフェナを訪ねたんだ。どのようなものであれ、新たな展開は歓迎したいね」

「わぁ、超前向き！　『全てを諦めていた王子様』はどこに行った！」

茶化して言えば、シュアンゼ殿下はにこりと笑い。

「さあ？　王弟夫妻の妄想の中にでもいるんじゃないかな」

『知らねーな』と言わんばかりなお答えが返ってきた。

どうやら、灰色猫は順調に本性が出てきている模様。ラフィークさんも嬉しそうにしているので、今はガニアでもこういった姿が見られるようになったのかもしれない。

っていうか、元から大人しくはなかったけどな。今はまだ、『魔導師の悪影響』ってことにされているけど、濡《ぬ》れ衣《ぎぬ》は近い内に晴れるだろう。


私のせいじゃないやい、元からシュアンゼ殿下はこんな性格だ！


ただ……シュアンゼ殿下の提案は、かなり良い手に思われた。

確かに、訪問者はガニアに弱みを握られる事態は避けるだろう。シュアンゼ殿下に顔を知られていれば、偽名を使ったところで無駄だ。その場は切り抜けられても、後で絶対に本名その他がバレる。

結果として、私に用があるなら、正直に話すしかない気がする。……部屋の周囲は、騎士達が護衛と称して固めているだろうしね。

「ん～、じゃあ、お願いできる？　勿論、イルフェナの許可が得られれば、になるけど」

「大丈夫だよ？　反対されても、私がごり押しして押し切るから」

「ちょ、待て！」

さらっと告げられた言葉にぎょっとするも、シュアンゼ殿下は楽しそうに笑った。

「君に倣ったたって言うから。ミヅキ、もっと凄いことを平然とやっているじゃないか」

「私のせいにする気かぁぁぁぁ！」

「うん。ほら、君の悪影響って言われているし、噂は利用しなきゃ」

「いやいやいや！　それ、私が魔王様から説教されるからね⁉　お呼び出しが来ちゃうからね⁉」

「はは、親猫に甘えておいで。何にせよ、私が同席することが最良だと思うよ？」

「事実なのに、素直に喜べん！」

微妙な敗北感と共にジトッとした目を向ければ、シュアンゼ殿下は声を上げて楽しそうに笑った。

「あはははは！　やっぱり、ミヅキといると楽しいな」

「……そーですか」

その時、丁度ノックの音が響いた。ラフィークさんがシュアンゼ殿下の傍に居ることを確認しつつも許可を出せば、入ってきたのはクラレンスさん。

「ミヅキ、一応、確認が取れました。ですが……彼は目的を話さず、貴女に用があるとだけ告げています。それが必要以上に時間を取ることに繋がったのですが」

「まあ、この時期にそんな曖昧なことを言えば、当然かと」

素直な感想を漏らせば、クラレンスさんも大きく頷いた。

「彼もそのことは当然だと言っていましたよ。ですが、ティルシア姫の手紙を読む限り、サロヴァーラは動かないはず。やはり、何かあるのかと警戒してしまいます。殿下がこのような状況ですから、貴女を守るのは我々の仕事ですしね。ですが、貴女には彼に会ってもらいたい」

どうやら、クラレンスさんも困惑しているようだ。身元がはっきりしているのに目的を言わないとか、意味が判らないもんね。

それでも『会わせる』という選択をした以上、何らかの必要性を感じているのかもしれない。

……ああ、折角だから今、聞いちゃおうかな。

「クラレンスさん、クラレンスさん、シュアンゼ殿下が牽制要員として同席してくれるって言ってるんですが、可能ですかね？」

「はい？　シュアンゼ殿下が……ですか」

「私からもお願いするよ。それにね、向こうが用件をミヅキに限定する以上、『ミヅキ経由でしか知らせることができない情報』かもしれない。……北の情報ならば、ミヅキよりも私の方が詳しい。選択を迫られるような事態になっても、何らかの力になれるだろう。ミヅキと私、そしてラフィークだけというのはどうかな？」

「……」

クラレンスさんは暫し考えているようだった。シュアンゼ殿下が言ったことも予想されるので、私一人に判断させるよりは情報を持つ人間が居た方がいい。

『イルフェナではなく、魔導師に用がある』――『イルフェナという【国】ではなく、個人的に【魔導師という個人】へと伝えたいことがある』。

まだ他国がイルフェナについたと明言することは拙いので、こんな遣り方をした可能性もあるな。あくまでも、個人的な遣り取りですよ、と。

クラレンスさん達とて、その可能性には気付いていると思う。だからこそ、『会ってもらいたい』なんて言ったんじゃないかな。

やがて、クラレンスさんは首を縦に振った。

「いいでしょう。それを貴女に会わせる条件として、彼に伝えます。このような状況ですから、ある程度の譲歩はしていただきませんとね」

「私はあまり顔が知られていないから、警戒されにくいだろうしね。とりあえずはミヅキの友人、ということで頼む」

「承知しました」

嘘は言っていない。シュアンゼ殿下は現時点では権力も皆無なので、『どこかの国で知り合い、仲良くなった貴族子息』くらいには思ってくれそう。

「そういえば……彼の名を教えていませんでしたね。サロヴァーラ国、エヴィエニス公爵家のヴァイスと名乗っているのですが……聞き覚えはありますか？」

「は⁉　訪ねて来たのって、ヴァイスなの⁉」

おやぁ……？　ヴァイス君、ティルシアからの秘密のお使いですか？

第十七話　訪ねてきたのは　其の一

『イルフェナにやって来たのは、サロヴァーラのヴァイスらしい』――そんな情報を得て、シュアンゼ殿下と面会に挑んだ先に待っていた人は。

「お久しぶりです、魔導師殿。突然の訪問、どうかお許しください」

マジでヴァイス君だった。おいおい……ティルシアはこのことを知っているのかよ⁉

「いや、その、突然訪ねて来たとか、このタイミングだったとかは別にいいんだけどね？　ティルシアからは『サロヴァーラは動かない』的な言い方をされてるんだよ。……ティルシアは知ってるの？」

おそるおそる聞いた私に、ヴァイスは首を横に振った。

「直接、お伝えしてはいないのです。ですが、陛下にはお伝えしておきました」

「いやいやいやいや！　ちょ、それって拙くない⁉」

ティルシアは大変おっかない女狐様だ。いくらサロヴァーラ王が信頼している騎士であろうとも、自分に黙って行動した輩を許すようには思えない。

だが、ヴァイスは私の心配を判っているかのように微笑んだ。

「ご安心ください。今回はあくまでも、私という『個人』の勝手な行動です。処罰も当然、覚悟し

ております。その場合、家からは勘当されていたことにして欲しいと、父に頼んであります。……私は四男ですから、切り捨てても何の支障もありません」

「サロヴァーラ王の信頼を受けた騎士でしょうが！　あの騒動の際、私の護衛を直々に任されたって、そういうことでしょ⁉」

　自分が切り捨てられても何の問題もない的な言い方をしているけど、絶対にそれは違う。サロヴァーラは暫く前までか〜な〜りアレな状態（意訳）だったので、ヴァイスのような忠臣は貴重な人材のはずだ。

　シュアンゼ殿下とラフィークさんも事情を何となく察したのか、ヴァイスの行動に疑問を覚えている模様。困惑気味になりながらも、黙って私達の会話に耳を傾けている。

　……が。

　ヴァイスとしても、譲れない事情があったらしい。

「ご心配、痛み入ります。ですが、私は魔導師殿やイルフェナの皆様から受けたご恩を忘れてはおりません。個人としても、サロヴァーラの騎士としても、です。そのためならば、私個人が罰せられるなど、些細なこと。誰に蔑まれようとも、私は己が行動を恥じることはありません」

「……」

　穏やかな表情で、それでも後悔はないと言い切るヴァイス。そんな彼の態度に、私達は顔を見合わせた。

　何やら、えらく私とイルフェナに恩義を感じてくれているらしい。そのために処罰覚悟で、イルフェナにやって来たと。

「ミヅキ、君達は一体、何をしたの」

「え、ええと？　基本的には数ヶ国で起きた誘拐事件の解決と、その元凶の撃破……かな？」

まるでサロヴァーラのためだけに動いたような言い方をされたけど、実際にはイルフェナのためだ。その余波というか、『ティルシアがそんな行動に走るに至った元凶』という扱いで、サロヴァーラのアホ貴族どもが痛い目を見ただけで。

なお、こちらとしても『アルがリリアンを誑《たぶら》かしていた』という疑惑があるため、それを誤魔化すかのように恩を売ったという背景もある。……誰が聞いても『いくら人間嫌いで、極一部の者以外はどうでもいいと思っているとはいえ、何してんだ⁉　お前ぇぇぇぇぇ⁉』となる案件です。

事実、アルはその疑惑を一言も否定していない。否定の言葉がないのよ、マジで！

そんな裏事情がある以上、やる気になろうというものですよ！　でかい恩を売っておけば、サロヴァーラ側から突かれても対処できるもん！

魔王様とて、私の遣り方に反対はしなかった。それどころか、イルフェナに帰って来たら、『その件に関してのみ』（重要）労《ねぎら》われた。

この件に関しては私、イルフェナではヒーロー扱いであ～る！『あの』クラレンスさんからも褒められたと言えば、察していただけるだろう……クラレンスさん、アルの義兄だもんな。義弟のヤバさは理解できているとみた。

「相変わらず、謙虚でいらっしゃる。貴女はサロヴァーラの救世主と呼ばれているのに」

「え」

「貴女が成してくださったことを考えれば、その評価も当然でしょう。我が国は漸く、あるべき姿を取り戻せそうなのですから」

その言葉に宿る感情は紛れもなく『尊敬』や『感謝』といったもの。彼の立場からすれば……いや、王に忠誠を誓う騎士という立場だからこそ、私がもたらした『切っ掛け』を好意的に受け止めてくれているのだろう。

だが、私は内心、冷や汗ダラダラである。何となく私の本音を察したシュアンゼ殿下とて、生温かい目――噴き出すことは堪えた模様――になっているじゃないか。


いや、その……そこまで恩義を感じてくれなくていいんだよ……？

今後のことを考えて元凶を潰した結果、ああなっただけなんだからさ……？


真面目人間ヴァイス君からすれば、私は救世主なのかもしれない。だが、イルフェナから見た私は『サロヴァーラのアホ共を粉砕《ふんさい》するための起爆剤』。だって、本当～にそれだけしかできないんだもの！　裏工作と敵への煽り、更には周囲を誘導して、求められた決着に導くだけなのです！

サロヴァーラのことはサロヴァーラの人間に頑張ってもらうしかない。よって、私は用意した筋書き通りに進ませるべくお膳立てした挙句、ティルシア達に丸投げしただけである。

これ、部外者である私にはどうしようもないのだよ。もしもサロヴァーラの今後に携わる気があるならば、最低でもサロヴァーラ所属になるしかない。迂闊に私（※イルフェナ所属）の功績にすると、イルフェナがサロヴァーラに貸しを作ったことになっちゃうからね。

ヴァイスはそういった裏事情を知っているため、物凄く好意的に捉えてくれているらしい。ゆえに、必要以上の自己評価をしない私を『謙虚』などと言ったのだろう。

ヴァイスよ、いい加減に目を覚ませ。それは君の理想だ、幻覚だ。

そんなに謙虚で、正義感に溢れたお嬢さんなど、どこにも居ない。

……と願ったところで、ヴァイスには届かないんだろうな。何というか、別方向に頑固な一面を持っているのがヴァイスなので、一度、『善』のイメージが付くような出来事が起きてしまえば、その評価が延々と続く気がする。

「ミヅキ、彼って……」

「良くも、悪くも、『真面目で義理堅い騎士様』なんだよ。温かく見守ってやって」

「そ、そう……」

きっと、彼はこれからが成長期に違いない（好意的に予想）。君と同じだ、灰色猫。

それに、彼は女狐様の生息地の人だもの。彼のような善良さを持つ人とて、一定数は必要だ。

「と……ところでね？　私個人への客ってことにする以上、当然、『そうしなければならない事情』があるんでしょ？」

「ええ、勿論」

半ば無理矢理に話題を変えた私に、ヴァイスは大きく頷いた。その表情は穏やかと言えるもので……私は内心、首を傾げてしまう。

何故、『イルフェナにもたらす情報』という意味では駄目なのか。

何故、『実家が自分を切り捨てても問題ない』とまで言い切ったのか。

疑問は尽きないが、どれほど考えてもそれは憶測だ。本人に聞いてしまった方がいいだろう。

「じゃあ、話して。内容によっては、私が持つ情報をあげる」

「それはっ……」

ヴァイスは慌てているが、それは当然のこと。寧ろ、それこそがヴァイスを生かす手段になるならば、与えねばなるまいよ。

「そこまでしてくれた人ならば、それに見合った『お土産』が与えられるべきでしょ。私は貴方を今のサロヴァーラに必要な人と思っているから生かしたいし、『活かしたい』。ティルシア達だって助けてもらいたい。それが最大の理由」

だから、足掻《あが》け。魔導師との繋がりさえも利用し、サロヴァーラに貢献してみせろ。

そんな私の気持ちを察したのか、ヴァイスは暫しの沈黙の後、黙って頷いた。……そうだ、それでいい。サロヴァーラは分岐点を超えた程度で、まだまだ大変な時期が続く。ティルシアが『魔導師の部屋を作る』なんて言い出したのも、その対策の一環……本命の理由だろう。

今のサロヴァーラ王家を支える気があるならば、誰であろうとも利用してみせるくらいでなければ。少なくとも、私は一方的な献身なんて望んでいないのだから。

「お心遣い、感謝いたします。……そう、ですね。貴女も、ティルシア様も、そういう方でした。優先順位が揺らがず、親しい者さえ利用して、最上位に在るものを守る。そのくらいでなければ、結果など出せなかった」

「そうだよ、だからティルシアは覚悟を決めた。私だって同じ。自己保身なんて考えていれば、役立たずのままだもの。そんな評価を受けるなんて、魔導師を名乗った以上は認められないわ」


——誰もが知る『世界の災厄』だからこそ、無能なんて『あり得ない』のよ。


そう続けると、ヴァイスは顔を僅かに強張らせたまま頷いた。彼とて、それなりに情報収集はしているだろう。その過程で魔導師の評価を聞けば……まあ、望まれる働きがどんなものか判るだろうしね。しかも、『できない』では済まされないと。

王族・貴族とて、身分に合った役割がある。魔導師の場合、良くも、悪くも、『【災厄】の名に相応しい結果』を求められるのだ。多分、それが魔術師との違いだろうからね。

「じゃあ、そろそろ本題にいきましょうか。まず、私に伝えたいことを。その後でいいから、どうして個人的なことに拘ったかを教えてほしい」

「判りました」

気を取り直して促せば、ヴァイスも心得たとばかりに表情を一変させる。その揺らがぬ表情から、彼がこの状況を正しく理解できていることを知った。

シュアンゼ殿下達も同様だが、彼らは未だに自己紹介をしていない。諸事情により、成されていない。シュアンゼ殿下自身が名乗らぬ限り、身分を明かすことはない。気後《きおく》れさせないためでもあるけど、シュアンゼ殿下達の逃げ道でもあった。

彼らの同席についてはヴァイスも了承しており、聞かせることも納得済み。だから、彼がこれから話す内容により、ヴァイスはこちらの陣営にどこまで食い込めるかが決まってくる。

「まず、私がお伝えしたいことはハーヴィスの内情です。ご存知の通り、ハーヴィスは長く閉鎖的な方針を取り、存《なが》えてきましたが……それを危ぶむ者達も存在するのです。現王妃が選ばれたのも、そういった動きがあってこそと聞いています」

「ん～……それにしては変わっていない気もするけれど？」

話を聞く限り、ろくに変化はないようだ。シュアンゼ殿下に視線を向けるも、彼も首を横に振った。ヴァイスもそれには頷いている。

「まだ改革というほどのことはないのです。このような言い方をするのはどうかと思いますが、やはり大戦をこれまでと変わらない方針で乗り切ったことが大きいようですね」

「ああ、『我関せずを貫いた』ってやつね」

「ええ。当時としては、戦を仕掛けられない限り、それも有効な手段の一つだったのでしょう。他国との繋がりがなく、位置的にも攻められにくく……その、攻める旨みもないとなれば。自国のことのみを優先しても、当時ならば非道と言われにくかったかと」

「なるほど」

無理をして攻めれば、ガニアやサロヴァーラに挟み撃ちされる可能性もあるだろう。イディオと手出てくるかもしれない。攻めても、それを上回るだけの旨みがないならば……まあ、放置されるわな。進軍だって、ただじゃないもの。

「状況的に幸運だった、と言うべきだろうね。自国のみで民を養えるならば、降りかかる火の粉を徹底的に払うことも一つの手だ。……ただし、他国との繋がりは希薄になる。助け合うことができない国とは、同盟なんて結べない」

「その通りです。その結果、現在のように孤立しがちな状況になっているのですから」

シュアンゼ殿下の補足に、頷くヴァイス。鎖国状態のメリットとデメリットが判りやすい分、二人にはハーヴィスの現状に同情する気はないらしい。

確かに、それは同情できんわな。国という単位で動く案件である以上、自国だけが大事な国とは組めない。どこの国でも自国が第一であることは変わらないだろうけど、ハーヴィスは多分、自国のことしか考えない傾向にあったと予想。

当時としては仕方ないのかもしれないが、それは他国との間に溝を作る。その結果、現在のように情報が回って来ないというか、周囲から置いていかれがちな状況を招いてしまったと。

「完全に自業自得じゃない。大戦後に変わることだってできたのに、そうしなかった。ハーヴィスが孤立しようとも、同情できないよ」

「ええ、殆どの国がそう思っていることでしょう。けれどハーヴィス内部には時代の移り変わりを察し、今のハーヴィスの在り方に危機感を抱く方もいるのです。ですが、多くの王族や貴族達は変わることを拒絶しています。……他国と交流すれば、誰よりも現状を突き付けられることも一因でしょう。全ての者とは言いませんが、劣っていることに気付きたくないゆえの恐れもあるかと」

「自国内だけなら、比較対象がないって？」

「ええ。情勢は日々変化しています。技術も然《しか》り。それらは人々や文化の交流があってこそのもの……現王妃は若い頃に留学していたこともあり、それらに気付いているのでしょう。ですが……」

ヴァイスはそこまで言って口を噤《つぐ》む。その表情はどこか苦々しい。

「肝心の王が拒否、もしくは大半の貴族達の賛同を得られないって感じかな？」

「はい。過去、サロヴァーラとの交流を試みたのも、彼女や彼女に賛同する者の努力の結果でしょうね。ガニアのような大国が相手では、劣等感を煽ることにしかなりませんから」

「それもまた、サロヴァーラに失礼だな⁉　そりゃ、ティルシアも怒るわ」

ティルシアの怒りの原因、これじゃあるまいか？　当時のサロヴァーラの状況を考えると、ハーヴィスの方がまだまともに見えただろうし。

……が、女狐様はどこまでも女狐様だった。

「いえ、サロヴァーラにいらっしゃったアグノス様がリリアン様を泣かせ、それに伴うハーヴィスの対応の拙さが原因かと」

「ぶれねぇな、女狐様っ！」

今も昔もシスコンは重症だった模様。しかも、ピンポイントで『アグノス憎し！』という可能性まで浮上した。

……。

さらっと口にするヴァイス君も存外、ティルシアのシスコンぶりに慣れているようだ。シュアンゼ殿下が居るにも拘わらず、口にするその素直さ……シスコンが平常運転過ぎて、感覚がおかしくなってるんだな、多分。

「えー……ティルシア王女って、そういう人なのかい……？」

「微妙に疑問形なところに優しさを感じるけど、女狐様は重度のシスコンだ。妹が大好きだ。一発で殺意を抱かれるから、言動には気を付けた方がいい」

「いや、ちょっと待って」

「大丈夫！　地雷を踏まなきゃ殺意は抱かれない。だいたい、ティルシアの女狐モードはいつものことだよ。……そうだねぇ、ティルシアに暗殺者を送っても面白がるか、利用しようとするだけだけど、リリアンに送ったら確実に報復されるって感じかな。勿論、依頼主に未来はない」

「物騒な喩えをして、不安を煽らないでくれるかな⁉　私も北の国在住だからね⁉」

そうかぁ？　我ながら、物凄く判りやすい女狐様の解説だと思うけど。私だって、魔王様やルドルフにやらかしたら、ただじゃ済まさないし。

ガニア主従は顔を引き攣らせているけれど、私やヴァイスにとってはそれがティルシアの平常運転。私の喩えに、ヴァイスは全く動じていない。

逆に、シュアンゼ殿下が顔を引き攣らせている様《さま》を、ヴァイス君は不思議そうに眺めている。

「それほど驚かれることなのでしょうか？」

「ティルシアに馴染みがないからじゃない？　この人、ティルシアとの初エンカウントが『毒はガニアで入手しました♪』っていう、映像を通じての暴露だったし」

「ああ、なるほど。印象がそのようになっていると」

「色んな意味で、インパクトは強烈だったと思うよ」

勿論、それはシュアンゼ殿下だけではなく、あの場に居た人々全てに対してだが。

まあ、サロヴァーラは暫く大変なんだ。脅威の一つや二つくらいあった方がいいじゃないか。自分を偽る必要がなくなったティルシアが怖いのは事実なんだしさ！

……。

ちょっとアレな一面があって、人と地雷がずれているだけで。家族愛溢れる人（※物凄く好意的に解釈）でいいじゃん。リリアンにとっては『自慢のお姉様』だよ？

「はいはい、ティルシアのことは今はいいから！　話を戻しましょ」

だから、思考をこちらの問題に戻せ、灰色猫。北の大国として気になる気持ちは判るけど、今はハーヴィスの方が重要だからね？

第十八話　訪ねてきたのは　其の二

さて、これまでのことを踏まえると、ヴァイスの目的は『私を通じて、イルフェナを含めた各国に情報をもたらすこと』という可能性が高い。

なにせ、『友人達にお手紙を送って、情報をばら撒く』ということをやった直後に、これだもの。これまでの話から察するに、サロヴァーラは隣国だからこそ、ハーヴィスに最も詳しい国と言えるのかもしれない。

「一応、確認させてもらってもいいかな？　貴方の目的は『魔導師を通じて、イルフェナを含めた各国に情報をもたらすこと』で合ってる？　頷くか、首を横に振るかで答えて」

「……」

一応の保険——はっきりと口にしなければ、不利な状況になった時に誤魔化せる——をかけて問いかけると、ヴァイスは首を縦に振った。合っているらしい。

「今回みたいな場合は、どれだけ第三者を味方に付けられるかが重要になってくる。君の情報はそれを左右する要素になりかねない。万が一の時、君は虚言を疑われて処罰されることもありえるよ。イルフェナが不利になった場合、切り捨てられるのは君だと判っているのかな？」

「覚悟の上です。ですから、これはあくまでも『私個人の行動』なのですよ。そのようになった時は、サロヴァーラが即座に『動いて』くれるでしょう。罪人は私一人で十分です」

シュアンゼ殿下が懸念を口にするも、ヴァイスに迷いは見られない。私とシュアンゼ殿下は顔を見合わせ、ほぼ同時に警戒を解いた。

……物凄く真面目で良い人なんだな、ヴァイス君。これは警戒する必要ないわ。寧ろ、こちらの方も誠意を見せなければと思ってしまう。

「おーけい、貴方の『勝手な行動』は私が引き継ぎましょ。今度は私が『個人的なお手紙』に認《したた》めて、各国の友人達に送るわ」

「私も一枚噛もう。君を疑うわけではないが、いくら隣国とはいえ、一国だけの情報では信憑性に欠けると考える輩もいる。ガニアで私が得た情報と擦り合わせ、より確実なものとして伝えよう」

「は……貴方はガニアの方だったのですか。てっきり、魔導師殿と懇意にしているイルフェナ貴族の方かと」

「「あ」」

怪訝そうなヴァイスの言葉に、私達は同時に声を上げる。そういや、自己紹介がまだだった。

ヴァイスから見たら、『魔王殿下が負傷中であり、守護役達も忙しいので、魔導師と親しい貴族がお世話係に選ばれた』ってのが妥当なところ。

私達が親しさを隠していないし、その、シュアンゼ殿下は騎士には見えないから。親しくしている人の中から選ばれたお目付け役というか、見張りというか、そんな立場に思えたのだろう。

この場に居る以上、私に好意的に接してくれている人であることは疑いようがないが、それ以外は一切不明。それなのに、いきなりガニア云々と言い出したので、首を傾げてしまったに違いない。

「その、魔導師殿と親しいご友人かと思っておりました」

「ああ、うん、それは合ってる」

「まあ、この場に同席しているからねぇ……」

一応、非公式という扱い——基本的に、王族が従者とたった二人だけで訪問するなどあり得ない——なので、そういった意味でも、こちらから名乗ることはしなかった。ヴァイスと名乗っている来訪者が本物か判らなかったし、その用事とやらも不明だったからねぇ。

さて、どうしたものか。ここは素直に暴露してしまっても良いような気がするけど。

「……どうする？　私はどっちでもいいよ、判断は任せる」

「うーん……私を信用してもらう意味でも、正しい立場を名乗るべきかな。こう言っては何だけど、下手に偽名を使った場合、ガニアからの情報そのものが疑われる可能性が高い」

「ですよねー！」

「お嬢様。主様のことでしたら、足の治療という名目が使えますよ。主様は未だ、満足に歩くことができません。こちらにいらっしゃった理由として、それを利用いたしましょう」

「言うようになったね、ラフィーク」

意外な提案に、シュアンゼ殿下が苦笑を浮かべる。だが、ラフィークさんは穏やかに笑った。

「主様がどのようなことであろうとも利用し、利点に繋げる覚悟をなさっているのです。ならば、私はそれに倣うまで。これまで随分と、悔しく思ってきたのです。一度くらい、都合よく利用しても良いではありませんか」

「そうだね、私が歩けなかったのは事実。そして……まだ満足に歩けないことも事実なんだ。とりあえず国が落ち着いたから、一度、ミヅキに診てもらいに来た……とでも言っておこうか」

「はい」

頷き合う主従。どうやら、立場の暴露という方向になったらしい。ついでに、イルフェナへの訪問理由が確定した模様。

『国の情勢が一段落したから、足を診てもらいにお友達を訪ねたの。そうしたら、偶々《たまたま》来ていたサロヴァーラの騎士さんと知り合いになっちゃった！　今後、有益な繋がりになりそうだし、気が合ったから、楽しくお話ししたよ』（意訳）

簡単に言うと、こんな感じで話を通す気満々ですな。あくまでも今回は『仲良くなった人達の遣り取り』であって、『国が所有する情報の暴露』ではない、と。

シュアンゼ殿下は独自に情報を集めていたようだし、ガニアの機密方面の情報をばらすほど愚かではない。独自の判断になるとはいえ、そういった話題の選択ができる人だ。

ヴァイスの方は『魔導師に恩義を感じ、処罰覚悟で情報を持ってきたら、シュアンゼ殿下と知り合った』とでも言っておけばいい。実際、それも嘘じゃないしね。

「彼は処罰覚悟でここに来たけど、ミヅキとしては現状維持が望ましいんだろう？」

「うん。サロヴァーラにおいて、数少ない信頼できる人だもの。国王一家のためにも、降格処分とかもさせたくない」

「じゃあ、簡単だよ！　私と友人関係になって、ガニアとサロヴァーラの架け橋になれる人物に仕立てればいい。今回は君を間に挟んだ形になるけど、今後は直接の遣り取りもしたいしね」

「は⁉」

楽しそうに語るシュアンゼ殿下に、私はなるほどと頷き、ヴァイスはぎょっとしてシュアンゼ殿下をガン見した。

「あ～……ガニアとしても、味方を作るならサロヴァーラが最適なのか。確かに、『北の国』っていう括りだと、ティルシアが居るサロヴァーラが適任だわ」

「だろう？　今回のことを踏まえるまでもなく、ハーヴィスは信頼できない。勿論、イディオは論外だよ」

女狐様は基本的にサロヴァーラから動けないが、ヴァイスは動くことが可能……というか、かなりフットワークは軽い。騎士だから強行軍も可能な体力があるし、高位貴族だから身分的な意味でも問題はないだろう。

灰色猫とて、今は少しでも人脈が欲しい時。この遣り取りの中でヴァイスは見事、シュアンゼ殿下とラフィークさんから『信頼できる人』という称号を勝ち取ったようだ。

……。

ヴァイスよ、喜べ。君は予想以上の大物を釣り上げたようだ。灰色猫は頼もしいぞぉ！

今はともかく、今後のシュアンゼ殿下はファクル公爵予備軍。黒を通り越した、漆黒《しっこく》の腹黒だ。

自国の王家を営《な》めきっていたサロヴァーラの貴族達にとって、これほど怖い『お友達』はいなかろう。『貴方の身近な恐怖・魔導師さん（異世界産）』のお友達という意味でも、ビビらせるには十分だ。後ろ盾とまでは言わないけれど、友好的な繋がりとしては最高ランク。

そもそも、シュアンゼ殿下は『サロヴァーラ王家に味方するわけじゃない』。『王家に対する忠誠心ＭＡＸの、サロヴァーラの近衛騎士（※公爵家の人間）とお友達になる』と言っているだけ。だけど、ヴァイスの性格を見る限り、確実にサロヴァーラ王家側の力になってくれると推測。

私と『楽しく遊べる人』ですからね、シュアンゼ殿下。

玩具が多い時は『魔導師、召☆喚』！　躊躇いなんて、あるはずねぇ！

その際の本音は絶対に、『黒猫が居れば面白くなると思った』オンリー。

私達の友情の証は『魔導師やエルシュオン殿下と色違いの猫耳（※黒騎士製）』で十分です☆

ガニアとサロヴァーラの極一部以外にとっては、悪夢以外の何物でもない繋がりだろう。南やティルシアが繋がりを持つ女性陣とは別枠で、私を含めた『お友達の輪』が完成だ。

微妙に、ヴァイスが『猫二匹に騙され、巻き添えになった哀れな騎士』的な立場な気がするが、彼の不幸属性は今に始まったことではないので、本人は全く気付くまい。

ま、まあ、利点もちゃんとあるからね⁉　困った時はちゃんと連絡するんだよ？　表向きの牽制要員（灰色猫担当）と、裏工作・力業《ちからわざ》要員（黒猫担当）が、君には控えているのだからっ！

「ふふ、予想以上の成果だよ。やっぱり、イルフェナに来て良かった！」

「よし、その調子でガンガンいけ！　今後、想定される貴族達の苛めは厳しくってよ？」

「覚悟してるよ。だけど、楽しみでもあるんだ。それを『玩具にして遊べ』って教えたのは、ミヅキじゃないか。遊ぶ相手には事欠かないだろうしね」

「だって、本当のことだもの。相手有責で返り討ちってのが、醍醐味《だいごみ》じゃない。実際、楽しかったでしょ？　今度はそれが自分の功績になるもの、もっと面白くなるでしょうよ」

「はは！　性格が悪いと、君のことを言えなくなりそうだ」

ヴァイス君を置き去りにして、にこやかに会話する私達。微笑ましそうに眺めているラフィークさんを含め、これらのことは私達の間ですでに決定事項。勿論、異議は認めない。

「と、いうわけで！」

「はっはい！」

勢いよくそちらを向くと、ヴァイスは条件反射と言わんばかりに背筋を伸ばす。

「こちら、ガニアのシュアンゼ殿下。例のガニアの騒動の渦中にいた、王弟夫妻の実子。現在、ガニア王の養子になって、第二王子になっているらしい」

「ああ、この方が……。詳細までとは言いませんが、ある程度は存じております」

凡《おおよ》そのことは知っているのか、痛ましそうな視線を向けるヴァイス。

……が。

灰色猫はどちらかと言えば、主犯寄り。国王一家からすれば健気な甥っ子かもしれないが、私からすれば『ついにぶち切れ、殺る気のままに王弟夫妻を追い落とした【魔導師の共犯者】』。

間違っても、痛ましそうな視線を向けられる理由はない。見た目が大人しそうな分、本性が未だ、多くの人に知られていないだけさ。

「で、今から君のお友達。勿論、私もお友達。宜しゅう♪」

「は⁉」

「これもミヅキが繋いだ縁だ。宜しく頼むよ」

硬直するヴァイスの手を取り、勝手に握手をするシュアンゼ殿下。微笑ましく見つめる私ですが、バッチリ記録係として証拠を押さえております。


だって、魔導師だもの。記録用魔道具の所持は義務です、義・務！

私がこの場に居るだけで、全部記録されているの。


編集が必要な箇所はともかく、『握手を交わすシュアンゼ殿下とサロヴァーラの騎士ヴァイス』という光景は嘘に非ず！　そこに私がプラスされれば完成さ！

……というか、この二人は身分的にも丁度いいお友達なのよね。

ヴァイスは四男、しかも騎士なので、よっぽどのことがない限り、当主になることはない。婿になるにしても、彼の家は王の味方だったため、敵対していた家との縁組みは絶対にあり得ない。それ以前に、本人が全力で拒否しそう。

対するシュアンゼ殿下とて、第二王子という立場にはなっているけれど、少々、状況が特殊である。テゼルト殿下を脅かしかねない人脈というのは拙いが、権力とは無縁のヴァイスはそれに引っ掛からない貴重な存在。

イルフェナで顔を合わせたのは本当に偶然だけど、意外と良い縁だったかもしれん。彼らの性格は真逆だし、今後の行ないも水と油だろうけど、その根底にある忠誠心は同じ。

良い理解者であり、友人になれると思うんだ。特に、シュアンゼ殿下の方はヴァイスのような信頼できる友人がいれば心強い。


私はいつ化け物認定が大陸規模になり、退場させられるか判りませんからね！

この世界のお友達もマジで重要だぞ、灰色猫。仲良しは作っとけ！


「私はずっと引き籠もっていたこともあって、友人がほぼいないんだ。君は信頼できる感じがするし、仲良くしてくれると嬉しい」

「……私如きに、貴方様の友が務まるでしょうか」

「難しく考えなくていいよ。私が望むのは『互いに最上位にあるものがぶれず、其々の国を裏切らず、時には互いを利用し合って結果を出す者』だ。だから当然、君も私を頼ればいい。北が乱れることなど、私は望まない」

「……っ」

「君とて、最上位にあるのは国だろう？　『ガニアの王族と懇意にしている』という事実は、君にとっても強みになる。相談してくれれば、助言だってできるだろう。私達は互いを助け合えるよ」

「ですが……それでは、私ばかりが助けていただくことになりませんか？」

俯くヴァイスの手は、固く握り締められている。そんな彼の姿に、私達三人は苦笑して顔を見合わせた。

ああ、本当に善良なんだな。間違いなく本心からの言葉だからこそ、私達は好ましく感じている。

私の周囲は魔王様が過保護を大いに発揮して押さえてくれたし、シュアンゼ殿下はテゼルト殿下達に守られていた。

……だけど、利用しようとする奴がいなかったかといえば、間違いなく『否』。

私達は『守られていたことを知っている』。彼らが見返りを求めようとはしなかったことも含めて。だからこそ、彼らの『お願い』には弱い。その身に危険が迫れば、躊躇わず牙を剥く。

多くの人は勘違いをしているようだが、私達は『先に守られたから、力を得た後に守る側になった』というだけ。恩返しも何も、先に行動してくれた彼らがいなければ、現状はあり得ない。

「自分の家、立場、個人的な強さ……そういったものを利用すればいいのよ。公爵家の人間なら、何らかの証言をする時だって、無視はできない」

「私がサロヴァーラに行った際、護衛として指名することもあるだろうね。護衛役が果たせない人間を付けられても、意味はないだろう？」

「……」

「要は『状況に応じて、自分ができることを思いつくか・つかないか』ってだけなのよ。ヴァイスの欠点は真面目過ぎて視野が狭くなりがちなところだけど、その改善も兼ねて、私達と友人になるのは良いことだと思うけど？」

そこまで言うと、ヴァイスも何かしら思うところがあったのだろう。表情を改めると私に一つ頷き、シュアンゼ殿下へと向き直った。

「私は視野が狭く、面白味のない人間です。魔導師殿のように、特出した才があるわけでもありません。人脈とて、期待できないでしょう。ですが、人と向き合う誠実さは持ち合わせているつもりでいます。それでも構わないのでしょうか」

「十分だよ。寧ろ、私にとってはその誠実さこそが好ましい」

「私にとっても、最重要はそこだわ」

「それではお願い致します。貴方達に恥じぬよう、私もいっそうの努力をいたしますので」

ヴァイスは自分が劣っているかのように言っているが、それは絶対に違う。というか、彼の善良さが輝いて見えますね！　シュアンゼ殿下は両親とその取り巻きを知っているから、私以上に尊く感じているかもしれない。

「うん、本当にそれで十分だよ。忠誠ある悪役も必要だけど、善良な人間も必要だよね」

「シュアンゼ殿下、親とその周囲がクズだったもんねぇ」

「はは……彼の誠実さが輝いて見える面子だったたよ……！」

「って言うか、そういった奴らが多過ぎて、私のお仕事が減らないわ」

「本当に、あの一件では苦労を掛けたよね」

しみじみと呟くと、シュアンゼ殿下は遠い目になって頷いた。ラフィークさんも「お労しゅうございました」と、目頭を押さえている。

そんな中、ヴァイスは一人意味が判らず、不思議そうな顔。……うん、君はそれでいいんだ。ガニアでの詳細を知らないと、私達の達観した表情の意味は判るまい。

まあ、とにかく。

「とりあえず、情報の擦り合わせを行ないましょうか。ハーヴィスが内部分裂する可能性もある以上、精霊姫だけを追及するのは悪手だわ。大人しく利用されてやるものですか」

「そうだね、素直に踊ってやる義理はない。ハーヴィスとて、魔導師の情報くらい得ているだろう。ミヅキが出てくることさえ、想定しているかもしれないしね」

「確かに。エルシュオン殿下への襲撃も、魔導師殿を動かすためだったやもしれませんね。これまでの功績を見る限り、報復はほぼ『元凶』に限定していらっしゃるようですから」

「あはは！　いつも私が最小限の被害に留めているのは、魔王様がいるからなのにね！　大丈夫！　その時は期待に応えて……最悪の結末に導いてあげる」

――だって、魔導師は『世界の災厄』なんでしょう？

笑いながらそう続けると、残る三人も口元に笑みを浮かべた。ただし、誰の目も笑ってはいなかったが。必要なもの以外を切り捨てられる残酷さこそ、私達には必要なのだ……それができなければ、友人関係を築くのは無理だろうよ。安っぽい正義感なんて、必要ない！

「楽しくなりそうね」

降りかかる火の粉を、徹底的に避けてきたのがハーヴィスなんだもの。……私達が同じことをしても納得してくれるでしょ？

第十九話　騎士寮で『楽しい』一時を　其の一

――騎士寮の食堂にて

「さあて、場所移動もしたし！　話し合いの続きを始めよっか」

「は、はあ……」

「……。移動した理由を聞いてもいいかい？　まあ、何となくは予想がつくけど」

上機嫌で話す私に、ヴァイスは困惑気味。対して、シュアンゼ殿下は生温かい目で私を眺めている。あはは！　そりゃ、ここがどこか気付けば、そうなるよね！

ここは騎士寮の食堂。つまり……『ここに暮らす騎士達が居ても不自然じゃない』上、『私の友人が居てもおかしくはない』のだよ。

だって、私はここで暮らしていますからね！　勝手に他の場所になんて、行けませんからね……！

そう、『ここに皆が集っていたとしても、仕方がないこと』なのだ。仮令《たとえ》、どんな面子が私達の話を聞いていようとも、食堂は閉鎖空間ではない。『仕方のないこと（強調！）』なのですよ。

それに加えて、シュアンゼ殿下はガニアの王族。いくら個人的な理由でイルフェナに来たにしろ、ヴァイスとてサロヴァーラの公爵家の人間だ。

『イルフェナとしては』、護衛を付けないわけにはいかないじゃないですかー。（棒）

『何を仕出かすか判らない世界の災厄』がいる以上、見守る人がいても当然ですよねー。（棒）

私達のお話が聞かれてしまっても、場所的、それ以上に立場的に、仕方のないことなのです。近衛騎士が混ざっていたとしても、彼らの身分を考えたら当然のことじゃないですか。

私は騎士のお仕事に理解ある異世界人ですからね、こちらを窺っている彼らが職務に忠実なだけだと、よぅく判っていますともっ！

こちらを監視するかのように見られていようとも、全く気にしませんよ。彼らに協力するのは義務です、義務。

「……ここに移動して来た理由？　だって、これからは『お友達同士の会話』だもの。顔合わせがあの部屋になったのは、訪ねて来たヴァイスが本人か判らなかったからだよ？」

当然とばかりに答えれば、シュアンゼ殿下は益々、温《ぬる》～い目になった。

「うん、そうだったよね。それは私も知っている。だけどね？　『ここは妙に人が多い』とか、『明らかにこちらを窺っている人ばかり』とか、『どう考えても、私達の会話を聞かせたいとしか思えない状況』とか思ってしまうんだ」

「やだ、何を言ってるの⁉　私が飛ばされた頃のガニアじゃあるまいし、護衛の騎士達が付くのは当然でしょ⁉　シュアンゼ殿下は王族、ヴァイスは公爵家の人間じゃない！　イルフェナとしても、おかしな対応はできないわっ！」

力一杯、『原因、お前ら』と責任転嫁をすると、シュアンゼ殿下は深々と溜息を吐いた。

「うん……まあ、そういった事情もあるよね。それも『ある意味では』正しいから、否定できない。だけどねぇ……」

ちょいちょい、とシュアンゼ殿下は私を手招きする。訝りながらも体をそちらに近付けると、シュアンゼ殿下は私の額にデコピンした。

「ちょ、結構痛い！」

「君さぁ……勝手なことをしている自覚があるから、盾代わりに私達を巻き込んだよね？　もっと言うなら、エルシュオン殿下からのお説教対策」

「……」

「横を向くんじゃない」

「……」

「下も上も駄目。視線が合わなければ誤魔化せるというものでもないよ、ミヅキ」

「チッ」

「女の子が舌打ちするのは感心しないね。君が普通の女の子として認識されているかは別として」

「化け猫扱いされてます。よう、猫仲間！　今度から君、灰色猫な！」

「……」

ガニアでずっと一緒に居たせいか、灰色猫は容赦も遠慮もない。不敬罪という意味では私の方が問題だけど、妙に馴染んでいるシュアンゼ殿下の砕けた態度も如何《いかが》なものか。

見ろ、ヴァイスは呆気に取られているじゃないか。ラフィークさんだって……あれ？

ラフィークさん、何～故～か、涙ぐんでますけど……⁉　ど、どうした⁉

「あの、シュアンゼ殿下」

「ラフィークのことは気にしないでやって。辛い時間が長過ぎて、私以上に現状を喜んでいるんだ」

「そ、そう」

その割に、遠い目をしているのは何故なんでしょうね？　シュアンゼ殿下。多分ですが、ガニアであの三人組にもドン引きされてやしませんか？

そうは言っても、私はこの主従が過去、ガニアでどんな風に過ごしてきたかを知らない。ただ、聞いてもさらっと流されるか誤魔化されたので、『言う気はない』ということなのだろう。

……。

まあ、私がガニアに滞在していた時の状況からして、お察しだけどさ。

「あ、あの、そろそろ話し合いをしませんか!?」

空気を読んだのか、ヴァイスが話題を切り出した。その途端、主従はこれまでのふざけた雰囲気を消し、即座に表情を改める。彼らの変化を目の当たりにしたヴァイスは驚いているが、周囲からは感心したような声が聞こえた。

……こういった切り替えの早さこそ、彼らの強みだろう。いや、強みというより、これができなければかつてのガニアでは誰かに利用されていた可能性が高い。

なにせ、シュアンゼ殿下にはろくに護衛すらいなかった。そんな状況で訪ねて来る『敵』に、本性を悟らせず追い返していたならば、それを可能にしたのはシュアンゼ殿下達の言葉選びの巧《たく》みさ。

多分だけど、気持ちや立場に伴った思考の切り替えもできていると推測。嘗めてかかった相手が突然、雰囲気や態度を変えたら、誰だって警戒するもの。

おふざけは『個人としての態度』、真面目な時は『ガニアの王族としての態度』。

なお、王族モードのシュアンゼ殿下には喧嘩を売らない方がいい。国王一家の全面的な後押しがあることに加え、『北の大国ガニアの王族』という立場をフル活用してくるだろうから。

会話の掘り下げや前提となる常識、そして目指す目的がガラッと変わるのだ。

性格が宜しくない腹黒灰色猫に、身分としては最上級の『王族』というステータスが付いている。これだけでも怖過ぎる要素だろう。多少の理不尽《りふじん》があったとしても、最強の能力『身分制度』で全てをなかったことにされるのだから。

私がよく喧嘩を売られる理由って、この身分差で勝てると思う人が多いからなのよね。それだけ、貴族階級には浸透している『常識』なのですよ。

ただし、私は除外されるがな。

だって、異世界人で魔導師だもん。

化け物扱い上等！　と自己申告しているので、『一応』、事前に警告モドキは行なっている。私を魔導師呼びした時点で、『理解できている』とみなすのは当然。

だから、超有名な『魔導師は世界の災厄』ということを忘れ、喧嘩を売ってくるお馬鹿さんは玩具扱いでいいと思う。

……で。

「じゃあ、話を進めよっか。とりあえず、可能性を書き出してみたら判りやすいと思うんだ」

という私の言葉に、残る二人は頷いた。さて、それでは書いていきましょうかね。

いくつかパターンがあるので、一つずつ話し合っていけばいいだろう。外野から情報が来るかもしれないし、三人で話し合うより、大勢を巻き込んでしまった方が確実な気がするもの。

●パターン１『御伽噺に依存しているアグノスの独断という場合』

「ヴァイスの情報を完全に無視しているけど、これが一番最初の認識だよ。襲撃者はアグノスに心酔しているっぽいシェイムだし、魔王様の評判の変わりようを考えたら……まあ、受け入れられはしないかな、と」

「そう、でしょうか？　エルシュオン殿下は悪意ある噂があった時から、その優秀さは認められてきましたし、好意的な評価を得られたならば、良いことでは？」

ヴァイスは否定的だが、それは『現実』という前提があるからだ。

「違うよ、ヴァイス。君の意見は『現実的に見た場合』ということが前提になっている。この場合は『御伽噺の王子様』という意味だ。こう言っては何だけど、御伽噺に出てくる王子はあまり詳しく語られない。見た目くらいじゃないかな？」

「ああ……王子が主役になるなら、英雄譚の方が適切ですからね。女性が好むかは別問題ですが」

「っていうか、『御伽噺の王子』ってろくなことしてねーよ。寧ろ、現実的に見たらヤバイ。顔しか褒めるところがない」

ズバッと言い切ると、二人は暫し、思案顔になり。

「確かに」

「あまり褒められた行動はしておりませんね」

揃って納得した。自分達も王族、もしくは王族に近い立場だからこそ、私の意見に納得できてしまった模様。

「う……！」

「っていうか、その場合は君が間接的な原因じゃないのかい？」

煩いぞ、灰色猫。魔王様の周りの人達からは『今の魔王様の方がいい』って言われているもん！

●パターン２『アグノスとハーヴィス王の排除が目的という場合』

「問題があると言えばあるみたいだし、一応、入れてみた。アグノスの奇行の被害に遭っていれば、考えられないことはない。恨みを晴らす機会を待っていた可能性はある。あと、国の未来を憂う者として排除を試みている場合かな」

「うーん……ハーヴィス王がアグノスを溺愛していたら、『王、もしくは二人が恨まれている』という可能性の方が高いかな。言い方は悪いけど、『自分の手を汚さずにアグノス王女を排除でき、進言を聞かずに彼女の管理を怠った王を糾弾する』っていう流れにもできるよね。勿論、逆もある」

「ああ、ハーヴィス王も恨まれているという可能性がありましたね」

「王の言葉が全てだったなら、色々ありそうよねぇ……」

可能性としては、割とあり得そうだ。特に『アグノスを切っ掛けに、ハーヴィス王に責任を問う』というところ。どう考えても、今回はハーヴィスの管理体制の拙さが一因だ。

ある意味、アグノスは『仕方ない』と割り切ってしまえる理由がある。管理を推奨されるほどに、『血の淀み』は大陸中に問題視されているのだから。

そんな状況であっても、ハーヴィスは『血の淀み』を無視した婚姻が行なわれてきた。身分制度を前提に婚姻を結んでいくため、閉鎖的な国では血が濃くなることが避けられないからだ。

皮肉なことだが、身分制度に理解がある立場の人達ほど、アグノス一人の責任にはしないと思う。王女であろうとも、一人の小娘なのだから。

だって、明日は我が身じゃん？

閉鎖的な国という自覚があるなら、全員が爆弾を抱えているようなものだろう。いつ自分の家に降りかかるか判らない『不幸』である以上、寛容にもなろうというもの。

——その分、批難の矛先《ほこさき》は管理を怠った者へと向く。寧ろ、こちらの方が厄介。

事の重大さを理解していなかったゆえの管理の甘さならば、責任重大。こんな奴が王として権力を持っているなんて、怖過ぎる。

それ以前に、王が再びアグノスを庇う可能性もあるじゃないか。一番安心・確実なのは、王と共に消えてもらうことだ。

「『王に不安を感じている』という括りならば、それなりの人数が居ると思うよ。『血の淀み』の厄介さは、否定しようがない『事実』だからね」

「ええー……個人的に、それは嫌なんだけど」

シュアンゼ殿下の言葉に、一気に不安が湧き上がる。

……あれか？　マジでこれが正解だった場合、『抗議はするけど、処罰もなしね☆』ってのが、一番ダメージを与えることになるってこと？

「そもそも君、自分で『一つの可能性』として提示したじゃないか」

「だけど、一番楽しくない！　私や報復上等とばかりに控えている面子の憤りはどうなる⁉　遣られっ放しのまま、沈黙を貫けと？　……。いや、待て。私は『世界の災厄』じゃないか。すでに仕掛けられた以上、城の一つや二つ壊しても……」

「魔導師殿、落ち着きましょう。ハーヴィスならば、次の機会があると思いますよ？」

宥めているようで、さり気なく毒を付け加える――次の機会がある、と明言していること――ヴァイス。その途端、周囲からは何人かの舌打ちの音が聞こえた。私同様、『仕掛けないことが一番です』という方向には不満な人々も居る模様。

ただ、彼らはヴァイスの言葉に期待してもいる。理由は簡単、『目的が達成できなかったのは、向こうも同じ』なのだから。


第二ラウンドこそ……という感じに、新たな目標に向かって突き進むことだろう。悔しさを力に変え、今度こそ、イルフェナを嘗め切った国に思い知らせてみせるに違いない。

チッ、この場合は第二ラウンド以降に期待するしかないのかぁ……。

目的がパターン2で正解だった場合、どこかの国で似たような事件が起こるはずなのだ。事前に通達し、万全の態勢で迎え撃てば、次はもっとマシな展開に持ち込めるだろう。

「とりあえず、『可能性が高い』ということだけは、頭に入れておくべきね。自分で暗殺を狙わず、外に始末を押し付けようとする奴がいる可能性も含め、それなりに警戒が必要じゃない？」

「我が国に火の粉が降りかからなければよいのですが」

「同じく。というか、イディオ以外には降りかかって欲しくないかな。理想はイディオとハーヴィスの潰し合いだよ」

……灰色猫？　もしや、ガニアはその二ヶ国のことで結構、苦労しているのかい？

……。

第二十話　騎士寮で『楽しい』一時を　其の二

さてさて、続きといきましょう♪　まだまだ続くよ、考察は。

●パターン3『アグノスの周囲にいる奴らが誘導した』

「これまでと似ているけど、こちらは『勝手な忠誠心』とか『自分達の理想を守るため』って方向。『血の淀み』を持つ人って、何故か信奉者とかに恵まれるんでしょ？　だから『アグノス自身が魔王様排除を望んだ』というより、『周囲が【そうしなければならない】と誘導した』って感じ」

いるよね、一定数は『自分勝手な忠誠心』とか『己の理想のため』に動く人。

シュアンゼ殿下もガニアでの出来事を思い出しているのか、苦い顔だ。

迷惑被ったものね、私達。当時の状況を考えると、味方に背後から撃たれたようなものでしょ、あれ。

「否定できないのが辛いね。ただ、私達の場合とは異なっているだろうけど」

「全く違うと思うよ？　彼らはテゼルト殿下への忠誠心から自滅覚悟で動いたけど、この場合は『アグノスに行動を起こさせている』からね」

悪く言うなら、『責任を押し付けた』ってことですよ。ただし、状況によっては――本人としても――『助言しただけ』になる不思議。言葉の使いどころって重要だ。

襲撃犯の様子からして、命じたのはアグノスで間違いないだろう。彼らとて、恩人と言っていたのはアグノスただ一人。

それに。

……いくらアグノスに仕える人からの言葉だったとしても、内容が『他国、それも魔王殿下と言われる王子の暗殺』となれば、迂闊なことはすまい。

最低限、アグノス本人に確認を取ることくらいはするだろう。

「この場合、『アグノスが御伽噺と現実を混同しているか、否か』が重要になってくる。アグノス自身が『思い通りにならなかったこと』に憤っていたならば、解決方法としてこれを提示している可能性がある」

「『……』」

シュアンゼ殿下とヴァイスは難しい顔をしている。実際、これは判断がつきにくい。

アグノスが一般的な王女としての教育を受け、それなりに常識を持っていたならば、まず実行しない。いくら何でも、リスクが高過ぎるもの。

だけど、アグノスが本当に御伽噺を信じているような子ならば、素直に頷きかねないんだよねぇ……その提案をした人物が、アグノスにとって『信頼できる人』だったなら、冗談抜きにやりかねない。

その場合、アグノスとしては『物語を正しい流れに戻す』程度の認識しかあるまい。『物語から退場させる』――それが『現実ではどういうことになるか、判っていない可能性がある』からね。

「今回の場合、基準となるのがアグノス様の認識ですからね。部外者には正直、予想がつきません」

「そうだね、ヴァイスの言う通りだ。我々の常識を前提にした解釈と、彼女の解釈。そこに大きなずれがあると、主犯が誰なのか判らなくなる」

ヴァイスに続き、シュアンゼ殿下も困っている模様。こればかりは非常に特殊な例であるため、アグノス本人を知らないと判断がつかないのだろう。

ですよねー、こればかりはアグノス本人と、周囲を固めている奴らを知らないと判らないよね。

しかも、『アグノス様の望みを叶えるために提案した』という場合と、『アグノスを利用した』という、二パターンに分岐する可能性あり。

判るかい、こんなもの！　ハーヴィスという国のことなんざ、知らねぇよ！

アグノスに限定すれば糾弾はできるだろう。実行犯と元凶という意味では、間違っていないのだから。襲撃犯だって、捕らえられている。

しかし、こちらからすると非常にもやもやとしたものが残る決着だ。これでアグノスを誘導した奴の目的が『アグノス（とその周囲の者達）の排除』だった場合、こちらが踊らされた形になってしまう。

「ハーヴィス内におけるアグノス様の立ち位置が不明、ということも大きいですね」

「あ～……確かに。確か、第三王女だったっけ。普通ならば、それほど力を持たない、目立たない王女っていう立場だと思うけど」

ヴァイスの言葉に、アグノスの立ち位置を考えてみる。……が、どう考えても『強者』という発想にはならなかった。

母親がすでに亡く、最大の味方であった乳母も居ない以上、アグノス自身が力を持っているとは考えにくい。『御伽噺のお姫様』なアグノスである以上、派閥を形成しているとも思えん。御伽噺に、そんな殺伐とした展開なんてないもの。

「と、なると。アグノス王女の周囲にいる者達の情報次第ってことになるね。もしも、そういった者達からの誘導があった場合は、彼らも処罰対象として組み込めるよう動くしかないのか」

溜息を吐きながら、難度を上げてくるシュアンゼ殿下。

「問題はハーヴィス王の出方だけどね。アグノス一人を庇うわけにはいかないだろうから、アグノスの罰が軽ければ、彼らだって『それなりの処罰』で済ませるでしょ」

ハーヴィス王に期待していない……というか、全く知らないので、処罰そのものを疑う私。

「もしくは、アグノス様を利用された被害者扱いするかもしれません。ですが、襲撃はアグノス様ご自身の命令です。それが判っている以上、イルフェナは納得しないでしょう」

一番ありえそうな可能性をヴァイスが口にすると、周囲からも溜息が聞こえた。

その場合、イルフェナとハーヴィスが険悪な関係になることは確実ですな。寧ろ、騎士寮面子が自主的に制裁に行きかねない。

「まあ、こればかりはハーヴィスの対応を知ったイルフェナ次第だね。ただ、イルフェナから仕掛けたことは殆どないから、甘く見られている可能性もあるけれど……」

シュアンゼ殿下は、ちらりと私、そして周囲の騎士達へと視線を向ける。

……私？　超いい笑顔ですよ！

「私達が大人しそうに見えるかなー？」

「……。何その笑顔」

「気にするな、灰色猫。そこまで馬鹿にしてくるなら、現実を教えてあげるのも優しさだと思うの。……次がないかもしれないけど」

「魔導師殿、落ち着きましょう。殺るにしても、あちらに責があると知らしめてからです」

落ち着かせようとはするけど、報復を止めようとは言わないんだね？　ヴァイス。

●パターン4『密かに外部の介入があった場合』

「ある意味、アグノスやハーヴィスが被害者というか、踊らされた場合ってこと。特に、疑わしいのがイディオ。もしもイディオが誘導していたら、私は嬉々《きき》として狩りに行く。殲滅《せんめつ》、上等」

「は⁉　いやいや、その可能性がないとは言えないけれど、何でそこまで攻撃的になるんだい？」

シュアンゼ殿下がぎょっとしているけど、私にとっては『いつかは起こり得る事態』である。

「魔導師殿、イディオの介入を匂わせるような情報でもあったのですか？」

「ないね！　しいて言うなら、襲撃犯達の出身国がイディオらしいってことくらい」

「はぁ……では何故、そこまで貴女に嫌われているのでしょう？」

「魔王呼びを始めたのは奴らだから！」

きっぱりと言い切ると、シュアンゼ殿下達が無言になった。いやいや、これも一つの根拠なのですよ。アル達だって、その恨みを忘れていないもの。

「魔王様が気に食わなくて、悪意ある噂を広めたのに、今は真逆の方向にいってるじゃない？　だから、アグノスやハーヴィスを利用した……とも考えられるんだよ」

なにせ、魔王様は現在、『魔導師の飼い主』という認識を筆頭に、『有能で面倒見のいい、善良な王子』として広まりつつある。

その根底にあるのが『保護者として、魔導師の言動にストップをかけている』という事実。

これは噂を盛ったわけではなく、紛れもない事実――実際、魔王様が待ったをかける場に居合わせた人もいる――なので、以前の悪のイメージよりも浸透が早かった。


だって、魔王呼びする割に、酷いことをされた人っていないじゃん？


私が現在進行形で『色々と』やらかしている（意訳）ので、魔王様の善良さがより輝いて見えることも一因だ。

悪意ある噂の発端となったイディオからすれば、悔しくてたまらない状況なわけですよ。

「イディオからすれば、悔しくてたまらないでしょうよ。しかも、魔王様が私を教育したりしなければ、手に入れる機会があったとか思ってそう」

「無理だろう」

「それは、いくら何でも無謀かと」

「当たり前じゃない！」

肩を竦めてその可能性を指摘するも、二人は揃って否定した。私自身も彼らの意見を支持。

うむ、理解があって何よりだ。つまり、こう言いたいんだね？『問題なのは教育ではなく、私自身の性格だ』と！

「でもね、私を直接知らなければ、そう思っても不思議じゃないの。異世界人って常識さえも違うことが当然だから、『飼い殺す機会はある』んだよ。使い物になるかは別だけどね」

「いや、君の場合、性格上の問題で不可能だろう？　従う振りをして、内部から崩壊させるくらいはするじゃないか」

「ああ……」

ジトッとした目を向けるも、シュアンゼ殿下は悪びれない。ヴァイスも視線を泳がせるばかりで、否定の言葉は上がらなかった。

……。


良いけどね。多分、やるだろうし。


灰色猫よ、言うようになったじゃないか。ヴァイスも視線を泳がせるくらいなら、素直に頷いちゃって構わないよ？

今更、猫を被ったって無意味ですからね！　『親猫が監視してるなら安全』とか言われてますからね……！

魔王様はすでに、異世界人凶暴種のストッパーとして認識されているのです。私の外道認定もガンガン浸透中ですが、何か？

……が。

冗談抜きに、この『情報』を中途半端にしか知らないと、まるで魔王様が魔導師を子飼いにしたかのように聞こえるのだよ。

現実：教育熱心で過保護な親猫。

現実を知らない人からの認識：魔王殿下が魔導師を手懐けた。

多分、これくらいの温度差はあると思う。なお、普通は後者になる場合が多いことも事実と付け加えておく。人は知らないものを無意識に恐れるのだ。

要は、魔王様が非常に真っ当というか、良い人だっただけ。私も規格外と言われているけど、保護者の方もかなりの規格外だったわけだ。

「ガニアやサロヴァーラでの私の扱いを思い出してよ。それが『当たり前』ならば、『使える手駒を独り占めした！』とか、魔王様へと見当違いの憤りをぶつけても不思議じゃないでしょ。……『魔導師を支配できる』とでも思っているならね」

……。

馬鹿だな～という気持ちを隠そうともせず、呆れたまま、ありえそうな展開を口にする。

うん、イディオならやりそうだ。だって、他国の王子に『魔王』なんて渾名を付ける国だもんな。

「……我が国の貴族達の対応を見ていたから、ミヅキの意見を否定できない」

「同じく。確かに、痛い目に遭わなければ、魔導師殿の本質は判りませんね」

二人ともリアルタイムで自国の対応を見ていたせいか、頭が痛いと言わんばかり。当然ながら、否定できようはずもない。

「基本的に『北』は異世界人の扱いが悪い。それが前提だと、イディオが黒幕って線もありだと思う。言い方は悪いけど、アグノスやその周囲って利用しやすいと思うし」

「「……」」

二人は考え込むが、この可能性だってありだと思う。だって、『御伽噺と混同させても、誰も止めなかった』んだもん！

まともな人がいたり、きっちり監視されていたら、この一件自体起きていまい。監視の目は緩《ゆる》かったと思うぞ～？

私は改めて、書き出した紙を眺める。……このあたりかな。どれか正解に近いものがあればいいんだけど。

「とりあえず、こんな感じかな。暫く、各自で考える時間も兼ねて、お茶にしましょうか」

パン！　と手を打って、お茶を用意するべく立ち上がる。周囲に視線を向けると、皆も考え込んでいるようだ。やはり情報不足は否めないらしく、裏付けになりそうな情報が少ないのか。

「可能性があり過ぎると、絞り込みが大変ですね」

「仕方ないさ。まあ、どれが正解でも、俺達のやることは変わらんぞ」

「ごもっとも！」

アルとクラウスが物騒な会話をしていようとも、気にする人は居ない。だって、それは決定事項だものね？

第二十一話　騎士寮で『楽しい』一時を　其の三

情報を整理しつつ、幾つかの可能性を挙げ終わった。相手の思惑に乗らないためにも、こういったことは必要だろう。

なお、アグノスが襲撃の主犯であることはともかく、『それがどうして可能だったか？』『何らかの思惑があり、見逃されたのではないか？』という疑問の答えは未だ、出ていない。

単純に『魔王様達への襲撃に対する処罰を求める』という意味では、『アグノスと襲撃犯達』が該当者。

状況の不自然さから『誰か』の思惑があったことを疑うならば、『その流れを作った存在』が私達の獲物。

迂闊に動くと、本当の主犯の思い通りになってしまうため、こちらとしても慎重にならざるを得ない状況です。情報不足ということもあり、皆の苛立《いらだ》ちも当然か。

「こういった時に、ハーヴィスとの交流のなさを痛感するね。内部が全く判らない」

悔しそうにシュアンゼ殿下が愚痴る。……北の大国というか、メインになっている国がこれなら、南に情報は期待できまい。本当に、情報がないのだろう。

ヴァイスの『ハーヴィスは内部で揉めている可能性がある（意訳）』という情報があっただけでも、十分にありがたい。表立って揉めているわけではない――それならば、ガニアが気付くだろう――だろうから、ヴァイスの情報は水面下の動きと見るべきだろう。

ただ……そうするほどに『ハーヴィスの現状に危機感を抱く人達が居る』ということ。

ある意味、ハーヴィスは国の転換期を迎えていると言えるのかもしれない。それを他力本願で行なおうとしている可能性があるってのが、非常に情けないけどな！

「私も、魔王様も、正義の味方や便利な駒じゃないいんだけどねぇ」

「勘違いしている者達は多そうですが」

「それ、当事者じゃないからでしょ。当事者だったら、私が担ったのは『切っ掛けに過ぎない』って知ってるもの。そもそも、私は処罰を下せる立場じゃない。国を動かすことだって無理。文句が出ないのは『その権利を持つ人達が行なっているから』だよ」

「ですよね」

ヴァイスが納得の表情で頷いているが、私はそれ以上に呆れている。それは皆も同じで、騎士ズに至っては『お前に奉仕精神なんてものがあるわけないだろう』と言い切っているくらい。

なお、魔王様の場合は『イルフェナの王族だからこそ、好き勝手できない』という理由だ。……『動かない』という意味では私と同じなのに、えらい違いである。これが人間性の差か。

まあ、ともかく。

今回の一件に黒幕が居て、私達が都合よく動いてくれると思っているなら、それはとんでもなく甘い考えだということなのですよ。

普通に考えれば判るだろー？　我、部外者ぞ？　自己中外道と評判の魔導師ぞ？　魔王様に至っては、猟犬付きの他国の王族ぞ？

どう考えたって、都合よく踊る未来はない。下手すりゃ、ハーヴィスごと報復対象にする皆様だ。手紙を出した友人達もこちら側になろうというものですよ……現実を知っているからね。そんな私達は現在、休憩中。皆も其々、近くの人と会話を交わしている。

……そうは言っても、話題はハーヴィスの一件オンリー。

一見、和やかなティータイムですが、交わされる会話は非常に物騒だ。それを微笑ましく眺めながらも、味方の多さを痛感する。

見目麗しいエリート騎士様達だろうと、人間なのです。ここは騎士寮、基本的に部外者が来ない彼らの暮らす場所！　本性を取り繕《つくろ》う必要のない場所ということも、言いたい放題になっている一因だろう。

でも、誰も気にしない。だって、自分も同じだもの。

私も『ちょっと』血迷い、クラウス達にお強請《ねだ》りしかけたんだよねぇ……『ハーヴィス王の髪とか爪って、手に入らない？』と。

こんな時だもの、神頼み……もとい、己の魔力頼みの力業を試す時が来たと思いましたよ。『坊主憎けりゃ、袈裟《けさ》まで憎い』という言葉の如く、『誰か判らない黒幕が憎けりゃ、ハーヴィスに属する奴らは同罪だ！』と！


勿論、我が故郷伝統の『おまじない』、超有名・藁人形の儀式のためだ。


シュアンゼ殿下に持って来てもらった藁――彼は『使い道はお人形の素材』ということしか知らない――もあるし、いざ執念と誇りを賭けた儀式へGO！　ですよ……！

ただ、そのためには必要不可欠な物があることも事実。寧ろ、最難関。

そんなわけで『黒幕が判らないなら、国のトップに八つ当たりしてもいいと思うの♪』と可愛くお強請りしたら、クラウスは『謹慎が解けたら、行くか。俺達にもやらせろ』と快く頷いてくれた。理解ある婚約者様である。

なお、その直後、騎士ズによってゴードン先生へとチクられ、計画は頓挫《とんざ》した。先生曰く『こちらに非がないのだから、こそこそする必要はない』と。

……。

つまり、直接、報復に赴くことは反対しないのですね……？

この言葉を聞き、全員の目が光ったことは言うまでもない。私に対し、期待の籠もった視線が向けられたのも気のせいではないだろう。

勿論、力強く頷いておきました。

ええ、ええ！　魔導師だもの、売られた喧嘩に、泣き寝入りなんてしませんとも！

『世界の災厄』だもの、国を蹂躙するくらいが当たり前よね……！

セイルやジークもその場に居たのに、彼らは反対しなかった。寧ろ、笑みすら浮かべて『楽しそうですね』と言いやがった。

セイルはともかく、キースさんが何も言わないことを不思議に思っていたら、ジークにはカルロッサ王とフェアクロフ伯爵から『魔導師に付き従え』と命令が出ているらしい。私や魔王様に恩を返すという意味もあるけど、ハーヴィスの態度が非常に気に食わないんだそうな。

曰く『全てを拒絶した上での平穏を取った国如きが、今更、他者にふざけた真似ができると思うな』とのこと。

一言で言うなら『孤独でいることを選んだ国が、他国にちょっかい出してるんじゃねーよ！』だな。過去に何かあったんだろうか？

ただ、現時点のカルロッサからすれば、ある意味、当然の選択とも言える。『他国と関わらない』と言えば聞こえはいいが、それは『協力し合うこと』や『繋がりを作ること』を拒絶したってことだからね。そんな国と魔王様&私を比べれば……まあ、私達を取るわな。

よって、カルロッサとバラクシン、ゼブレストは私の味方で確定。後から宰相補佐様がイルフェナに来て、イルフェナVSハーヴィスとなった際に味方してくれるらしい。

……そんなことも含め、全てをシュアンゼ殿下とヴァイスに話したら。

「私もここに滞在させてもらうよ。勿論、君の味方として」

にこやかにシュアンゼ殿下は言い放ち。

「私も滞在させていただければと思います。ハーヴィスは我が国の隣国……状況次第で、動くこともあるでしょうから」

ヴァイスは真剣な表情で言い切った。そこを悪乗りするのが騎士寮面子……もっと言うなら、私の守護役達であ〜る！

「でしたら、我が屋敷へ滞在なさってください。近衛の副団長を務める義兄《あに》と、外交を担う姉もおります。ここでの親交は必ずや、後の力となるでしょう」

「うちでも構わん。魔術至上主義とミヅキに言われているが、馴染みがない分、興味深い話を聞けるかもしれないぞ？」

アルとクラウスが揃って、『ウェルカム！』とばかりに滞在を推奨。……ここには近衛騎士もいるので、当然、この話も伝わることだろう。

そして。

私はついさっきこの場に加わった『友人達』へと視線を向ける。

「セシルとエマはどうする？」

「私はミヅキと一緒に過ごしたいな。ふふ、一緒に旅をしていた頃のように過ごしたいんだ」

「私もご一緒させていただければと思いますわ。あの時は本当に楽しかったのです」

コルベラから私を訪ねて来た『女騎士のセシル』と『侍女のエマ』。二人は下級貴族――という設定――なので、私と一緒でも問題ない。

「おーけー、女子会しましょ！　で、サイラス君はどうする？」

もう一人の『友人』に顔を向けると、彼は複雑そうな表情のまま、呆れた目を向けてきた。

「俺も情報収集を兼ねてここに来たので、一部屋借りられればありがたいですね。まだまだ時間もかかりそうですし。って言うかですね……」

言うなり、ビシッとセシル達を指差し。

「そちらはセレスティナ姫でしょうが！」

「はは、違うよ？　彼女は『コルベラの女騎士セシル』。もう一人は『侍女のエマ』」

「いや、それは逃亡生活での設定……」

尚《なお》も言い募るサイラス君に、私は笑みを深める。

「サイラス君、ステイ。私と彼女達がそれを認めた以上、『それでいい』の。セシル達だって、他国の人間だもの。国の許可は得ているんでしょう？」

「ああ、勿論だ」

「当然ですわ。いくら友人の所に遊びに行くと言っても、このような状況ですもの。陛下もそれを案じたのか、書を戴《いただ》きましたわ」

すでにイルフェナに提出しております――そう言い切ったエマの言葉に、サイラス君は撃沈した。やだなぁ、サイラス君。彼女達は『私の友人』なんだよ？　抜け道を探してあるに決まっているでしょ。思考の柔軟性があって、当然じゃないか♪

「とりあえず、さっき渡した『考察ダイジェスト・真相はどれだ⁉』を読んでなさい。気が付いたことがあったら、発言してね。場合によっては、私達からのボーナスもありだ！」

「何故」

「元凶を〆《しめ》る理由になるからに決まってるじゃない！」

我ら、報復を諦めてはおりません。寧ろ、殺る気満々で粗《あら》を探しております。

突く要素が見つかったら、見つけてくれた人（と国）に対し、感謝をするのは当たり前でしょ！

第二十二話　騎士寮で『楽しい』一時を　～灰色猫と玩具の会話～

――騎士寮にて（シュアンゼ視点）
「セレスティナ姫……ついに魔導師殿の悪影響が……！」

遠い目になって呟いているのは、目の前にいるキヴェラの騎士。彼の反応があまりにも面白かったから、観察すべく場所を移動……。

……。

いやいや、心配のあまり、目の前に移動して様子を見ることにしたのだ。悩んでいようとも、彼とてミヅキとは親しい間柄のようだしね。この程度では潰れまい。

ラフィークも心得たもので、移動はすんなり終えている。ちらりと視線を向けた先の彼は、未だに苦悩しているらしい。

見た限り、彼は真面目な性格をしているのだろう。そして、そこそこミヅキとの付き合いがあるに違いない。

……が、ミヅキの場合は『付き合いが長い』ということが、必ずしも『親しい』とは限らないのであって。

彼——サイラスの反応を見る限り、それなりに痛い目に遭わされていると察することができた。

私自身も世話になっておきながら何だが、ミヅキは善人ではない。

正真正銘、（様々な意味での）『災厄』なのである。

痛い目に遭ったり、からかわれることを気にしなければ、彼女は確実に結果を出してくれる。そういった意味では、非常に頼れる人物ではあるのだが。

その一方で、黒い子猫は実に腕白なのだ。色々とトラウマを植え付けられたとしても、不思議はない。下手をすると、報復の流れ弾を食らうのである。

ちなみに、それらはあくまでも『ミヅキの側の人間であった場合』であり、敵になった日には、それこそ容赦なく蹴落とされる。

それを知っているからこそ、サイラスへと向ける目が自然と生温かいものになっていく。トラウマで済んだだけ、マシじゃないか。少なくとも、望んだ結果には導いてくれたのだろうし。敵になった者は、報復をする気力さえ削ぎ落とされたんだろう？

キヴェラ内部のことゆえ、詳細は判らない。だが、ミヅキが関わったという事実がある限り、私の予想は外れてはいないだろう。

「セレスティナ姫も成長の時ということだよ、サイラス殿」

声をかけると、ジトッとした目を向けられた。

「あれは間違いなく、魔導師殿の悪影響でしょうが！　こんな時に遊び心を出して、どうするんです⁉　普通は自国で大人しくしてますよ！」

「うーん……彼女達に全く遊び心がないわけじゃないけれど、今回のような場合は『自発的に動くことも必要』なんじゃないかな」

「え？」

意外だったのか、サイラスは呆《ほう》けたような表情になった。その表情を見る限り、本当に驚いているようだ。

……。

まあ、それも当然だろう。襲撃を受けたエルシュオン殿下は未だ、伏せっており、イルフェナもハーヴィスの対応によっては相当、険悪になるだろうからね。

そんな時期に、『魔導師の友人』という設定で、身分を偽った他国の姫が来る。怒るな、という方が無理だ。普通はわざわざイルフェナに来ないし、周囲の者とて止めるだろう。

だが、先ほど彼女達とミヅキとの間で交わされたあれは、言葉遊びの一環のようなもの。周囲の状況を踏まえて深読みすれば、納得できてしまうのだ。

「彼女達は『ミヅキの友人』と言っている。これを事実とするには、『ミヅキ自身が認める必要がある』。ここまではいいかい？」

「え、ええ」

唐突に始まった解説に驚いたのか、サイラスが困惑を露にする。それに構わず、私は話を続けた。彼にも理解してもらわなければならないのだ。

「次に、侍女……エマが言った『陛下の書をいただいている』という言葉。これで『コルベラはセレスティナ姫達を、このような形で向かわせることに納得している』となるんだ。つまり、彼女達に何かあっても、『コルベラの女性騎士と侍女』という立場で扱われる。『王族や高位貴族の令嬢扱いは不要』と、王自身が断言してるんだ」

「ちょ、それはいいんですか⁉」

さすがに驚いたのか、サイラスが声を上げる。確かに、サイラスのような立場の者からすれば、コルベラ王のこの行動は信じられないものだろう……暗に『王女達を見捨てる選択もあり』と、イルフェナに告げるなんて！

だが、今回ばかりはそうも言っていられない。コルベラがこの件に介入するなら、その窓口となるのはミヅキの友人である二人しかいないのだから。

「普通は良くないね。だけど、今回は他に選択肢がないんだ。情報を得るという意味でも、最善の選択だと思うよ。ミヅキはここに隔離されているから、彼女達も必然的にこの騎士寮に来ることになるからね」

「あ……そうか、あまり隔離されている印象はありませんが、魔導師殿は基本的に行動範囲が狭いと聞きました」

「異世界人の魔導師である以上、仕方ないんだろうね。単独行動もろくにできないはずだよ」

「……」

複雑そうな表情に、サイラスがミヅキを案じているのだと判る。そんな姿に、サイラスという騎士の善良さが透けて見え、微笑ましく思ってしまう。

口では何だかんだと言いながらも、結局はミヅキを案じているのだ。彼は貴族階級のようだし、これまでの異世界人達の扱いを知っているせいかもしれなかった。

……まあ、ミヅキは例外中の例外だから、悲壮感は全くないんだけど。

なにせ、ミヅキ曰く『三食保護者付き・衣食住と職も与えられる快適生活』。絶対に、これまでの異世界人とは違うだろう。隔離生活を満喫している。

それを可能にしたのが親猫、もといエルシュオン殿下。彼の過保護っぷりは有名なので、それはそれは大事に、毛皮に包むようにして守ってきたのだろう。

その結果が、黒猫の恩返し。賢い子猫は自分を守ってくれている金色の猫に懐き、親の如く慕っているのだ。……その敵を決して、許さないほどに。

なお、『恩返しよりも、大人しくしていた方が良かったんじゃ？』などと言ってはいけない。

そうなっていたら、ミヅキが各国で行なった『あれこれ』がなくなってしまうじゃないか。

親猫の苦労は労われども、周囲は黒い子猫が大人しくすることを望んでいない。適度に悪戯し、遊んでくれた方がありがたいのだ。

沈黙したままのサイラスとて、それは判っているのだろう。ただ、彼の性格上、ついついセレスティナ姫達のことを突っ込んでしまっただけだ。

「話を続けるね。そうして『彼女達は正規の手続きを終え、騎士寮に来た』。これは『イルフェナがコルベラの話に乗った』ということだよ。だから、騎士寮の騎士達は彼女を『セシルという騎士』として扱っていただろう？　ここに居る騎士達は何も言われずとも、それらを察したんだ」

「うぇ……何ですか、その理解力。解釈が間違っていた場合、大惨事でしょうに」

「そうだね。だけど……ここは『翼の名を持つ騎士達の巣窟《そうくつ》』だよ？　ミヅキも含め、『その程度、できなければならない』んじゃないかな」

「っ！」

サイラスは驚愕しているが、これは確信があった。彼らは……彼らの間には、あまりにも言葉が少ないじゃないか。だけど、ミヅキ達にはそれで十分なのだろう。これはガニアでの一件の際、驚いたことでもある。

ミヅキは私とほぼ一緒に居たため、彼らの遣り取りを全て知っていると言ってもいい。その中に、あの決着を匂わせるようなものは含まれていなかった。

おそらくだが、テゼルト達の介入を警戒したのだ。私にも処罰を望む以上、テゼルト達はきっと動くだろうから。

対して、イルフェナの騎士達はミヅキの意図を察し、エルシュオン殿下への情報伝達を故意に遅らせている。

ミヅキは現状を知られることで、自分が連れ戻される可能性が高いことを察していた。それゆえに、騎士達に前もって依頼していたのだろう。

普通ならば、彼らは主たるエルシュオン殿下の味方だ。だが、ガニアの一件は様々な意味で彼らを怒らせ、ミヅキの同類と化していたに違いない。

『頼もしき仲間』がガニアに居るならば、イルフェナに残った者達の役目は決まっている。彼らはそれを忠実に遣り遂げたのだ。それがガニアの敗因であり、私を驚かせたものだった。

「其々ができることこそ違うけれど、彼らはミヅキの同類だよ。望む結果は同じ……『結果を出せれば、誰が遣り遂げてもいい』んだろうね。良く言えば『地位や名声を望まない』と解釈できるけれど、他から見たら脅威でしかないよ。ミヅキが特出しているように見えるけれど、彼女が中核になるとは限らない」

だから……怖い。この騎士寮に暮らす者達は正真正銘、『最悪の剣』の名を冠する者達なのだ。

「じゃあ、魔導師殿が騒々しいのって……」

「元々の性格もあるだろうけど、人の目を引く意味もあるだろうね」

結果を出すことに拘る黒猫は、必要があるなら、進んで道化にもなってみせるだろう。そうして期待通りの行動を取る周囲を見て、ひっそりと笑うのだ。

「セレスティナ姫は保護が目的と言えど、守護役の一人になっている。まして、あの様子では本当にミヅキと仲が良いんだろう。……守られ続けることが不服なら、彼らに追いつくしかない。彼女はそれを理解したからこそ、今回は行動に出たんだと思う」

「……」

小国コルベラに生まれた王女は、キヴェラに逆らえなかったことで、己の無力さを痛感したのだ。そんな時に現れたのが、一人の魔導師。異世界人ということもあり、当初はそこまで信頼などしていなかっただろう。そもそも、自分達の状況を覆せるとは思わなかったに違いない。

――だが、その予想は良い意味で裏切られた。

魔法による圧倒的な強さを見せつけずとも、ミヅキは彼女達の望む決着へと導いた。いや、望んだ以上の結果だったはず。

そんな姿を間近で見続ければ……自分が情けなくなるのではないか。

それ以上に、自分を見つめ直したことだろう。身分も、この世界における人脈も、武器を扱う術さえ劣るはずのミヅキに、守られてばかりだったのだ。何も思わぬはずはない。

「子供でいられる時間はいつか終わる。再び守られるだけの生活に戻るか、自分が変わるか……セレスティナ姫は後者を選んだ。『一人の王女』ではなく、『一人の王族』という立場を望んだ」

「どちらも王族ではあると思いますけど」

それも事実なので頷いておく。だが、立ち位置は微妙に違うのだ。

「誰だって『王女』を危険な目に遭わせようとはしない。一般的には守られるのが当然の、非力な存在だからね。対して、『王族』ならばその身分を活かし、外交や交渉の場に挑めるだろう。責任も、重圧も伴うけれど、個人として評価される立場になるんだよ」

勿論、危険も伴うけどね。

そう続けると、彼にも思い当たる人物がいたのだろう。どこか悔しげに俯き、拳を握っている。

想いを馳せているのは、『悲劇の』第一王子ルーカスか。

「ルーカス殿はこれからの人だと思うよ」

慰《なぐさ》めるわけではなく、本当にそう思う。

「これまでは『キヴェラの王太子』という以上に、『【あの】キヴェラ王の息子』と認識されていたからね。だけど、これからは『魔導師と縁を繋いだキヴェラの王子』と呼ばれるだろう。枷《かせ》が外れたというのは言い過ぎかもしれないが、彼は漸く、自分らしく在れるんだよ」

「ですが……！　ですが、それまでがあまりにも長過ぎました。失ったものも多い。……俺にこんなことを言う権利なんてないでしょうが、悔しいんですよ！」

――今更、ですけどね。

そう小さく続けた彼は、本当に後悔しているように見える。変わる切っ掛けがあったとはいえ、彼もまた、ルーカスを『偉大な王の息子』としか認識していなかったのだろう。

……だが。

「それは暗に、私を馬鹿にしているのかい？」

「へ？」

「私はこれまで、歩くことすらできなかった。今だって、ろくに歩けないんだよ。それでも、これからは王家の一員として動くことができる。……私は『ルーカス殿以上に、何もない』んだよ？　そんな私でさえ、やるべきことが見えているというのに、ルーカス殿は何もしないつもりかな」

「そのようなことはありません！　……あ」

反射的に否定した途端、サイラスは顔を赤らめた。そうだよ、それでいい。君だって、ちゃんと判っているじゃないか。

「判るかい？　遅過ぎることなんてないんだ。後悔も、過去への恨み言も要らない。逆に、ルーカス殿へと向けられた理不尽を逆手に取って、利用してやればいいじゃないか。少なくとも、ミヅキは自分へと向けられた蔑みを報復の一手にしたよ」

ガニアの敗北は『ミヅキを軽んじたこと』が原因だ。適切な対処をしていたら、ミヅキが付け入る隙などなかったはず。


『化け物って言ってるのに、私を野放しにするんだもの。しかも、この国の王族であるシュアンゼ殿下と【楽しいお話】し放題。あいつら馬鹿じゃねーの、チョロ過ぎる……！』


などと言って、高笑いしていたミヅキが思い浮かぶ。あれを見ていたら、蔑みの視線や当て擦りなんて、苦になるものか。チャンス到来とばかりに煽り、利用してやろうとしか思わない。

なにせ、魔導師直伝の『玩具の遊び方』だ。その教えを忠実に守り、『楽しく』遊ぼうじゃないか。

「はぁ……駄目ですね。ルーカス様は先を見据えて行動しているのに、俺はふと気づくと『あの時に認められていれば』と思ってしまうんです」

「仕方ないよ。それは今のルーカス殿を、君が認めているせいでもあるんだから」

そう思うほどに、彼はルーカスへの評価が変わったということだろう。これは今後が楽しみかもしれないと、ついつい思ってしまう。

ここで少しの接点を作っておいてもいいかもしれない。まだまだ周囲が煩いのはお互い様だけど、愚痴を言い合うことはできそうだ。

テゼルトを交えて、ルーカスの弟王子達が成人したら彼らも誘って。次代を担う王族同士の交流でもしようじゃないか。

「『今回の件が片付いたら、ルーカス殿に会いたい』と伝えておいてくれるかな?」

「それはっ!」

はっとするサイラスを、視線だけで制する。ここはイルフェナ、そのようなことを大っぴらに口に出しては、折角、見て見ぬ振りをしてくれている騎士達の好意が無駄になってしまう。

「それが今後、どう傾くかは判らない。だけど……ルーカス殿の持つカードに『ガニアの第二王子の友人』というものが加わっても、面白いと思ってね」

唖然とするサイラスには悪いが、私にとっては決定事項だ。時にはミヅキを交えて、キヴェラの貴族達を脅……いや、黙らせるのも一興《いっきょう》じゃないか。

そんなことを考えつつも、金色の親猫を想い、苦笑する。あの過保護な親猫様はきっと、黒い子猫に盛大な雷を落とすだろう。

さあ、エルシュオン殿下? 貴方が休んでいる間に、続々と『楽しいこと』が始まっていますよ。

貴方も一緒に遊べたら良いと思っているので、目覚めたらこう言わせてください――『私の友になって欲しい』と。

エピローグ

――騎士団長の執務室にて

各国から続々とミヅキの『友人』達がやって来る中、部屋の主である騎士団長アルバートは非常に……非常に困惑していた。

珍しいことに、彼の傍に控えるクラレンスもどこか笑みが引き攣っている。それほどに、現在の状況は信じられないことばかりであった。

「……」

「……」

「ミヅキの人脈は一体、どういうことになっているのだ……」

「さ、さあ？　アルジェントも全てを把握しているわけではないようですし、やはり、完全に把握しているのはエルシュオン殿下くらいなのでは？」

机の上に置かれた数枚の手紙に目を落とし、騎士団長と副騎士団長は揃って溜息を吐く。異世界人であり、魔導師でもあるミヅキの『お転婆』（※物凄く好意的に解釈）には慣れたつもりであった二人だが、今回ばかりは驚かされた。

「アルベルダのグレン殿は同郷であるようだし、ウィルフレッド王とも懇意にしているようだから、そのあたりは判る。コルベラもまだ納得できよう」

「後は……ガニアのシュアンゼ殿下ですね。彼はミヅキだけでなく、エルシュオン殿下にも恩を感じているようです。ミヅキが動きやすくなるよう、後ろ盾になるつもりなのかもしれません」

クラレンスの言葉に、アルバートはちらりと目にしたミヅキとシュアンゼの姿を思い出す。ガニアではほぼ一緒に居たせいか、二人はとても仲が良さそうだった。あれほど親しい雰囲気を隠さないならば、クラレンスの指摘は正しいと思えてしまう。

「だが、問題はその他だ」

アルバートが呟くと同時に、二人は揃って遠い目になった。

「何故、バラクシン、カルロッサに加え、キヴェラまで出てくるのだ⁉」

「先ほど訪ねてきた青年は、サロヴァーラの公爵家の人間だそうですよ。本人は騎士という認識が強いらしく、随分と丁寧な物腰でしたが」

――実のところ、この二人は盛大にパニックを起こしているのであった。

立場上、そして第二王子であるエルシュオンが襲撃された以上、守りの要である騎士達のトップ二人が、慌てる姿を見せるわけにはいかない。いかないのだが……正直、『これはないだろう⁉』と叫びだしたい心境ではあったのだ。

その原因は勿論、ミヅキである。

今後のことを考え、各国の友人達へと情報をばらまいたのは流石《さすが》と言えよう。だが、その後の展開は、ミヅキとて予想外であったに違いない。

『あの、味方をしてくれたら嬉しいな、とは思いましたけどね？　まさか、女狐様……じゃなかった、ティルシア以外が動くとは思わなかったんですよ』

以上、ミヅキの言い分である。ミヅキとしては、イルフェナに非があると思われないため、いち早く情報提供をしたらしい。勿論、『味方をしてくれ』なんてことは言っていない。

普通、『第二王子が襲撃され、負傷中』などという情報を他国に知られれば、各国は挙ってイルフェナに探りを入れてくる。はっきり言って、悪手であろう。

だが今回、イルフェナにやってきた者達は口々にこう言ったのだ──

『この状況でミヅキに喧嘩を売るほど、命知らずではありません。自国にそんな馬鹿が湧いたら速攻で〆ますので、ご安心ください。つーか、敵になる気はないから、敵認定止めて』（意訳）

……これを聞いた時、人々は思った。『異世界人凶暴種という渾名は伊達《だて》ではない』と！

理由を尋ねると、誰もが口を揃えて『エルシュオン殿下の監視が外れているので』と言い出す始末。曰く、『親猫の言うことならば、比較的従う』とのこと。

『飼い主であり、唯一のストッパーであるエルシュオン殿下が寝込んでいる以上、怒れる黒猫は止まりません。八つ当たりも兼ね、報復待ったなしです。イラついている魔導師、超怖い』（意訳）

こう言っては何だが、イルフェナでのミヅキは割と大人しい。『仕事ができ、気遣いを忘れぬ良い子』といった印象なのだ。とんでもない我儘を言って、周囲を困らせることもない。

そんな姿を目にしているせいか、ミヅキはあまり恐れられてはいなかった。一部の貴族達が侮っているのも、そういった事情があるのだ。ただ、ミヅキは侮られることを全く気にしていない。

仕事を頼まれた時は望まれた役目があるため、凶暴になるのもある程度は理解している。そう、騎士達とて理解はあった。ただ……まさか、これほどとは思わなかったのである。

「王妃様は楽しそうにしてらっしゃるし、陛下も同じく。だが、エルシュオン殿下がお目覚めになられた時、これを知れば……」

「頭痛を覚えること間違いなしでしょうね」

二人揃って、過保護な王子を思い描く。ほんの一年足らずで劇的に印象を変えた彼は、なんだかんだ言っても、己に懐いた子猫が可愛くて仕方がない。彼の愛情という名の教育を受けた――周囲の者達曰く、遣り過ぎ――ミヅキが有能に育つのも、ある意味、当然のことであろう。

勿論、スパルタ教育のみが目立っているわけではない。愛情深く育てつつ守っているので、某老侯爵には『腹の下に匿い、毛皮に包んで守っている子猫』と言われている。

威圧こそ変わらなくとも、『親猫』と呼ばれるほど甲斐甲斐しくミヅキの面倒を見る姿に、周囲の人々は彼への認識を変えていった。何というか、二人揃っていると微笑ましいのだ。

そういった姿を思い出すと、ミヅキが此度の一件でどれほど怒りを覚えているかは想像に難くない。自然と、アルバート達にも苦笑が浮かぶ。

「親猫と親友を害されたのだ。少々、凶暴になっても仕方がなかろうな」

「そうですね。今回ばかりは少しだけ、大目に見てあげましょうか」

勿論、お説教はする。だが、できる限り味方になってやろうと、二人は決意した。

――彼らとて、此度のことに怒りを覚える者。義理堅い黒猫と猟犬達が暴れるならば、秘かに味方をしてやりたいと思うのが、彼らにとっても『当然』なのである。

番外編　ディルクの素朴な疑問

——騎士団長の執務室にて（ディルク視点）

俺の両親は揃って近衛騎士、しかも父上は騎士団長だ。

面と向かっては言えないが、俺は両親、特に父上を尊敬している。もっとも、騎士団長に憧れて騎士を目指す奴らはそれなりに多いのだけど。

まあ、俺もそれは誇らしくはある。騎士団長の実子だからこそのやっかみはあれど、それは俺自身が実力をもって黙らせればいいだけだ。

そもそも、親の威光といった陰口に落ち込むよりも誇らしさが勝《まさ》る。この国では、血筋や立場に相応しい才覚や実力を求められるのだ……中身のない陰口など、雑音以下であろう。

生来の負けん気の強さもあって、俺は近衛騎士となる栄誉を勝ち取った。そうすることで、俺は自分の実力を証明してみせたのだ。その時の誇らしさは今でも覚えている。

——そして。

近衛となった今、俺は益々両親の偉大さを痛感する日々なのだ。

俺自身も近衛となったからこそ、陛下や王族の方達から信頼を得ることの難しさが理解できる。あの方達はご自分の言動に責任を持たねばならないからこそ、迂闊な真似をしない。

……いや、『できない』と言った方がいいかもしれないな。

お傍に控える立場になったからこそ、王家の方達のご苦労がよく判る。言葉一つ、表情一つで、貴族達は先を見据えて動くのだ。ほんの少し気を抜いただけでも、予想外の事態に発展してしまう。

そのような方達の頂点に君臨するのが陛下であり、我がイルフェナの敬愛すべき王なのだ。多くの者達が頭を垂れるには、それなりの理由がある。

そのような方から、全面的な信頼を受けているのが俺の父であり、騎士達の頂点に立つ騎士団長アルバート。母上とて、王妃様付きの騎士であり、深い信頼を向けられている。

……。

そう、騎士として尊敬していることは事実なんだ。それだけは断言できる。

……が。

ここ一年ほど――正確には、ミヅキがエルシュオン殿下の保護下になってから――、どうにも妙な感じになってきた。

はっきり言って、情けない姿を晒すようになった。

原因はミヅキである。ただし、この件に関してはミヅキは欠片も悪くない。

そういった姿を見せるのは、特定の者や身内に等しい部下達限定ではあるのだが……息子としては複雑なのだ。稀に『おい、騎士団長としての威厳はどこにいった⁉』と思う奇行がある時点で、色々と察していただきたい。

そう、父は。いや、俺の両親は。

ミヅキを養女にすることを夢見ているせいか、たまに言動がおかしくなるのだ。

勿論、ミヅキにそんな姿は見せていない。二人とも長年待ち望んだ理想の娘（予定）には、『頼りがいのある、素敵な両親』と思ってもらいたいのだから！

……。

こんなことを実の親から力説された俺を、労って欲しい。そもそも、ミヅキの了承など得ていないのだから、養女になってくれるかも判らないじゃないか。

ちなみに両親曰くの『理想の娘』とやらは『賢く、強く、王家の皆様に敬意を持ち、我らの地位に縋ることなく結果を出して、イルフェナに利をもたらす者』らしい。

はっきり言って、無茶過ぎる。こんな逸材が誰にも囲われずに野放しになっているなら、それこそ囲い込みの争奪戦が起こるに違いない。

ミヅキが無事だったのは偏《ひとえ》に、後見人たるエルシュオン殿下が守っていたからだ。そういった意味でも、殿下は『親猫』として認識されたのだが。

ただ、両親がそこまで限定する理由もおぼろげながら理解できていた。

養女であろうとも、『騎士団長の娘』。両陛下からの信頼を受ける両親の地位をかさに着るような愚か者では困るし、その立場ゆえに危険な目に遭うこともあるだろう。

言い方は悪いが、並みの者では『騎士団長夫妻の弱点』のような捉え方をされる可能性が高い。

そもそも、我が家はそういった危険を見越し、使用人一同も戦う術を身に付けている者ばかり。

両親が安易に養子を迎えなかったのも、これが原因だった。単純に見た目や性格だけで選んだ場合、数年後には墓の下——勿論、不幸な事件の果ての死だ——という可能性もあるのだから。

それらを考慮した結果、両親は諦めたのだろう。自分達が原因で子の命を危険に晒すなど、あの二人は望まない。

——そんな二人の前に現れたのが、異世界人であるミヅキだった。

殿下の教育もあろうが、ミヅキは全ての要素を兼ね備えていたのである。というか、それ以上だろう。『魔導師』という称号は、愚か者には重過ぎる。周囲に名乗ることを認められなければ、『自称・魔導師』に過ぎないのだ。

日頃から守られてはいるが、ミヅキには十分に自衛できる強さがあった。交渉、言葉遊びといったものも好むし、他国の上層部との繋がりも持っている。

何より、エルシュオン殿下が大好きだ。非常に懐いているため、何も言わずとも殿下への悪意は許さず、報復上等と言わんばかりの凶暴性——褒め言葉だ、一応——も十分、イルフェナへの貢献もバッチリだった。

両親は驚愕した。そして、事実確認ができた途端、大いに盛り上がった！

『実在するのね、あんな子！　しかも、女の子よ！　料理が得意で、騎士への労りも忘れないの！

……【騎士が守るのが当たり前】じゃないのよ、あの子にとっては。私達も傷つく存在だって、理解できているんだわ』

『殿下の采配があったとはいえ、ミヅキは我が国にとっても得難い才媛だ。カーマインを金づる扱いするとは、何と頼もしい……！　安っぽい正義感に流されることなく、結果に繋げる思考回路が素晴らしい！』

この時点で色々とおかしいことは、誰だって判るだろう。事実、ミヅキを子飼い扱いする気のなかったエルシュオン殿下は頭を抱えている。『少しは大人しくしろ』と。

ただ、騎士団長夫妻にとっては理想通りの娘なのだ。実在した以上、諦めた夢が再燃しても仕方ないのかもしれない。

と言うか、ミヅキの婚約者となっている守護役達のことを考えると、『騎士団長夫妻の養女』という立場は割と最適だった。

ミヅキの守護役達は高位貴族子息のオンパレードなので、婚姻するならば、どこか身分の吊り合いそうな家との養子縁組が必要だろう。イルフェナ以外を選んでも、騎士団長夫妻が目を光らせているなら、嫁ぎ先もおかしなことはできまい。

……が、現実的に見た場合、その可能性は限りなくゼロだと俺は思っていた。

だって、ミヅキと守護役達、今の状況が最善とか言ってるし。

あの連中、揃いも揃って『己の主』が最優先なのだ。次点というか、同列にあるのが『国』。ある意味、騎士の鑑《かがみ》とも言うべき優先順位である。

そこにミヅキまで交ざっているのが謎だが、エルシュオン殿下の過保護っぷりを見れば納得できてしまう。……うん、あれは懐かれても仕方ないわ。ミヅキでなくとも、飼い主や親猫の如く懐くだろう。

そもそも、ミヅキ自身が勝手に殿下の配下を名乗っている。殿下はミヅキを子飼いにしたとは言っていないから、ミヅキが殿下によく懐いた結果、あの騎士寮の騎士達の同類という扱いに落ち着いたんじゃないのか。

そんな奴らだからこそ、『他国に信頼できる同僚（＝守護役）がいる』という状況は実にありがたいのだろう。特にミヅキは情報や人脈を使い倒す傾向にあるので、非常に重宝しているらしい。

利用される側からしても、協力すれば何らかの見返りが期待できるのだ……当然、話に乗る。お互いの持てるものを仲良く利用し合う関係――それがミヅキと守護役達。

それで全員が納得してしまえば、誰も現状に不満を抱かず、変えようとは思うまい。

別名、『恋愛より仕事と己を選ぶ、頭のネジが外れた人間達の集い』。

守護役と異世界人がそういった関係に落ち着くなんて、前代未聞である。

彼らに常識を期待してはいけない。基準となるものが狂信じみた忠誠心なので、一般的な思考回路というか、正義感を持っている奴は絶対に付いていけない。俺とて、騎士でなければ何かしら思うことはあったろう。

そもそも、肝心のミヅキが一番色恋沙汰から遠いので、既成事実か利害関係の一致でもない限り、婚姻に至る可能性は非常に低かった。

現実を知らない令嬢達は好き勝手に言っているが、ミヅキ達の関係は彼女達が羨むようなものではない。正しく言うなら、『戦友』とか『共犯者』なのだから。

ミヅキも正しくそれを理解しており、『女としての幸せ？　それって、人生をエンジョイしまくっている今の私に必要ですか？　あと、私は異世界人なので、自分第一主義でないと利用されて終わりますけど』などとのたまう日々だ。

元より、恋愛事に興味のない生き物にとっては、人生の勝者となることにしか目がいかないのだろう。そもそも、乙女らしい反応など見たことがない。

……少しでも年頃の乙女らしき要素があるなら、エルシュオン殿下が日々、頭を抱えることはないだろう。この点に関しては、実にお気の毒である。

だが、俺は父上に一度、問い掛けなければならないと思っていた。

『ミヅキを養女にしたい』と言っても、すでに保護者がいるのではないか？　と。


……そして。

ある時、ついに問い掛けたのだ。その返事は──

『何を言っているんだ、ディルク。殿下は【親猫】だろう？』

だった。

……。

何を言ってるんだ、と思った俺は悪くない。一国の騎士団長ともあろう人が真面目な顔で、何を訳の判らないことを言ってやがる。

訝しげな顔になった俺の反応に、父上は理解できていないと悟ったのか、更に言葉を続けた。

『私達がなりたいのは【ミヅキの両親】だ。そもそも、ミヅキが異世界人である以上、殿下が後見人という立場を降りることはない。まあ……これはミヅキが魔導師だからという意味合いが強いな。あの子は殿下の配下を自称しているのだから』

それは判る。言い方は悪いが、『エルシュオン殿下しか、ミヅキを管理できない』と思われているのだ。俺もこれは事実だと思う。

ミヅキが成した功績があるからこそ、イルフェナは彼女を手放さない。殿下の過保護や、本来ならば警戒対象であるミヅキの自由がある程度許されているのも、イルフェナの譲歩案だろう。『居なくなられるよりはマシ』と。

『今のミヅキは殿下ありきの存在だろうが。過保護な親猫が居て、共犯となるような仲間が居て、ミヅキ自身が努力してこそ、これまでの功績がある。私達は騎士だ。ただ愛《め》でられるだけの存在ならば、興味など持たん。愛玩動物ではないのだからな』

『……それは利用価値があるからこそ欲する、という意味ですか』

『少し違うな。我らの同類となれる存在だからこそ、娘にと望むのだ。仕事が第一どころか、時には家族さえも犠牲にする覚悟があってこそ、私はこの立場に居る。ジャネットも同様、お前とて同じだろう？』

『……』

返す言葉がなかった。それは事実だったから。

幼い頃から、俺はそれが当然だったのだ……『父上達のような騎士になる』という夢は、その頃から俺の中にあったのだから。

騎士とならなかった兄とて、それは同じはず。文官となった今とて、国のために日々、忙しく働いているじゃないか。

『同じ価値観を共有できない限り、家族にはなれんのだよ。国にとって誇らしい存在が、良き父とは限らない。そして、ミヅキは国ではなく殿下に忠誠を誓っているようなもの。……今後、敵対するようなことがあろうとも、それは変わらないだろう。主のため、最良の結果のため、悪となることを厭わない……あれはそういう子だ。だからこそ、あの猟犬達が仲間と認めている』

『そんなことになれば、殿下は悲しむと思いますが』

『それでも、だ。殿下も、ミヅキも、選ぶものは決まっている。【子猫】を喪《うしな》えば【親猫】は嘆くだろうが、其々の選択を後悔することはない。優先すべきものが違うからだ。対して、我らは悲しみつつも家族として、それ以上に国に忠誠を誓う者として、その在り方を褒めるだろう。……判るか、ディルク。似ているようだが、微妙に立ち位置が違うのだよ。我らは【同じ価値観を持つ親、もしくは理解者】にはなれても、【主】にはなれん』

……ああ、そうか。そういうことだったのか。

手続きをすれば誰にでもなれる『親』とは違い、『魔導師の親猫』と呼ばれる存在は唯一なのだ。『保護者』であり、『後見人』であり、『主』でもある、そんな重い存在。

当然、それに見合った才覚も求められる。何せ、『異世界人の魔導師ミヅキ』の功績は彼女の周囲の人間達の存在があってこそのもの。……殿下の庇護下にあるからこそのもの、なのだから。

微笑ましい面ばかりを見れば、俺のように思う者は多いのかもしれない。だが、実際にはその根底に主従とも言うべき絆《きずな》がある。

日頃はエルシュオン殿下の過保護っぷりが目につくだろうが、有事の際にはミヅキが殿下の敵に牙を剥くのだろう。これまでの所業を聞く限り、それは間違いない。ゆえに、アルジェント殿達からの信頼があるのか！

『子猫』という言葉に騙されがちだが、ミヅキは魔導師……守られるだけの存在ではない。寧ろ、柵のなさを強みに、自分勝手な忠誠のまま行動する自己中だ。

この世界で彼女自身が害われないための強がりのような気がしなくもないが、本人がそれを自覚しているかは怪しい。まあ、元の世界と同じように生きているのならば、それもありなのだろう。

そして殿下は王族としての矜持を忘れることなどなく、個人的な感情に流されるような真似はしない。……幼馴染達同様に付いて来てくれた者達がいるからこそ、その在り方を変えることはない。

『重いですねぇ、あの人達の在り方って』

いっそ、立場や譲れない矜持などなければ、何の憂いもなく笑い合っていられただろうに。……ミヅキが箱庭で飼い殺されるような子ならば、ただ可愛がるだけの保護者でいられただろうに。

そんな気持ちを込めた俺の言葉に、父上は満足そうに笑った。

『だからこそ、王族の皆様に仕える価値がある。……あの子を娘に望む。私とて、この国の騎士団長だぞ？　敬うならばそれに値する価値を求めるし、娘に望むならば相応の実力を。【実力者の国】の騎士団長だからこその矜持もあるのだよ』

その表情も、言葉も、どこか誇らしげである。同時に、俺は今更ながら、目の前の人が『実力者の国』と言われるイルフェナにおいて、騎士団長という地位に就いていたことを実感した。

個人の性格はともかく、そんな地位に就いている自負がある。当然、プライドとて高かろう。ただ『お気に入り』というだけで、娘にと望むはずはない。……尊い血を引いているだけの者に頭を垂れ、仕えようと思うはずはない。

『すみません。俺はその違いも、重さも、理解していなかっただけなんですね』

素直に口を出た謝罪の言葉と共に、心底、そう思う。数々の奇行はどうかと思うが、そうしてでも望む得難い存在だったということか。

同時に、俺は父上の矜持を軽く見ていたのだろう。前提となるものがあるならば、ミヅキは確かに『理想に適った存在』なのだから。

『構わん。お前がそう思うのも、ミヅキを可愛がっているからだろう。ふふ、お前達が仲良くしている姿は実に微笑ましい。今後、同じ任務を受けることがあると思うと、つい楽しみになってしまうな』

『父上……その場合は、俺もミヅキも命懸けなんですが』

『だからこそ、お前達は楽しむのだろうが！　自分だけ良い子になるのではないぞ？　ディルク』

そう言われてしまえば、否定もできない。……確かに、俺はミヅキ達との共闘を楽しんでしまうから。

『お前達が共に成長するのが楽しみだな』

……それは騎士団長としての言葉なのか。それとも、俺の父親としての言葉なのか。

どちらなのかは判らなかったけれど、俺の胸を温かく満たすには十分な言葉だった。


——そんな遣り取りがあったのは、暫く前のこと。


「あのですね、私もここまで一斉に動くとは思わなくて」

「ミヅキ……物事には順序というものがあってだな。さすがに、事後報告というのは拙いぞ」

「し……仕方ないじゃないですか！　ガニアとキヴェラは自衛してもらわなきゃならないし、他国からのお仕事だって受けられない状態なんですからっ！」

「貴方達は殿下に甘え過ぎていますからねぇ」

「う……！　ひ、否定はしません」

呆れた口調で問う騎士団長と笑みを浮かべた副団長を前に、正座をしたミヅキが精一杯の言い訳を述べている。

当然、それで見逃されるはずはない。いくら何でも、『おいた』が過ぎる。こちらに何の通達もなかったのだから、説教されても仕方あるまい。

ミヅキにも言い分はあろうが、エルシュオン殿下が倒れた途端、問題を起こすとは何事だ。他国への情報伝達という意味では許されるだろうが、各国が挙ってイルフェナに人を送り込むともなれば、それなりの準備がいる。

俺とて、現状には乾いた笑いしか浮かばない。本当に、ミヅキの人脈はどうなっているんだ⁉

何故、各国の要人クラスが挙ってイルフェナにやって来るというのだ。

何故、その全ての通達がミヅキの元に送られるんだ。

何故、各国は明らかにイルフェナの味方になるという、前振りをしてくるんだ……⁉

おかしいだろう、どう考えても。

確かに……確かに、各国がミヅキを通じてイルフェナの味方になるというのは喜ばしい。だが、ミヅキの情報提供に対して動く者達が居るという事態に、俺は唖然とするばかりだった。

彼らの狙いは情報の共有、そして……魔導師に恩を売ること。それだけの価値があると踏んで、各国……いや、ミヅキからの情報を受け取った者達は動いたのだから。

それはミヅキ自身の価値を認めているということであり、同時に参戦する気があるという意思表示だった。そして、俺の見解が間違っていなければ……エルシュオン殿下が害されたことからくるハーヴィスへの牽制と、殿下への恩返しという意味も含まれる。

ミヅキが来てから、エルシュオン殿下はその評価を劇的に変えていた。その優しさや有能さに、助けられた者とて少なくはない。

何より、ミヅキに仕事を頼む場合はストッパー兼保護者たる殿下が必須。直《じか》に接することで、多くの者達が殿下の善良さに気付いたのだ。

その分、ミヅキが外道認定されたことは些細なことなのだろう。

ミヅキ自身がそれに納得――本人曰く、「よく言われるし、事実だもん」――し、殿下の評価が変わったことを喜んでいるのだから。

そうは言っても、ミヅキやあの騎士寮に暮らす騎士達の行動全てが許されるはずもなく。

まずは元凶とばかりに、ミヅキがお説教のターゲットになったのだった。勿論、俺とて助ける気はない。

この説教が終わり次第、副団長は騎士寮へ向かうのだろう。そして、義弟《おとうと》であるアルジェント殿を始めとする騎士達へと報告を怠ったことを指摘し、説教となる。

彼らとて、指摘されれば気付くはずだ……『報告が必要』ということに。これまでは無理を通すことも含め、殿下がその役目を担っていた。そんな殿下は今現在、寝込んでいる。

……。

エルシュオン殿下……貴方は親猫として、そして彼らの主として、本当に優秀だったのですね。

あの連中、貴方が居ないと色々と駄目みたいです……！

番外編　忌まわしい記憶を乗り越えて

——ゼブレスト王城にて（エリザ視点）
その知らせが届いた時、私に湧き上がったのは主を案じる気持ち、そして激しい憤りでした。
「宰相様……？　今、何と仰《おっしゃ》いました⁉」
「……。イルフェナのエルシュオン殿下が襲撃された。命に別状はないが、負傷されたらしい。ルドルフ様も傍におられたそうだ」

「何てこと……！」

いつも以上に厳しいお顔をされている宰相様の顔色が悪く感じてしまうのも、当然というもの。それほどに、私達にとってその情報は……伝えられた襲撃時の状況は。『主にとって命の危機だった』というだけでは済ませられないものだったのです。

ルドルフ様の身が危険に晒されたことは許しがたく、エルシュオン殿下が負傷されたこともお労しく思っています。それは当たり前なのです。

ですが！　私達にとっては、その当時の状況――『エルシュオン殿下がルドルフ様を庇った』ということこそ、一番恐れていた事態だったのです。忌まわしい記憶は今なお、ルドルフ様の中に深く根付いているのですから。

ルドルフ様は幼い頃から、先代様に疎まれて育ちました。その原因とて、実にくだらないもの――ルドルフ様の才覚への嫉妬だったのですから、本当に呆れてしまいます。

それでも当時の王は先代様であり、ルドルフ様は幼かった。いくら将来的に力関係が逆転することが確実であろうとも、その時点では圧倒的に先代様の方に分《ぶ》がありました。

それでもクレスト家を筆頭に、心ある貴族達はルドルフ様をお守りしようとしたのです。……ですが、先代様達はそんな忠臣達の行動を逆手に取り、よりルドルフ様を苦しめる一手《いって》としたのです。

あの当時、幼いルドルフ様には側近候補ともいえる貴族子息達がお傍におりました。当然、彼らの家はルドルフ様寄りの者ばかり。

先代様はそんな彼らの家に圧力をかけ、幼い子息達を危険な目に遭わせることによって、ルドルフ様の傍から引き剥がしたのです！　それも、ルドルフ様の目の前で彼らを死なない程度に傷つけ、『お前のせいで、こいつらは傷ついた』と言わんばかりに、警告までして……！

ご自分のせいで傷ついていく側近候補の子供達、苦しめられる彼らの家。
ルドルフ様に見せ付けられる、側近候補の子供達と我が子を案じる彼らの親の姿。

様々な意味で、先代様はルドルフ様を苦しめ続けました。将来的な力や味方を削ぐ意味もあったのでしょうが、『お前は親に疎まれている』『お前に味方をする者達は不幸になる』という悪意をルドルフ様に植え付けることこそ、先代様の目的であったように思えてなりませんでした。

幼いながらもクレスト家に認められ、将来を期待されているルドルフ様。
王位にしか価値がないとばかりに、媚《こ》びる者達に囲まれた先代様。

生まれ持った資質の違いもあったでしょうが、お二人の差を決定的なものにしたのは、自らの責務に対する責任感の強さと努力する姿勢です。
先代様の傍に媚びを売る者しかいないのは、先代様自身が現実から目を背《そむ》け、努力することを放棄したせいなのですから。……ですが、先代様ご自身もどこかで判っていらっしゃったように思えてなりませんでした。

先代様は、決して弱音を吐かずに努力するルドルフ様の姿こそを疎ましく思っていらした。そういった姿に期待し、次代に希望を見出す貴族達の姿もまた、先代様の劣等感を刺激したのでしょう。

……。

こう言っては何ですが、媚びて己が利を貪《むさぼ》ろうとする者達の言葉はとても『軽い』のです。中身のない、誰でも言える称賛の中に、具体的なことなど欠片もありません。

薄っぺらな称賛しか聞いたことがなかった先代様からすれば、自分とは違う言葉を向けられるルドルフ様との差は歴然でした。皮肉なことに、先代様にご自分の愚かさを最も自覚させることになったのは、先代様自身が耳に心地よく感じていた言葉の数々だったのです。

気付いた時は、さぞ血の気が引いたことでしょう。意味のない言葉の数々に踊らされ、得意になっていたご自身を、道化のように感じてしまったのやもしれません。

その憤りを媚びていた者達に向け、ご自分のことを見つめ直されていらしたならば……名君とは呼ばれずとも、安定した治世をもたらした王と呼ばれていたかもしれませんわね。我が国には『もう一つの王家』とも言えるクレスト家がおりますもの。

クレスト家が守るのは『国』なのです。そのためならば、喜んで王を支えてくださいます。王に成り代わろうとする野心を持つのではなく、支え、共に苦労をしてくれる『味方』。そう呼んでしまってもいいかもしれません。

ですが、先代様は彼らの手を取るどころか、優秀と言われる彼らの存在を疎みました。彼らと己を比較し、惨めになったとでも言うのでしょうか？　比較することこそ間違いだというのに、先代様はクレスト家の者達に劣等感を抱き、距離を置くことを選んでしまった。

その結果、今度は実の息子であるルドルフ様へと劣等感を抱かれたのですから、救いようがありません。先代様の人生は常に、誰かへの劣等感と憎悪、そしてご自分への言い訳に満ちていた。


そんな有様では、どれほど有能な者が傍で支えようとも、意味などありません。貴族どころか、民、そして他国の皆様から向けられた先代様への評価が著《いちじる》しく低いのも、当然の結果ですわ。

これこそ、ゼブレストが荒れた真相なのです。愚かな王によってもたらされた『人災』とも言うべき悪夢。ゼブレストを狙うキヴェラ以外の国が距離を置こうとするのも、仕方がないことだったと思えてしまいます。隣国のイルフェナが国交断絶しなかったことが奇跡ですわね。


遣り直す機会はあった。それに目を瞑《つぶ》り、愚かな道化としての最期を迎えられた先代様。


今ではゼブレストでさえも、先代様のことは全く話題に上《のぼ》らなくなりました。功績なき王など、忘れ去られるのみ……その愚かさのみが教訓として語り継がれるのです。

そのように過ぎ去った時間であっても、今なお、ルドルフ様を苦しめ続けるのは幼い頃の記憶なのです。ルドルフ様をお守りするために散って逝《い》った者達のことを、ルドルフ様は『忘れることができない』。

それこそ、ルドルフ様が強みとしてきた能力であり、ルドルフ様を苦しめ続けるものでもありました。ルドルフ様は『一度見たり、聞いたりしたことは忘れない』という特技がございますので。

今回のエルシュオン殿下への襲撃は、嫌でも、かつての光景をルドルフ様に思い出させたことでしょう。お命が無事であれば良いというものではございません。『大切な友が、自分を庇って怪我をした』という出来事が切っ掛けとなり、ルドルフ様に悪夢を思い起こさせるのです。

まして、今回はルドルフ様の恩人とも言うべき方がその対象となっているのです。親友と言って憚らないミヅキ様もエルシュオン殿下が大好きですから、友に責められることすら想定し、自分から離れていく未来に脅えていらっしゃるやもしれません。

私と宰相様の顔色も悪くなろうというものです。ルドルフ様のご心痛、その苦しみは、どれほどのものとなっているのでしょうか……！

「……ミヅキ様はどのような反応を？」

思わず、私は宰相様に問いかけておりました。今のルドルフ様にとって、唯一、救いとなる可能性がある存在。姉弟のように仲が良く、常にルドルフ様をその背に庇っているような、頼もしき親友にして『双子の姉上様』。

勝手ですが、私はミヅキ様をそのように思っておりました。エルシュオン殿下も兄上様のようにルドルフ様を叱咤《しった》激励される方ですが、ミヅキ様とて大概《たいがい》です。お二人がルドルフ様の味方となり、私達ではどうにもならなかった苦難を排除してくださったからこそ、今のゼブレストがあるのです。

それはゼブレストを憂い、ルドルフ様を支えてきた者達全てが知っていること。

……ああ、そのようなことだけではない。お二人が成してくださったことはそれだけではありません。ルドルフ様という『個人』が損なわれなかったのは、お二人のお陰。


先代様の存命時からルドルフ様の友であると公言し、目を光らせてくださったエルシュオン殿下。

キヴェラでさえ敗北させ、友のためならば血塗られることを厭わないと笑ったミヅキ様。


お二人は『ゼブレスト王』という肩書きではなく、『ルドルフ』という個人のために動いてくださった。……利にならずとも、敵を作ることになろうとも、友を守るために動いてくださった！

それこそ、長年、ルドルフ様が憧れ続けた『家族のような情』なのです。血縁で争うことが常の王族、貴族に生まれた以上、何を甘いことを……と言われてしまうのかもしれません。ですが、ルドルフ様はその最低限の情すら与えられずに生きてきたのです。手にすることはできずとも、憧れを抱くことくらいは許されましょう？


——それなのに、お二人は与えてくださった。憧れで終わらせることをしなかった！

私達がどれほどお二方《ふたかた》に感謝し、安堵したことか……！　配下であることを選んだ私達には、決して、できないことなのです。いえ、配下でなくとも、大抵の人は他人のためにそこまでしない。

誰だって、自分が大事なのです。まして、エルシュオン殿下は魔力が高過ぎることによって起こる威圧のせいで、『魔王』などと呼ばれており。ミヅキ様に至っては、ご自分が生きることに精一杯なはずの異世界人。どちらも他人のことを気にかけている余裕など、ないはずです。

その上で、苦難を強いられる王の味方などすれば……どのような評価を周囲から受けるか、察せぬ方達ではないでしょう。間違いなく、利点に繋がるような繋がりにはならなかったはず。

それでも手を放すことなく、ルドルフ様の味方をしてくださったのです。特に、ミヅキ様は事あるごとにルドルフ様は親友だと吹聴《ふいちょう》し、各国の王族達の興味を引いてくださった。

同時に、牽制も行なっていた気が致します。『ゼブレストに悪意を向ければ、魔導師が敵となる』――このように言われてしまえば、各国とて手出しを控えるでしょう。ミヅキ様は正真正銘、『世界の災厄』と言われる魔導師を名乗るに相応しい才覚をお持ちですので。

「ミヅキはアルベルダに行っていたらしい。だが、すぐに帰国するそうだ。襲撃については知らせてあるようだが、過剰な心配はしていないようだな」

「え……？」

「おそらくだが……エルシュオン殿下が無事であると確信できる『何か』があるのだろう。手紙にも『魔導師とゴードン医師が共同開発した治癒の魔道具により、軽傷』とある」

「……」

宰相様の言葉に、首を傾げてしまいます。エルシュオン殿下が傷を負ったということは、護衛をしていたであろう直属の騎士達の守りを突破したはず。その騎士達とて、内に二人もミヅキ様の守護役を抱える強者揃い。『最悪の剣』という異名《いみょう》は伊達ではありません。

彼らを制した手練れが、治癒の魔道具程度でどうにかなるような怪我で済ますでしょうか？

狙いは一国の王子と王。狙う以上、必ず仕留めるつもりで来るはずです。重傷、もしくは死に繋がるような怪我、毒、呪術……考えれば限《きり》がありません。ですが、私自身、毒や武器を扱うからこそ、温い一手など打たないと知っているのです。

一度狙えば、警戒されるのは当たり前。ならば、自分が殺されようとも、狙った獲物を確実に死に至らしめる方法を選ぶはずなのです。『一度きりの好機、二度目はない』――国の要人の暗殺とは、そういうものなのです。雇い主によっては失敗が許されませんから、情報を漏らさぬよう自害する可能性も踏まえ、確実な暗殺を狙うでしょう。

それが成されていないならば。……『軽傷』と言い切ってしまえるような、軽い怪我で済んでしまっているのならば。

「その結果は、表に出せないような魔道具の存在あってこそなのかもしれませんわね」

性能が特出している魔法や魔道具は、良くも、悪くも、人々の注目を集めます。名声欲がある魔術師が軽率な行動を取るのは、更なる研究のための資金獲得が目的ではありますが……稀に、開発した術者の想定外の使い方をされる危険性も秘めているのです。

魔術師達はいつの時代も、無邪気なままに向上心を形にして。

それを手に入れた一部の者達は、己が野心のために利用する。

魔法や魔道具の開発に関わっていないからこそ、野心のために利用する者達はその危険性に気付かないのでしょう。世を乱れさせる魔道具が表に出た時はいつだって、『術者の意図しない方向に利用した愚か者が居たから』ですもの。

世間的には開発者が槍玉に挙げられますが、王族・貴族といった階級に属する者達は知っているのです……『最悪の結果を残した者と、魔道具の開発者は別人だ』と。

世界は弱者に優しくはありません。支配階級にある者達を守るため、そして国を乱れさせないために犠牲になるのが『弱者』――『身分を持たない者』。例外もありますが、多くの場合は全ての非を開発者に押し付けてきたのです。

『大戦を引き起こした魔道具を作り出した異世界人』が悲劇の人となったのは、多くの国が彼を利用したかの国を『悪』に位置付けたから。もしも、大戦が起こらなければ……『魔道具を作り出した異世界人』は警戒対象とされ、名声と引き換えに、更なる技術の向上を強いられたことでしょう。

当然、危機感を抱く者達とて居るはずです。その場合、元凶とされるのは異世界人の方なのです。そのようなことになれば異世界人の扱いは更に悪化し、問答無用に殺されるようなことになっても不思議はありません。

本当に……身勝手なことだと思います。そのように思っているからでしょうか。エルシュオン殿下の命を繋いだ魔道具のことが詳しく知らされないのは、下らぬ野心家達を出さないため。そして、それ以上にミヅキ様を守るためでもあるように思えてなりません。

ミヅキ様はその賢さゆえ、必要ならばご自分の功績を隠蔽《いんぺい》することを躊躇われません。そういった判断ができる方だからこそ、魔導師と名乗ってもあまり警戒されない――世界に害をなす魔法を開発する可能性がある、という意味で――のです。エルシュオン殿下がいらっしゃることもまた、その安心感に拍車をかけておりますわ。

だからこそ、此度の魔道具については、追求してはならないような気がするのです。

必要ならば、イルフェナ側から説明がありましょう。ですが、明らかに暈された言い方をしている以上、『聞いてくれるな』という意思表示に見受けられるのです。

そもそも、そのような魔道具を何の問題もなく広められるならば、ミヅキ様はルドルフ様にも身に着けさせようとするでしょう。ルドルフ様の置かれた立場の危険性を察せない方ではありませんし、ご自分が常に傍に控えていられるわけではないのですから。

「私達が気にするのはルドルフ様の安否と、イルフェナの情勢だ」

私と同じような結論に達したのか、宰相様はそう言い切りました。自然と、私も姿勢を正します。

……ええ、そうですわ。その通りですわ、宰相様。私どもが最優先にすべきはルドルフ様であり、イルフェナの……ミヅキ様達が開発された魔道具の秘密を暴くことではございませんものね。

此度の襲撃において幸運にも、ルドルフ様はご無事であり。怪我を負われたエルシュオン殿下も軽傷と言ってしまえる状態なのですから。それだけでいいのです。……それで十分なのです。

「イルフェナもすでに動いているだろう。ミヅキが動き出すのも時間の問題だ。だが、ルドルフ様が帰国されれば、情報がろくに入ってこない。ルドルフ様はそれを考慮し、暫し、イルフェナに留まられるそうだ」

「そうですわね。セイルも傍におりますし、今の状態でイルフェナを離れてしまえば……良いことにはなりませんもの。エルシュオン殿下を失いかけた恐怖と、ミヅキ様から批難される可能性、せめてその二つが解消されなければ、ルドルフ様も仕事が手に付かないでしょう」

ルドルフ様が恐れるものはその二つ。ご自分の命の危機など、今更、恐れることはございません。まして、我が国が誇る『英雄』が傍に控えているのです。ならば、今はルドルフ様のお心のままに行動されるのが最善でしょう。

「状況が判り次第、こちらも動くことになるだろう。それまではこの国の維持が我らの仕事だ」

「承知致しました」

微笑んで頷きます。置いていかれたのではなく、私達にもやるべきことがある。侍女の領分を超えてはいますが、私にとってそれはとても誇らしいことであり、これまでの時間が無駄ではなかったと確信させるものでした。

ルドルフ様、ゼブレストのことはお任せくださいませ。憂いをなくされた状態でのご帰国を、我らは心よりお待ち申し上げております。

魔導師は平凡を望む　26

*本作は「小説家になろう」（https://syosetu.com/）に掲載されていた作品を、大幅に加筆修正したものとなります。
*この作品はフィクションです。実在の人物・団体・事件・地名・名称等とは一切関係ありません。

2020年11月20日　第一刷発行

著者 …… 広瀬 煉

イラスト …… ⑪
発行者 …… 辻 政英
発行所 …… 株式会社フロンティアワークス
〒170-0013　東京都豊島区東池袋 3-22-17
東池袋セントラルプレイス 5F
営業　TEL 03-5957-1030　FAX 03-5957-1533
アリアンローズ公式サイト　http://arianrose.jp
装丁デザイン …… ウエダデザイン室
印刷所 …… シナノ書籍印刷株式会社